红军留下的女人

卜谷 ◎ 著

中国言实出版社

图书在版编目(CIP)数据

红军留下的女人 / 卜谷著 . -- 北京：中国言实出
版社，2021.1

ISBN 978-7-5171-3751-1

Ⅰ.①红… Ⅱ.①卜… Ⅲ.①纪实文学 – 中国 – 当代
Ⅳ.① I25

中国版本图书馆 CIP 数据核字（2021）第 012490 号

出 版 人 王昕朋
责任编辑 朱小玲
责任校对 代青霞

出版发行 中国言实出版社

地　　址：北京市朝阳区北苑路 180 号加利大厦 5 号楼 105 室
邮　　编：100101
编辑部：北京市海淀区花园路 6 号院 B 座 6 层
邮　　编：100088
电　　话：64924853（总编室）　64924716（发行部）
网　　址：www.zgyscbs.cn
E-mail：zgyscbs@263.net

经　　销 新华书店
印　　刷 徐州绪权印刷有限公司
版　　次 2021 年 1 月第 1 版　2021 年 1 月第 1 次印刷
规　　格 710 毫米 ×1000 毫米　1/16　16.25 印张
字　　数 268 千字
定　　价 68.00 元　ISBN 978-7-5171-3751-1

卜谷，原名卜利民，国家一级作家、中国作协会员，赣州文学院原院长，中国革命历史题材文艺创作研究中心副主任、赣州市红色文化研究会副会长。过去 40

多年，他深深扎根于赣南红土地，采访、搜集资料，从事革命历史题材文学创作，著有长篇小说《少共国际师》、长篇纪实文学《为毛泽覃守灵的红军妹》、长篇传记《理学宗师——朱熹》等。

序一

沙砾中绽放的女人花

读卜谷的《红军留下的女人》这部书稿，不时泪涌眼眶，不能自已。读罢掩卷，心头分外凝重。

"女人是水做的。""女人的名字叫弱者。"——这是曾经有过的话语。前者的意蕴是多重的，如指女性的清纯、秀美等，但也有柔弱似水的含义；后者即直白女性的脆弱。在性别气质的划分中，历来有男性为阳刚、女性为阴柔之分别，而且往往把阴柔与脆弱画等号。这不能不说是一种偏见。还要说的是：相对于男性，女性在生理和社会角色等方面因其特殊性，在家庭和社会中会有着别样的、甚至是更深重的担当。在常态的生活中是如此，在非常态中更是如此。

本书讲述的正是女性在特殊际遇中怎样担当起坎坷与苦难的故事。

故事大都发端于 20 世纪 30 年代，"朱毛"红军下井冈山之后，挥师转战赣南、闽西，创建革命根据地。当年的革命如火如荼，"横断半壁，红透南国"。但因为众所周知的原因，1934 年 10 月，中央红军主力却不得不撤离中央苏区，踏上艰险的长征之路，由此中央苏区最终丧失。

红军主力走后，革命队伍中却有许多人因种种原因留了下来，留在这片即将面临血洗、清剿的土地。"留下来的人们"中有不少是女性。

　　《红军留下的女人》向我们展现了十几位女性在这样的重大生活变异后的命运。她们当中，有的自身就是红军战士，有的是红军的妻子，有的既是战士也是妻子，还有的是尚未成人的孩子。她们中的许多人，本有着如花的青春年华，有着火热的斗争生活，也有美好的爱情和婚姻。红军主力走了，她们被留了下来，如离群的雁，如风中飘落的叶子，生活一下子产生重大跌宕。她们留下后，面临着极其艰险、极其困难、甚至是极其无奈的处境：这里有生存的困境，在卷土重来的反动武装（如还乡团、铲共团、挨户团、搜山队）的"斩草除根、诛家灭族"和"屋换石头、人要换种"的疯狂叫嚣和残酷杀戮中，她们要活着，甚至还要继续开展斗争，就要历尽常人难以体验的艰辛——或四处转战，或颠沛流离，或隐居深山，或藏身民间，或剃度为尼，更有的在斗争中英勇献身。这里有性与婚姻的尴尬：有的夫妻分离，长期杳无音信，当发现丈夫活着时，自己已为他人妻，于是只能遗恨终生；有的被恶霸多次变卖，沦为性商品和传宗接代的工具；有的在困境中将就地与人结合，给未来的生活带来无法言说的苦涩；有的终其一生在等待丈夫，坚信丈夫会回来，而其实她所等待的丈夫数十年前就已经牺牲。这里有复杂斗争中产生的误会，到头来反而坐进自己人的牢狱之中，长期蒙受不白之冤。这里有骨肉之间的悲欢离合；有离散数十年后再次团聚的"悲苦的喜事"，也有依然在幻想着童年的年迈的孤女……

　　水做的女人、被称为弱者的女人，就这样被推到最粗粝的生活中接受磨难。柔弱与粗粝、女人与苦难相互照明，那苦难就更加彰显，那柔弱的便也呈现出了韧性来。柔能胜刚，在苦难面前，女性往往表现出比男性更大的耐受力。就像荒野中的草，能经受连大树也要折服的疾风。是的，她们是生长在干涸贫瘠的沙砾中的草，生境恶劣，孤独无依，没有粗壮的根系、躯体和枝柯，靠什么抵挡袭来的狂暴？恰恰靠的是柔韧。而要做到这一切，却又要付出怎样的努力和代价呀？这些女人的力量能从哪里来——是因为信念？是因为爱与痴情？抑或因为女人的天性使然？——我依然不得其解。我们为这些女人的命运扼腕叹息，更为她们在苦难面前透出的精神与性情——无论是因为信念，还是爱与痴情或天性使然——而经受心灵的震撼。

　　沙砾中的草，却能开出清丽的花儿。苦难中的女人们，以她们的坚忍、执着、奉献，以她们面对坎坷、磨难和无奈时的从容、无悔和淡然，而释放出女性内在的心灵之美：马前托孤，身陷囹圄，直到生命的最后一刻依然斗争不止的李美群；不意入庵为尼，坚信红军会来接她归队，临终也未能如愿但仍口占一偈"生是红军，死也红军，来日转世，法号红军"的"红军尼"弘菁；在太长的等待中，因顾虑太深，不知道自己的行为会被如何评价不敢在解放后与组织联系而抑郁而死，死时还把保存多年的一枚苏维埃红印放在身旁的"女红匪"廖秀姑；革命70多年，到死却还是个临时工，又因有一位被拉壮丁当过国民党大兵的丈夫而累遭责难和折磨却无怨无悔的彭国涛；苦等50多年丈夫未归，为延续家门的灶火，含辛茹苦将两个残疾人收养为儿子儿媳以传宗接代的池煜华……她们的人格和品性无不让人动容，她们是在苦难的沙砾中绽放的一朵朵女人花。

赣南是一块历史积淀分外厚重的红土地，作家卜谷长期以来扎根于此，在深厚的红壤中采掘不止，并不时向世人奉献出他的成果来。前些年他的一部长篇小说《少共国际师》，在反映严峻战斗生活的同时，更多的是表现少共战士的童真、童趣与童智。而这部沉甸甸的书，让人感受的却是深沉与凝重。朴实的文笔，具有区域特色的原生态的历史与生活的写实，让深藏于赣南群山皱折中的鲜为人知的故事呈现于世，并见证苦难的凝重和承受苦难的女人们的生命力之顽强和品性之美丽，这就是本书的魅力所在。

还值得一提的是，卜谷的腿脚不太利索，直说了是有点跛，可他惦记着这些快要被人遗忘的人和事，或被这些人和事所感动，也想让她们感动别人，于是跛着不太利索的腿脚，踽踽奔走于赣南群山的皱折中，当然还穿州过府，去了外省和京城，历时十几年，去采撷这些故事的素材。他不满足于道听途说，非要见到主人公，主人公不在了的，也要找到见证人，务求真实，力索细微。其情其行，亦让人感动。

感谢卜谷，将那些被遗忘的让我们记住。

我在感动之际，写下一点读后感，可为"序"乎？

荒坪

2006年1月8日于赣州

（荒坪：陆定一的外孙，江西理工大学教授）

序二

一段耐人追寻的历史

第二次国内革命战争时创建和保卫中央苏区的斗争，是发生在赣南最重大的现代历史事件。在这场长达 6 年的奋斗中，十多万赣南儿女为之付出了生命的代价。这场革命的延续，改变了这块红土地的命运，也最终改变了中国的命运和世界的格局。这块红土地，生长着我们共和国的根，也生长着我们党的根。70 年过去了，这段历史仍然耐人追寻。

追寻这段历史，贵在求真，因为真实是历史的价值和意义所在。赣南本土作家卜谷持之以恒，孜孜不倦，倾耗 30 多年最宝贵的青春，不断追寻、挖掘、开拓，立意创作"红土记忆系列丛书"，呈现在我们面前的这部纪实作品《红军留下的女人》是其中之一。为了完成这部 26 万多字的作品，作者历经十几年的采访、整理、思考和创作，付出了艰辛的劳动。书中集纳了数十个女红军或与红军有关的女性的不同形象和故事，其中有女部长、女"苏干"、女山歌手、红军的女婴甚至女"叛徒"、女"匪徒"等等。作者试图从当年中央苏维埃共和国各阶层女性的角度来折射当年那场艰苦卓绝的革命斗争，视角独特，文笔流畅，富有艺术感染力。作品中真实再现了许多历史事件和人物命运，有的令人扼腕叹息，有的使人振聋发聩。这场革命凝聚了太多的追求、拼搏、奋斗，拥塞了堆积如山的曲折和牺牲。书中正面的人物自身几乎都没有赢得什么，并且大部分都付出了生命。但也不能说她们输了，她们毕竟用短暂的生命点燃了信念之火……这是不能用物质和金钱来量度的。

此前，卜谷还创作出版了长篇小说《少共国际师》，长篇影视小说《经略赣西南：曾山与苏维埃》，现在，他手上仍有几部书稿正在撰写、修改之中。他在红土地文艺领域长期默默耕耘的精神值得钦敬和鼓励。也正因为这一点，当他请我为这本书作序时，我欣然应允。事实上，在赣南，像卜谷这样醉心红土地文艺研究与创作并有所建树的同志还有不少，可以说已经形成了一个有着各门类、各艺术表现形式的研究创作人员的群体和梯队。为此，我们在中国通俗文艺研究会的支持和帮助下，成立了红土地文化研究会，以更加集中、有效地把发生在红土地上的这段红色历史作为一门学问来认真研究、创作、弘扬，力求从多层面、多角度来真实、全面地再现那段历史，从中挖掘出真正可供我们和后人借鉴、学习的东西。

我们的工作已经起步，"处女地"上已经锻铸出越来越多耕耘红土地的犁铧。犁铧过处，历史便栩栩如生地展现在人们的面前，使每一个读者都从中得到感染、启迪和激励。

胡国铤

2004 年 5 月

目录

1

一诺百年的爱情守望

一、解密中共党史，牵出一诺百年的旷世奇缘

经中央军委副主席杨尚昆和前外长黄华二人批准，1984年4—6月，美国著名记者、作家哈里森·索尔兹伯里沿长征路线行进采访，并获准可以随意使用各种物力、档案和史料。

哈里森·索尔兹伯里重走了一遍红军长征路，曾旋风式地采访了杨尚昆、胡耀邦、聂荣臻、张爱萍、康克清、陈丕显、伍修权等红军高级将领、党的重要人物及遗孀、档案管理人员和历史学家，以及许许多多长征的幸存者。

1985年10月，哈里森·索尔兹伯里出版了《长征——前所未闻的故事》一书，此书中，可以找到这样的叙述："1935年2月间，中央苏区全部丧失。中共中央分局、中央政府办事处、中央军区机关和红24师等红军部队，全部被国民党军队四面包围在于都南部这一狭小地区内。2月下旬，红军分9路突围。瞿秋白、何叔衡、贺昌、李才莲、毛泽覃、古柏、刘伯坚……一大批党的高级干部都在突围中英勇牺牲，有的下落不明。""死者的名单就是革命运动的名人录。……粤赣边区军事领导人李才莲也被杀害，但是没人知道是什么时候和怎样遇害的……"

红军长征后，中央苏区中共中央分局12名委员中，唯有李才莲下落不明，曾任少共中央分局书记的李才莲是哪里人？到底去哪里了？寻找李才莲，数十年间断断续续地进行。

1995 年，江西兴国县爆出了个大冷门：李才莲是茶园乡教富村人。其妻子池煜华还健在。

史学界及新闻界的同志喜出望外，如同发现一座金矿，刻不容缓地向教富村涌去。先后有中央及地方 20 多家新闻单位前往采访。在纪念红军长征胜利 60 周年的日子里，中央电视台一、二、四频道多次播出有关池煜华的专题，许多省电视台、报刊相继做出报道。

面对池煜华，那些见多识广的记者都深深地受到了心灵的震撼。

二、童养媳嫁了革命郎，跟随郎君闹革命

终年不绝的李溪水由秦娥山的怀抱里潺潺而出，与教富村河背村小组擦肩而过，无声无息流淌了一万年。

有一天，清澈如镜的李溪水面上悄然出现了一个陌生女孩的身影。那是 1920 年，虚岁 9 岁的池煜华嫁过来给 6 岁的李才莲当童养媳。

池煜华祖上三代都是租田耕作，苦到骨头的佃农。那一年，为寻点活钱，父亲去福建挑盐卖。缩手就是饿，伸手就是祸。不意，她父亲老实巴交被诱吸上了鸦片烟，不但没有把盐挑回来，而且连挑盐的扁担、箩筐都吸掉了。一个多月后，贫病交加，父亲爬着回到家，捡回了一条命。家徒四壁，没有东西可卖，要卖只有卖人。为了生存，父亲打主意卖女儿还债。

听到风声，倔强的小煜华赶紧逃避。逃避到哪里去？她在深山里转悠了半天，想到了茶园乡有个姑姑，便到姑姑家"躲卖"。贫穷的姑姑也无力养活小煜华，牵线把小煜华嫁给了村子里的富户李才莲家做童养媳。小煜华家少了一张吃饭的口，李才莲家则多了一双干活的手。这对双方是一件不坏也不好的婚姻。

出了穷窝又入苦穴。放牛、割草、砍柴，属猪的小煜华作了牛用。6 岁与 9 岁的婚嫁仅仅是名义上的婚嫁，除了永远干不完的活，不堪重负的小煜华有时也兼带照看老公——那个抽搐着两条浓鼻涕的李才莲。

小小的李才莲多了一个保护者，小小的池煜华却多了一个施虐者，就是李才莲的后母。都说，家婆与媳妇是一对难以调和的矛盾。那么，媳妇与后母家婆也许就是天敌。在后母家婆的眼里，池煜华这个小天敌是从天上掉下来的、有利用价值的使唤奴。

种菜、洗衣、做饭、作田……劳累了很会做事的小煜华，就空闲出来不会做事的李才莲，空闲出来的李才莲进了李溪上游的李溪村小读书。

学校是播种知识的地方，也往往是播种革命的地方。三民主义的道理无声无息地浸入李才莲心田。在老师的带领下，李才莲开始秘密地参加了革命活动。

李才莲毕竟还是个孩子。一次突如其来的斗闹改变了他的生活。

那是初冬的一天上午，农村人闲得无事可干，李才莲及哥哥李才万和父亲三人都木桩般竖在门口的屋檐下，一边抠鼻屎一边看天，也没有什么话说。哥哥李才万是很歪的人，就从鼻子里面抠了一大坨鼻屎突然塞进李才莲嘴里。李才莲以为有什么吃的，咂咂嘴才知道上了当，便痛骂李才万会死掉。李才万就动手打李才莲一巴掌。李才莲也蛮歪，吃不得亏，骂着扑打过去。二人你一下我一下在屋前扭打起来。李才莲的父亲也参与进来，一边骂两个儿子一边动手动脚地制止这场"战争"。

这个莽撞的父亲，他不参与还好些，越参与越添乱子。

只听得"哎哟——"一声尖叫，不知怎么，李才莲已经躺在地上，他的脚骨被父亲踢断。为此，李才莲卧床休息约三个月，终身都记恨自己的父亲。

那年14岁，即将小学毕业的李才莲被迫中断了学业，却并没有中断革命活动。有时，李才莲打个招呼就不见了，无影无踪要几天后才回来。在面朝黄土背朝天的劳作中，池煜华经常做一个半人甚至于做两个人的活。做得多则食得多，有时她实在饿得忍不住，就会乘李才莲在树荫下偷懒或看书时偷食一点李才莲那份饭。李才莲发现了往往下手很重，在她头上来一餐"爆栗子"。她便捂着脑袋干号几声。

自因吃鼻屎闹矛盾后，家庭生活便有了变化。李才万两夫妻种一块田，李才莲两夫妻种一块田，虽然没有明说分家，但是各人心里都在为分家做准备，并且付诸行动。那一年，李才莲用劳动所得的钱买回来一条水牛，为分家迈出了坚实的一步。如果红军不到兴国来，李才莲、池煜华就会一门心思往发家致富的路上奔走，命运肯定会是另外一个样子。但红军来了，早已参加革命的李才莲完全卷入了革命风暴之中，他毅然舍弃了那头发家的水牛，一下子成了职业革命者。

李才莲虽然6岁就与池煜华结婚，却仍是由祖母带着睡觉，一直与祖母睡到15岁。15岁那年李才莲与池煜华圆房。那是1929年春节前夕，年三十晚上睡觉前，李才莲在祖母指点下，把枕头从祖母的床上放到池煜华的床上，两人就算圆房了。

革命风暴席卷赣南，圆房第三天，也就是大年初二一早，李才莲告别了蜜月中的妻子，去参加县城的暴动，从此踏上了血雨腥风的革命武装斗争的道路。

县城里面建立了苏维埃政权，在风起云涌的革命风暴中，大家一窝蜂地参加革命，一夜之间，人们才得知15岁的李才莲是少共兴国县委书记。李家一下出了几个革命人。李文兰是李才莲的胞叔，担任了区苏维埃主席；李才万担任了区少先队队长，后参加红军，在红三军团某部三营任政委；池煜华也担任了区苏维埃妇女部长。

大家都去闹革命，嘴巴吃什么？田里有那么多活要做，池煜华怎么走得脱身呢！

"家里面老老小小有这么多人要吃饭，管得你革命不革命，田地里的功夫，家里的事情你就要去做。"李才莲的父亲和后母如此要求池煜华。

"我就是要革命。"池煜华虽然还不理解实际意义上的革命，却本能地要革命。她一切都是从丈夫的角度出发考虑问题：为了一个干革命的丈夫，做妻子的也应该干革命；为了一个干革命的丈夫，做妻子的不能脱产干革命。所以，池煜华当的是不脱产干部。她干革命的主要工作是叫大家打草鞋，叫大家交公粮，叫大家当红军，

干革命，她是在帮丈夫；做家务，她也是在帮丈夫。帮丈夫，是一个做妻子天经地义的责任。她日日最悬挂的是丈夫，所以日日保佑的也是丈夫。丈夫——李才莲在外怎么样了呢？

李家几个在外的人常有书信捎回来。

大哥李才万来信说在福建打仗的事，在福建患病的事……

丈夫李才莲也时常有信捎回来，询问家乡的生活，家乡的收成，交代池煜华要搞好家业，善带弟妹，千万不要打弟妹让弟妹记恨一辈子……

不过，这些书信常常到不了池煜华的眼里、手里。因为她在家里的地位卑微，还有一点是她不识字。书信认得她，她却认不得书信。虽然书信近在咫尺，书信上的内容却还要很久很久才能传到她耳朵里，有的是几天、十几天，有的是一两个月，半年，有的她永远都不得而知。无论是下河洗衣服，还是在家做家务，下田劳动，她的耳朵都高度注意收索与李才莲与自己有关的信息。有几

次，李才莲从千里之外转战到兴国县，来信约池煜华赶快去兴国县城相聚，待池煜华得知约会后，约会的时间早已过去。每逢此时，池煜华就一个人站在一尺多高的大门坎上向小溪对面张望，那是一条从家里伸向外面世界的小路，也是一条从外面的世界转回家里的小路。望着这条小路，池煜华的泪水就不知不觉地流淌，不知不觉地流满了她整个脸庞。

对于一个只圆过两天房的少妇来说，日夜牵挂，苦思冥想，只能在梦中与丈夫相约相聚画饼充饥，现实中的约会为何却来得这样迟缓又去得那么匆忙呢？这是多么激动人心又多么残酷的约会呀！

池煜华心目中的李才莲，就像天上的月亮，可望而不可即。在红军长征前四年间的五次反"围剿"中，李才莲只回来了两次。这寥若晨星的两次探家，深深地刻在她记忆里、刻在她心目中，几十年后仍是那么清晰，那么亲切。

这是一个冬季的黄昏，凛冽的北风冷得刺骨。

池煜华抱了一捆柴草准备进厨房烧饭。走过大门槛时，她下意识地回头望了一眼小溪对面。哦，那条无边无际的小路尽头果然出现了一个黑点。立刻，她陷入重复过千百次的有望与无望，那么痴痴地望着，痴痴地等待。柴草烧出了灶外。

"打短命的，还不赶快烧火做饭。等一下大家归来没饭吃，皮都会给你剥掉！"

后母一声断喝，池煜华立即回到灶台，一边烧火做饭，一边竖起耳朵倾听，细细分辨对河小路上遥远的脚步。

就像天道还欠于残疾人一样，盲人的听觉特别敏捷，聋子的眼睛特别明辨。池煜华是个不识字的"睁眼瞎"，于是，她不但眼力特别好，听力也特别好，即使是在灶台上她也能听到小路上传来的遥远的脚步声，分辨出脚步声是不是李才莲。

"才莲回来了，是才莲回来了！"池煜华欣喜地从厨房里冲出来，不顾一切地向小溪那边奔走。可是，才莲的脚步为什么变得那么缓慢，变得缺少生力，像是被寒冷冻坏了，像是大病了一场？

急切地迎出去，缓缓地接回来。

果然是她日思夜盼的李才莲回来了。不过，回来的李才莲并不是人们传说的那样英俊、潇洒，骑着高头大马，那样神气十足。风尘仆仆的李才莲脸色刮青，双眼无神，四肢无力，整个人弓着腰，驼着背，缩着身子，是一副落威落势的跌苦相，似一棵在北风中瑟瑟缩缩的枯草。

池煜华远远扑上来，一把将李才莲紧紧搂抱在怀里。许久许久，李才莲冰凉的脸才有了几分红晕，冰冷的心才暖和过来。相视无语，泪水夺眶而出，在一张灰黑脸上冲刷出两道白白的泪痕。这个李才莲与过去、今后的李才莲都判若两人。

池煜华不可能知道，李才莲的归来牵涉到一个"左"倾案子。已经担任中共上犹中心县委领导人的李才莲是被"开除"回原籍的……

怀着将生命献给革命的抱负出山，到倦归山野，身心疲惫的李才莲倒在与池煜华圆房的那间黑暗的小房里，闻着浓浓的潮气霉味，整整三天没有出屋。三天后出屋的李才莲显得木讷、迟钝，像伤了元气的老人。

失去了"她有一个在外面当官的丈夫"的虚名，却得到了一个日思夜想的真实的丈夫。池煜华不懂得也不计较外边世界才有的那些荣辱得失，她扮演着一个大姐一个母亲的角色日日抚慰着自己的丈夫，她像一个新娘夜夜享受着自己的新郎。

有一天，李才莲与池煜华上山捉石蛙，看到了一场奇特的战斗。两人沿着蛙鼓阵阵的小溪溯流而上，在一只深潭旁见到十几只近斤重的大石蛙依水而歌。他们正要悄悄绕过去捕捉，只见"嗖"的一声，一条眼镜王蛇凌空而降，将一只石蛙咬住。"哇哇，哇哇——"那只石蛙凄惨地叫喊起来。蛙群一阵躁动，一只石蛙猛然跃起扑上去抱住眼镜蛇，又一只石蛙扑上去抱住眼镜蛇，又一只石蛙扑上去……受惊的眼镜蛇用力扭动身子，蛇蛙一块滚落水中，沉沉浮浮，激起轩然大波。许久，奄奄一息的眼镜蛇浮出水面，在岸上歇息许久才慢慢地爬走。受伤的石蛙则钻进石隙养伤。

两人静静地看着这一幕自然界的生命大搏斗，都惊呆了。

生命是个人的，生命的潮涨、潮落却不是个人所能把握的。人世间的冷暖，山野里的生气都可凝成云生云灭，都可化作徐徐来风与生命的气息接续。

十几天后，李才莲又挺起了胸膛，20天后，一米七零的李才莲又高昂着头颅出山了。一个"老革命"作为一个新革命者，他又重新参加了革命。

重病的痊愈，生命力的恢复为什么会这么快速？说不清是什么原因，但起码有以下几个原因：是池煜华纯真质朴的情爱唤回了李才莲的生活热情；是山呇兒的逼仄逼出了李才莲的革命意志；是庸碌的目光和俗气的讥讽激发了李才莲的拼搏精神；是蛇蛙的搏斗呼唤着李才莲自身对伤害的愈合能力；更要紧的还是李才莲自身对伤害的愈合能力。

复出的李才莲更老练，更聪明，更成熟了。

男人的征战就是女人的煎熬。池煜华面临的又是一轮漫长的等待，而每一轮新的等待又伴随着新的冀盼。行前，池煜华红晕着脸，对李才莲发出了曾千百次萦回心底的疑问。

"你在外面给那么多人写信，为什么不写信给我？"

"写信给你，你又不认得字，两公婆的事还要请别人念，多不好意思呀！"李才莲，"你要学习识字，要学习文化。"

他用柴火梗在地上一笔一画地写下了"李才莲、池煜华"个字。

池煜华不吭声，晕红的脸羞得更红更美了。是哩，两公婆的事怎么好请别人念呢。难怪李才莲经常叫自己要学习识字。

望着温柔美丽的妻子，李才莲按照农村发誓的习惯，站在门槛外对站在门槛内的池煜华指天地发誓："现在是战争年代，谣言特别多，如果有人说我死了，千万不要相信。我算过命，算命先生说我不会死，会命长，大富大贵。记住，等着我。20 年 30 年，哪怕 50 年 60 年，革命成功我就一定会回来和你相聚。"

面对信誓旦旦的如意郎君，池煜华半嗔半娇，请老天爷作证，发出了誓言："你放心地去吧，我会等你。你 20 年 30 年不回来我就等你 50 年 60 年，50 年 60 年不回来我就等你 100 年。一定会在家里等你回来团聚！"

三、生活在领袖身边，锻冶于革命营垒

后龙山长长的崖坡，李溪长长的流水都映照着一个痴情的身影。长长的思念化为常常的动力，常常的动力就是常常的学习。山坡上、沙滩上、田野里处处都种下了池煜华歪歪扭扭的笔迹"池煜华李才莲，池煜华李才莲"。

识 3 个字就认得自己的名字，识 6 个字就可以把丈夫的名字和自己的名字写在一起，识几十个字就认得全家人的名字，识几百个字，就认得县名区名村名和全村人的名字，识一千个字，就可以与丈夫通信了……

"池煜华李才莲，池煜华李才莲。"学识字的池煜华写得最多的字就是"池

煜华李才莲"6个字,她喜欢把这两个人的名字写在一起。无尽的思念呵,有时,池煜华心里也难免泛起一缕缕疑云:李才莲在外面会不会像我思念他一样思念我呢,听说,他在外面都说自己没有结婚,没有妻子,他为什么要这样说呢,外面的女人洋气不洋气,李才莲在外面会不会有外遇呢?!这些怀疑都是一念之差,随风飘散,她坚决相信:自己这么思念着李才莲,李才莲怎么能不思念着自己呢。

郁郁葱葱,一片硕大的古樟树拽着连绵不绝的绿,伸向远山。这是江西宁都县城郊,一个叫"七里"的村庄,1933年6月,池煜华与人搭伴,步行三天,终于在这里找到了中共江西省委,见到自己朝思暮想的如意郎君李才莲。

"才莲、才莲——"池煜华情不自禁,呜咽着扑进了惊奇不已的丈夫怀里。识字果然好,识字长了池煜华眼界、智慧、勇气和力量。池煜华知道了丈夫革命的官名,叫作少共江西省委书记,丈夫革命的地方是江西省委所在地——宁都。她一点一点打听清楚了宁都怎么走,有几天路程,要经过哪些地名。丈夫不回来,久久苦恋的池煜华决定出门去寻找丈夫,现在识了字,什么都挡不住她,除了缺路费。平常,自给自足的农村很难见钱的面,但这也难不倒她,通过布告,识了几百字的池煜华知道距离教富村十来里远的地方,有一个红军豪兴医院,柴火挑到那里去可以卖钱。

柴火可以卖钱,却是最便宜的商品。2担柴火才卖5分钱,40担柴火卖1块银圆。池煜华用了半年时间,足足卖了120担柴火才凑足3块银圆。一担柴火就是一两个血泡,血泡溃烂,血水把刀柄都浸透了。她原本细嫩的手,一层血泡叠一层血泡,已经粗糙得如同柴皮。一路上,她忍饥挨饿却舍不得动用那3块银圆,舍不得吃带给李才莲的菜干子、鱼干子。此刻,她布满血痂的两手把这些物品连同两双布鞋,一齐捧到丈夫手里,作为见面礼要丈夫买点补品补养身体。

久别胜新婚。一年多未见,面对着兴奋不已、激动异常的妻子,刚刚被任命为中央苏区儿童局书记的李才莲,抚着她新泡叠旧痕的两只粗糙的手,却并没有表现出应有的热情。恰恰相反,他轻轻地推开了浑身滚烫、热泪盈眶的池煜华,举止冷淡得让人生疑。

"这是我家乡的一个人。"李才莲对通讯员和机关工作人员介绍说。

"我是他家乡的一个人,他怎么不说我是他老婆呢?"池煜华心里犯嘀咕。

吃过饭后，李才莲也不大与池煜华说话，却曲里拐弯把池煜华带到一户老表家里，安排在那里与一个妹子搭睡。夜间，躺在光板床上辗转反侧、百思不解的池煜华问那个妹子的名字，她竟与自己同名同姓，也叫作池煜华。天下哪有这样的怪事！

朝思暮想终相遇，相遇却仍是分离。这到底是怎么回事呢，一夜之间，池煜华委屈的泪水把床板都打湿了。

几天后，李才莲终于把池煜华带入自己的住房。这虽然也是一幢干打垒的土房，房里阴暗潮湿，只有一张用两条凳子架起来的光板床，池煜华却感到亲切，有一种回到家里的踏实。

在这片戒备森严、平常却不寻常的建筑群落里，突然冒出来一个穿着浑身缀满补丁的土蓝布衣服，却生得眉清目秀、明眸皓齿的美女子，远远走来，犹如荒草地里长出了一支婷婷的山菊花。在警惕性极高的年代，她的出现不能不引起所有人注意。

池煜华逐渐接触了毛泽东、周恩来、李富春、蔡畅等一些有着神奇传说的中共高层领导人物。首先使池煜华感到可亲可敬又主动为她释疑的是中共江西省委组织部部长兼白区工作部部长蔡畅，蔡大姐。

那一天，李才莲突然对池煜华亲热起来。他说自己受了批评。

"蔡畅部长问我为什么在外面见到池煜华时，不打招呼不说话，像不认识的人一样，这是对妇女不平等的思想作怪，是瞧不起妇女同志的表现。要好好反省反省。"这一夜，李才莲把自己反常的言行、前因后果对池煜华作了一个彻底的坦白。

第二天，池煜华走进了蔡畅部长的办公室。

"蔡大姐，李才莲不是瞧不起我，在屋子里面他对我很好，还会给我洗脚哩。他在外面不跟我说话是避嫌，战争年代，大家出外革命都没带家属，那些战士看见领导干部带家属会想家的……"

"哦，如果他不是瞧不起你，那是另外一回事。池煜华，你对领导干部带家属这事是怎么看法的？"

"我的看法是男女平等，男同志可以出外面革命，女同志也可以出外面革命。带不带家属要看革命需不需要，革命需要当然可以带家属。"池煜华对这个问题想过很久，深有感触，"女同志不光是家属，还可以是革命干部。"

"哎，你说话还蛮有水平嘛。你在家里是不是参加了革命？你愿不愿意到省委来工作，与李才莲一道革命……"

蔡畅知道池煜华在家也担任了苏维埃妇女干部。从此，她们成为了朋友，池煜华经常去找蔡畅谈心。平易近人的蔡畅是池煜华真正的大姐。在省委工作的危大姐等人也时常参进来与池煜华聊天。李富春见了面都会打招呼、聊天，有一次，他还买了些果子来吃。一边聊天一边问兴国农村的扩红情况，妇女组织打布草鞋的数量，农村中"借谷运动"的情况。朱德总司令也偶尔凑过来聊几句。

南方有一说：夏季的天孩儿的脸，说变就变。有一回，暴雨倾泻，下了一夜。天亮时，大家的床都立在水中，出门一看，有些战士的床板漂浮在低洼处。池煜华本能地下到水中为战士们打捞床板，洗晒被褥，早早晚晚，忙碌了两天，给所有的战士干部留下了深刻的印象。

时间久了，神秘的毛泽东也不神秘。有一次，毛泽东与池煜华聊天时聊出了久蓄心底的一个秘密。当时，苏区的《红星报》《青年实话》等刊物上经常能见到李才莲的署名文章，特别是《青年实话》有时每期都有李才莲的名字。这就不能不引起敏感人的注意。

"过去，我总觉得李才莲不像是穷苦人家的子弟。他长得文质彬彬，像个舞台上的小白脸，读过书有文化，能说会道，很会写文章，组织能力又强，办事果断有魄力，还有一定的经济头脑……这样的人不是地主家出身，就是富农家出身。直到看见了你，看见你一身补了又补的衣服，看见你年纪轻轻一双手长满了老茧，我才相信他确实是穷苦人家出身。"

一天晚上，池煜华无意间把毛泽东的话说给李才莲听，李才莲像老年人那样长叹了一口大气，久久没有吭声。池煜华陪着李才莲一夜未眠，那个无眠之夜，她似乎明白了刚来时才莲对自己的冷淡，又似乎什么都不明白。从此，她感觉到革命以及革命队伍并不那么简单哩，她再也不是原先的池煜华了。

无论如何，走出家门的见识、境遇以及收获与在家里面就不一样。她愿意接触那些新鲜、新奇的事物，愿意走出家门。

一个月后，池煜华是带着蔡畅的手令回兴国老家的。蔡畅在一张中共江西省委的便笺上写着：

中共兴国县委：

　　经研究决定，调你县池煜华同志到中共江西省委土地部工作。

中共江西省委组织部长蔡畅

1933.7.19

　　眼看夫妻双双就要在一起革命，一块生活了，天真烂漫的池煜华多高兴呵。

　　战争的硝烟弥漫在苏维埃的上空，新一轮反"围剿"日益迫近，红军的兵员却日愈枯竭。当时，李才莲正在参加筹备成立少共国际师，对即将到来的团聚他没有表露出太大的高兴。面对天真烂漫的妻子，临别之际，他摸摸索索从口袋里掏出一块铮亮铮亮的小方镜子，赠送给她作礼物。

四、海枯石烂心不变，望穿世纪情不移

　　赤日炎炎，酷暑如灼。7月，是农村最繁忙的双抢季节。

　　池煜华一向是家里的壮劳力，回来便操镰下田，马不停蹄地投入了"抢收抢种"。一连干了三天，每天干得汗流浃背，天昏地暗。那天正干着，一场透雨不期而至，把池煜华一身淋得透湿。她硬是用体温把一身衣服烘干，直干到日头落岭，月挂东山。当她把最后一担稻谷挑回家时，浑身没有一丝力气，人与稻谷倒在地上爬不起来了。60多年后，池煜华还清楚地记得，那天是7月11日。

　　一场上吐下泻的"人瘟"突然在兴国县蔓延，人们一个接一个莫名其妙地病倒，莫名其妙地死去。全村先后有四分之三的人染上了"人瘟"，大部分人熬不过七天就七窍流血一命呜呼。

　　"我不死，我还要与才莲团圆。"

　　池煜华不肯死，十天又吐又泄，不吃不喝，全身瘦成了一把骨头仍不肯死，全身都没有感觉了仍睁着一双无神的眼睛在等待医药。那时哪有什么医生，哪有什么医药呀，有的只是土郎中传下的土药方。池煜华食下了一剂治"人瘟"的土到了顶的土方子。用尿勺到粪坑里捞一碗蛆虫，到李溪水里面冲洗干净，然后把蛆虫放到擂钵里擂成浆，再冲冷水往肚子里灌。水米难进口的人，喝臭气熏天的蛆虫浆液反而不呕吐。不呕吐并不是好喝，一碗蛆虫浆液，池煜华捏着鼻子一天喝了三次才喝完。喝了蛆虫浆液就感觉到有一条条蛆虫在喉咙管、

肚皮里边一蠕一蠕爬来爬去，爬得人心惶惶，那蛆虫爬着爬着就像立即要爬出嘴巴一样。

从没有任何感觉，到有再生的感觉，这感觉是蛆虫慢慢爬出来的，爬得人心惶惶，然后感觉到人生的无味、人生的无奈、人生的痛苦、人生的期待、人生的……然后就活过来了。

促使池煜华从死亡中活过来，可能是蛆虫也许是"人虫"。这个"人虫"就是她的身孕。

20多天后，她爬起来料理李才莲祖母的丧事，人世变了一个样。办丧事是最需要人手的，平常大家人众的李家却没有多少人向前。一问，李才莲的弟妹已接连死了5人，整个家族屋场中先后有12人得了瘟病，死去11人。

灭了人，就灭了做事的帮手，也就灭了人的负担。池煜华再要脱产革命，就没有理由也没有人会阻拦。

当池煜华持蔡畅的手令前往区、县办理调动手续时，兴国县刚刚由一个县分为两个县，即一个兴国县，一个杨殷县，县里安排她到杨殷县委，担任巡视员兼熬园区妇委会书记。池煜华多么想去土地部，日夜与丈夫在一块工作呵。在与县委组织部人员争执时，她突然觉得身体十分不适，拼命地呕吐起来。经人提醒，她惊喜地发现自己已经怀孕。她留了下来，也就改变了人生。

杨殷县辖兴国、赣县、泰和三县交界的各一部分，含茶园乡教富村在内，是最偏僻的山区地带。池煜华任县委巡视员兼熬园区妇委书记近两年，红军便长征离开苏区。红军长征前夕，李才莲因布置撤退工作曾经回到兴国县城一趟。形势已万分紧急。一到兴国，他便匆匆捎信要池煜华在一周内来兴国城相会，并反复交代：估计一周后白军将占领兴国县城，你就不要来兴国县城了。这是李才莲写给池煜华的最后一封信件，信件的命运与以往一样，被李才莲的父亲及后母扣押。当信件转到池煜华手中，一周早过了，已是"就不要来兴国县城"的时间。

1934年底至1935年底，赣南各县到处张贴着一份内容大致相同的购买人头的布告：悬赏——谁获得共匪首犯项英、陈毅、李才莲……其中一颗人头，即可持人头到县"剿匪"总部领取奖励五千块银圆……

旧中国历来有"株连"的习惯，政府当局及乡邻都知道池煜华是李才莲的老婆，但当局并没有株连她，首先向池煜华发难的倒是李才莲的亲父后母。

"土匪婆子——你这个短命的土匪婆子早就该杀！"

李才莲的亲父、后母黑了心肠，暗暗盘算，既然李才莲值得五千块银圆，那么李才莲的老婆岂能一钱不值？他们悄悄地向区保安团告了密，保安团那位老总形象很凶，他们告密时没敢说太清楚，只说是李才莲。那天黎明，一队白军乘着薄雾未尽，蹑手蹑脚来捉拿李才莲。他们提心吊胆地在屋里屋外搜查一番，却只见李才莲的老婆，气就不打一处来，保安团长刮了告密者两个耳光，一窝蜂地走了，顺便捉了几只鸡鸭。原来，当局对李才莲的老婆并不感兴趣。

李才莲的父亲捂着火烧火燎的脸，悻悻地在竹椅上坐了半个时辰。心里窝着一股火，他想，当官的不要就算了，标标致致的池煜华，卖给人家做老婆还是值几个钱的。

这一次闹剧，池煜华失去了最后一次与李才莲相逢的机会。那天黎明，李才莲的队伍恰巧途经兴国，他带着一名警卫员顺便回来探家，隐在李溪河的桥墩下，远远地发现了那群喧哗的保安团。随即迅速转移。后来，池煜华洗衣来到溪畔，终于看见了李才莲留下的字迹，桥墩岩石上划着遒劲有力的两个名字"池煜华、李才莲"。池煜华颤颤抖抖，涉过溪水，她把脸贴在那块岩石上，从熟悉的字迹感触到丈夫亲切的体温，并且揣想出这笔迹中的一串经历。千思万念，时时刻刻等待的夫妻相聚，就这样于无形中失之交臂，泪水沿着桥墩流进小溪……

更大的灾祸又来了。李才莲的亲父后母急不可耐地要处理池煜华，四处牵线，连价都不还，45块银圆就把她卖了。少了个池煜华就少了个将来会分财产的对手。

买人的、卖人的和"在场人"三方相聚，在清扫案桌铺纸书写卖身契时，池煜华闻讯大吵大闹起来："你们敢卖我，我就当场死给你们看，才莲有一天会来找你们！"

骑虎难下，被请作"在场人"的李家老族人，房下公公提出反对。

"李才莲又不是你名下的人，你们有什么权卖池煜华。20年前你哥哥死不瞑目，你妈妈做主，你亲口答应把才莲过继到你哥哥名下，你哥哥才闭上眼睛。那回也是请我当'在场人'。当了那个'在场人'我就不能当这个'在场人'，我还要阻止你卖人！"

池煜华没有卖成，却是作为这个家庭的"别家人"留下。既是别家人就不能留在这个家。池煜华被无情地撵出生活了十几年的李家门。

离开家，一个年轻的女人能去哪里？

无处可去的池煜华不能进家门，就捡三块卵石在家门外屋檐下角落里垒一个灶，晚上煨着灶火过夜。大山里的夜冷，冷得实在睡不着觉。她就遥望李溪对面的那条小路，小路在月光下很白，她多么希望小路上过来一个人，这个人就是李才莲！

多么寒冷的天气呀，怀胎十月的池煜华用砍来的松枝遮风，用地上铺着的稻草遮寒，紧紧地煨着灶火生下了一个女儿。流了多少血呀，涌流的血水浸湿了稻草，又流向灶灰把灶火都浸暗了，全村的空气中就漾着一股浓浓的血腥。痛苦中煎熬的池煜华不但不敢请人打帮，连叫都不敢大声叫唤。按客家风俗，女人生孩子很"凶"，会给屋子和不意撞上的人带来凶气。怕别人撵，痛得死去活来的池煜华连叫喊都不敢，痛得她实在受不住时，眼睛望了河对岸心里发恨地呼唤："李才莲，李才莲——你怎么不死得回来——"还有一个转移疼痛的办法：牙齿咬着揩汗的布使劲、使劲。可怜池煜华生下小孩后，一团布被咬得像一团腌菜一样稀烂。

有了孩子就有了依托，尽管会招来亲父后母更多的咒骂，但她已经习惯了。骂有什么关系，骂又不会痛。有了孩子就多了一张要吃奶的口，平常池煜华吃了上顿没下顿，瘦得一把骨头，哪里有奶。没有奶，拿什么喂这张口呢？那时不少做母亲的都没有奶汁。几天后，池煜华学会了用米汤喂孩子，用嚼碎的饭哺孩子。尽管孩子瘦得皮包骨，她仍感到欣慰，自己虽然艰难，毕竟为李才莲传了后。有了"后"就有了一种力量。每当她披星戴月地劳作，干活累得实在受不了时，她就想：坚持等，再苦再累也值得。待明天与才莲见面，自己可以交给他一个女儿，一个惊喜呀。

女儿是她爱情的结晶，是她的宝贝她的希望，她的寄托她的生命。

可是，严霜偏打独根苗，女儿在三岁那年，却患了麻疹突然病逝。活蹦乱跳的一个女儿，从一尺多长长到两尺多高，李才莲连见都没见过，抱也没抱过，怎么说死就死了。池煜华抱着闭紧双眼的女儿哭了三天三夜，哭尽了泪水哭出了血，直到抱着的孩子发出一股味来才埋进后龙山的一棵树下。

光杆一个的池煜华不能窝在家里死等了，她要主动出去寻找。掩埋女儿的第三天，池煜华在脸上抹了一把锅底灰，怀揣着那面小方镜，拎着一把柴刀出走了。沿着熟悉的路，沿着走过的路走进听说过的路，走进没听说过的路，人海茫茫的路，荒无人烟的路……世界上怎么有这么多的路，世界上怎么就没有一条通向丈夫的路？！江口乡她到过，于都县、宁都州也到过，天下能有多大？我就不相信会找不到自己的丈夫。到过这么多地方的女人在茶园乡还找不到第二个。

池煜华一路砍柴一路找，许多山村，她都寄居在孤寡人家，这种人家都是丈夫或儿子当红军，对她富于同情也主动给予关照，并提供消息。有一次，听说某地游击队与白军在打仗，她冒着危险赶去。战斗已经结束，只有几具血肉模糊的尸体。她不顾一切地扑上去，一具尸体一具尸体地查看，没有看到李才莲才大大地松了一口气。她寻了一个空穴，把几具尸体拖了进去，然后用石头堵住洞口。做完这些，她遍身是血是痛，也是一个伤员了。

一路打工一路寻，一路乞讨一路觅。因为担心李才莲回来找自己，两边错过，她一年后回到教富村，然后再出去再回来又出去。整整寻找了8个春秋。大路边、屋檐下、柴草棚、厕所里都度过不眠夜。夜深人静，她常掏出小方镜睹物思人，星光、月光映着镜光。

铮亮铮亮的小方镜，变得模糊斑驳，四边的边框早已经锈得乌黑。天涯茫茫路茫茫，池煜华的心在天涯、在路上。哦，李才莲李才莲，你在哪里，我怎么找不到你？李才莲，你知道吗，我天天都等你，你怎么不回来呢！每日每夜，池煜华都对着镜子询问、倾诉。唱惯了"扩红歌"和"兴国山歌"的池煜华，对着镜子，日日夜夜在路上哼念着望夫曲。

你说过会回来
我就等你
拼命地等呵
等人真不容易
吃饭嚼着忧伤
睡觉睡着焦急
淋着冰冷的冬雨

我生下了你的小女

小女等呵等不及

可怜三岁就命归西

等呵等呵

黑发转白头

嫩脸变皱皮

等到大家都忘掉

不再等人了

等到世上完全死绝

再也没有一点声音

等到和我一起等的人

都已远远走离

等呵，我拼着命等

用尽全身气力

等呵，我一定要等你回来相聚

……

8个春秋，她独自流浪，进行了一场寻觅的征战。

苦难，洒落在她身上，也洒落在她的四周。1943年，李才莲的父亲患病瘫痪，这曾无数次折磨过池煜华的老人，却没人搭理。还是池煜华回来一把屎一把尿，苦揽苦做侍候公公到死。丧事，后母不管，同父异母的弟弟不管。池煜华当然也可以不管，可是，如果李才莲在家会不会不管呢？于是，池煜华代替丈夫当孝子，东奔西跑请道士念经超度亡灵，请乡亲抬棺上山，在坟前为他哭山。数年后，池煜华又送走了虐待她的后母。送走了一个又一个老人，抚养大一个又一个弟妹。池煜华独自承受着漫长的人生苦旅，承担着本应由两副肩膀支撑的家庭重负……

五、等你到永远，永远有多远？！

春去春归，寒来暑往。革命终于成功了。1949年8月，中国人民解放军第四野战军第 18 军开进了兴国县。解放军就是当年的红军。消息传来,池煜华梳头洗脸,连夜跑去打听丈夫的下落。她在高兴圩边,部队必经之路上守望、打听了 3 天,既没有找到丈夫也没有得到丈夫的准确信息。

"同志,你见到了李才莲么?"池煜华对所有的部队都发出同样的提问。

"在后面的部队。"几乎所有的军人都这样回答。

池煜华并不灰心,有一位当官模样的对她说:"还没有解放全中国,也许是带部队打到别的地方去了。"

这话池煜华相信。还没有解放全中国,革命就没有成功。才莲就没有这么快回来。红军毕竟回来了。池煜华知道久久期盼的郎君就要团聚了。但别人的丈夫都回来了,自己的丈夫怎么还不回来。她逢人就问,不厌其烦地打听丈夫的消息。

"革命还没有成功。"问多了问烦了,有好心人便用善意的谎言安慰她,"现在抗美援朝,你丈夫带兵在朝鲜打仗,打完仗就会回来。"

别人当红军的丈夫做了师长、军长,风风光光,荣归故里,她看了心里怅然若失。工作上闹矛盾,也有人故意讥刺说:"你丈夫在外做了大官,不要你了,你是没人要的。"每当这时,她听了特别特别难受,会几夜睡不着。

也有一些关于李才莲的信息,让她千里寻夫,更备受煎熬。

有一回,她听说李才莲在战争中重伤,被某县深山中的老百姓救活,那家百姓就把已经残疾的他留做女婿。池煜华不大相信这信息,不过,她也无法不信,毕竟李才莲久久不归,辗转数月,她决定去探望一番,眼见为实。

深秋,池煜华如走亲戚般挑着一担篾箩筐,里面盛着油烧的薯米果、芋包子、灯盏糕,和竹篾串着的一串串雪白的炒烫皮……四五天的路途,踏满了无数种猜测。

她想通了,她不是小气的人:李才莲应该是自己的丈夫,但情理相通他也可以是别人的丈夫;也许因为人家救了李才莲的命,李才莲知恩图报;也许是他残疾了,无法行走,不能回家;还有一个可能是……

下了车,步行在荒僻大山里,曲曲折折、坎坎坷坷的山道,一座大山皱折处,有一个五六户人家的寨子,她询问着找到了李才莲的家。

那里,一处农家小院,李才莲拄着双拐背着身子在喂鸡,嘴里发出一串唤鸡声"咯咯咯咯——",身边围着两个小孩。

"才莲才莲——"池煜华失声叫喊起来,泪雨滂沱,呜咽如吼,放下箩筐担子,扑了上前。

李才莲转过身子,"啪嚓——"一对拐杖跌倒在地,两人拥作一团,抱头痛哭,呜噜呜噜哭泣作一团。许久,旁边一个女人重重地咳嗽了一声。哭泣告一段落,二人仔细一打量,却并不认识。

"怎么,你不是李才莲?"

"是啊,我是李才莲呀。"

"你参加过红军?"

"是啊,我是参加过红军,打仗时负了重伤。"

是的,他是李才莲,也是红军李才莲,但却不是她朝思暮想的那个李才莲。池煜华已经记不清楚,这是寻找到的第几个李才莲,第几个非李才莲。

寻找,寻找,从没间断过的寻找……

红军长征后,中央苏区中共中央分局 12 名委员中,是生是死唯有李才莲下落不清,曾任少共中央分局书记的李才莲到底哪里去了?他是党的高级干部,不能就这样不明不白,下落杳然。

其实,各部门寻找李才莲的工作断断续续一直在进行。

1937 年,项英到延安向中央报告坚持赣粤边三年游击战争情况时,谈到李才莲是留下来坚持斗争的主要军事负责人之一。

据说李才莲是江西兴国人。"文革"前,中央委员、中共中央党史办主任冯文彬来江西,曾询问江西省委:"李才莲到哪里去了?"

为此,江西省委党史办主任吴允中曾专程来兴国调查李才莲的下落。苏区革命时期,吴允中曾在少共福建省委工作,在福建听过李才莲做报告。李才莲滔滔不绝的口音中有一股兴国腔。1986 年 5 月,吴允中再次来到兴国县寻找李才莲的下落。

兴国县立即着手开始查找李才莲的工作,一下子找到两个李才莲:一个是年青的县工会主席,一个是年青的农村妇女。吴允中听了付之一笑,说李才莲是位老红军。后来,中央某部门接到报告,在福建又找到一个女红军李才莲,令人啼笑皆非。中央的老同志都知道,李才莲是个男同志嘛!

寻找李才莲的工作在各地不懈地进行。

中共赣州地委党史办成立了"李才莲课题组"。他们把寻找的目光投注在老红军身上。

张爱萍回信说明了与李才莲交往经过及李才莲原来的职务等情况，但红军长征后其便下落不明。陈丕显回信说，李才莲可能是被警卫员杀害。（原始信件均保留在兴国县烈士陵园）

寻找中，赣州地委党史办副主任凌步机，从档案中发现一份重要材料。延安整风期间，在赣南三年游击战中曾任汀瑞特委书记和汀瑞游击队政委兼支队长的钟民，专门撰文回忆了于都9路分兵突围的情况。材料较详细地说明了关于李才莲的情况：李才莲在突围前往闽赣省途中，队伍被国民党军队打散，李才莲折回瑞金与钟民汇合在铜钵山区游击，在后来的突围中被警卫员叛变杀害，不幸牺牲。（钟民后将这段回忆著文《血洒铜钵山区》）。

一位姓林的红军失散人员，在落实政策过程中曾问胡玉春："知不知道李才莲的下落？他老婆池煜华总来找我，要我帮她找李才莲。"

茶园乡民政干事也曾对胡玉春说过："池煜华搞得我伤脑筋，她丈夫李才莲是中央委员的事落实不了，结果连烈士也还不是……我多次找池煜华调查苏区史实，池煜华也多次来县里向有关部门打听李才莲的下落。"

胡玉春立即将情况向吴允中汇报。

李才莲的妻子还健在？

落日从秦娥山尖投下长长的余晖，清澈的李溪河泛着波光，远处的农舍已飘着袅袅炊烟。90岁的池煜华搬了一捆柴草到灶下准备生火，又心有所系地走到大门口，向小溪对面翘首张望。这一张望，就是整整67个春秋。

这一天，池煜华又望见县城方向出现了一个黑影，便情不自禁地迎了出去。

教富村地处兴国县城西北部约25公里，是个路临林深苔滑的偏僻山区。只有一条简易的机耕道大起大落，歪歪扭扭通向那里。当县党史办胡玉春同志四处打听，辗转来到李溪村那条灰蒙蒙的小路上时，谁也没有想到，一位摘豆角的老太太已注意了他们。隔河，竟是池煜华踏着"虎跳石"早早地迎上来问。

"请问，你们是'台办'的么？"

"我们是党史办的，我们来找池煜华打听李才莲的事。"党史办的同志望着这个陌生的老太太有点疑惑地回答。

"才莲、才莲在哪里，才莲在哪里？！"

池煜华忘情了，声声呼唤起来，泪水霎时涌上眼帘。提及李才莲，她眼眸生辉，脸泛红晕，70多岁犹如20多岁的姑娘一往情深。

"李才莲可能已经牺牲了。"

"才莲，才莲——"

手上一把豆角掉落在"虎跳石"上，又从石上散落李溪，顺水流淌。池煜华的呼唤转为呻吟般的低沉长啸："才莲——才莲——"她的每一根头发都因来自心灵深处的激动而簌簌战栗。李才莲怎么会死，李才莲怎么可能死呢？！呵，十里八村的人知道，三乡六镇的人知道：教富村有一位俊女等她当红军的丈夫等了67年。整整67年呀！

> 老妹生得嫩葱葱，
> 可怜年少没老公，
> 好比园中芥菜样，
> 节节开花肚里空。

锅底灰和烂衣衫挡不住靓妹子的美丽。兴国是中国的山歌之乡，挡不住的情歌，白日黑夜都飘在池煜华耳畔。

> 二十过哩三十来，
> 还不恋郎也是呆，
> 等到老妹年纪老，
> 开口请郎郎走开。

其间，有几十人向她求婚，有7个壮实的青年与她联过婚姻八字，都被不讲常情、只认死理的池煜华一一回绝。

"我有老公，怎么恋郎！"

漫无边际的岁月，漫无边际的等待。经过了漫长的生命煎熬，今天，她的等待终于有了结果。但这是一个怎样的结果呀，这是一个比没有结果还更残酷的结果。

"不，才莲没有死，才莲决没有死！"

池煜华镇静下来，十分坚定地否认了才莲的死讯。她奔向墙角一口没上漆的木箱取证据，是的，她的话绝不是毫无根据。她曾写信给全国妇联主席蔡畅，曾写信给共和国主席毛泽东，都得到了认真负责的答复。

这是一口无漆的杉木箱，岁月浸染，白木箱已经乌乌发黑。她从箱底翻出了李才莲的来信。信纸、信封、邮票、邮戳都证明她 1933—1934 年的历史。这三个信封后来多次被邮电部借去参加邮展，成为我国最珍贵的邮品。最珍贵的邮品内蕴藏的也是我国革命者一份最珍贵的情感。

"才莲走时说了，几十年后他一定会回来和我夫妻团圆……"

一言九鼎，这就是李才莲、池煜华的婚誓，这就是他们的生死契约！为了这一句话，池煜华就心甘情愿地苦苦守候一辈子。她从木箱里取出了一件白洋布对襟褂子，这件褂子是李才莲与她结婚时送给她的礼物。平日舍不得穿，只舍得看，看久了看脏了，就小心翼翼洗一把。半个多世纪了，心上人送的心上物还完好如初。

见心上物如见心上人，几缕温馨，一股柔情还久久在她心间驻留。

"才莲没有死，他一定是在台湾做党的地下工作。"

池煜华从箱底翻出了她写给毛泽东同志的信，和毛泽东批转给蔡畅同志的信以及蔡畅给她的回信。她甚至还翻出了一封写给台湾李××先生的信……

池煜华寻找出一本黄得发黑的笔记本。寻找、寻找、寻找。半个多世纪中，池煜华曾通过各种方式无数次地寻找李才莲，这个笔记本有她寻找的一串串足迹，这里面有她——一名普通妇女连通共和国最高领导人的缕缕真情。

1953 年春，池煜华作为苏区妇女干部前往南昌"八一革大"，参加省妇联举办的培训班。一有机会，她就四处打听李才莲的下落。有人给她出主意，按道理你丈夫也应该是个大官了，你何不写信问问毛泽东主席呢。

毛泽东当主席了。对，我应该写封信问问他。他认得李才莲，又有文化会写回信。

池煜华果然请人代笔写了一封信给毛泽东主席。毛泽东主席将信批转给中国妇联主席蔡畅。不久，蔡畅就给池煜华写来了回信：……你给毛主席的信已经转给我们办理。关于你寻找爱人李才莲的问题，我们已将你写的简史，转给军政委员会总政治部……希望你要耐心等待，安心地工作……

这就是说，李才莲会回来！

来自共和国最高层的答复，使池煜华感到温暖，她固执地认定，李才莲是在进行一项伟大而秘密的工作。这是什么工作呢？所有的朋友都为她高兴，帮她猜测。苏区革命时，蔡畅任江西省委组织部部长兼白区工作部部长时，李才莲曾在她手下的白区工作部兼职工作过。那么，李才莲现在是否还搞白区工作呢？反复猜测的结果只有一个：李才莲现在在台湾做党的地下工作。

台湾在哪里？有人给池煜华找来了地图。经人指点，她看到了台湾与大陆隔着一条大海，但池煜华并没有大海的概念。她说："哦，不会远，是两对河子。"

此后，池煜华静心静气地等待、守望。也不是在白守空活，几十年间她先后担任了区妇联主任、副乡长、村妇女主任，一直干到73岁。作为一个老革命，她放弃了所有的晋升机会。不管职务升降，只愿守望村头。她知道，丈夫随时可能回来，自己不能走远，再不能错过任何一个机会了。

67年来，她住的土房低矮、潮湿、黑暗，穷得没有任何电器，蚊帐也没有一顶，连一张像样的板凳都没有，只有一口黑乎乎的锅里煮着菜杂饭。几十年间，她独自挣扎，有时常年填不饱肚子，在饥饿中煎熬。可她挺着干瘪的身子竭力工作，从牙缝里挤出钱来支援国家建设。一贫如洗，家徒四壁的墙上，却醒目地贴着工工整整整19张奖状：土改积极分子、认购国债积极分子、统购统销积极分子、养猪模范、社会主义建设积极分子、幼托模范教师、三八红旗手……她说李才莲在前线拼命，自己也要在家里积极；李才莲在外边当官，自己也要在家里进步。她不能单单是李才莲的老婆、爱人，更应是李才莲真正的"同志"，池煜华不但在为爱情而等待，而且在不懈地为理想而奋斗。甘甘苦苦，生生死死永不相忘，她的生活是多么贫穷而富有啊！

67年，24400个日日夜夜，是多么难熬的分分秒秒组成。她的情，她的爱，她的青春和美丽，都忠贞不渝地融化在那无边无际的等待之中。当代人难以理解，甚至不可想象这半个多世纪的等待。连池煜华本人也对这"爱的吉尼斯"感到震撼。是啊，总觉得李才莲明天就会回来，怎么一等就等了这么久呢。许多的纪录都是在无意中创造和刷新。等你到永远和等你到明天，其实是同一概念。

一晃数十年过去。90年代，从讲解放台湾变成了讲台湾回归。她屡屡向人打听台湾的事，也到过县对台办公室打听丈夫的消息："台湾有没有一个姓李的？"对她不烦其厌如痴如醉的询问，又有好心人用善意的谎言给予安慰：台湾政府的某某就姓李，可能是你丈夫的化名。

虽然还不懂什么倒计时，也许没有任何人比她更真挚更急切地盼望台湾回归。

"李××"。情到深处人痴迷。池煜华默默地记住了这个"化名"。听说可以和台湾通邮，经过再三思索，行动日愈迟缓的池煜华于86岁那年，终于悄悄地给李××写了一封信："台湾省李××收"。圩日，她将信投入圩镇的邮筒里。

> 亲爱的李×× 你好
>
> 　我是你的结发妻池煜华。不觉离别六十二固（个）年哪，也未曾见面，在宁都分手，我就是回家中我是决心要到江西省土地部工作，因为德（得）到了病我就是不能前去工作哪。我也未曾告诉您，只是我的错误和缺点请您多多泉里（原谅）……

言太多，笔太钝，如泉如瀑的情怎么写得下来！池煜华要告诉李才莲，他不但有了儿子，还有孙子、孙女。

46岁那年，池煜华绝经了。独身一人的她十分难受，自己对不起李才莲没有生下儿女，但革命者李才莲不该绝后。于是，她起意给革命者续香火，四处张罗为李才莲领养一个儿子。可是，农村自古以来重男轻女，谁愿意把男孩子送人呢！再者，领养就是结亲，你一无权二无钱三无势四无劳力五无家境，自己的日子都过得一贫如洗，人家把孩子送给你能有什么贪头呢。

10多年努力，池煜华年近六旬才领养了一个男孩。好手好脚的男孩领养不到，她领养了一个肢残、脑痴的残疾孩子。一个人的饭分给两个人吃，池煜华生活得更苦了。再苦再累都不在乎，池煜华自小就是苦累出来的。有时，她一年都没有尝过肉味，几十年中她就没有做过一件新衣服。我首次采访她时是初冬，她穿了9件单衣，所有的衣裤缀满了补丁，有的补丁从裤腰直通裤脚，根本分不出衣服原来的底布了。我邀请她一块吃饭，"她把七八块肥肉、十几个大个肉丸、两碗饭及许多菜统统吃掉。有人说她很能吃，我眼里涌出了泪水，说：

"她必是很久没有吃肉，才这么能吃。"

去县里打听李才莲的消息，有的干部说她总穿烂衣服，是污蔑党，她便冷冷地还一句嘴：你知道什么是党吗！

按道理，池煜华完全可以吃得好点，可以不穿旧衣烂衫。即使李才莲任中共高级干部的身份不被确认，池煜华本人任中共杨殷县委巡视员的历史也明明白白写在县志上。按政策她可以享受老干部的待遇。可是，她没有向党伸手。

李才莲不死就是活着，不是活着就是死。是死是活都得用自己的力量为革命续香火。十几年后，池煜华用节省下来的近万元，为残疾养子找了个傻女人做老婆。为此，她让出自己的"洞房"（名副其实黑洞洞的房），给养子做洞房，自己则搬到原先的牛栏里住。

真是雪上加霜呀，80多岁的池煜华又成为三口之家的主要劳动力。随着年龄的增加，肩上的担子也在增加。媳妇生了一个小孩，她就成为四口之家的主要劳动力，媳妇生了三个小孩，她就成为六口之家的主要劳动力。后来，她享受烈士家属的待遇，每月领5元钱的补贴，随着时间推移，5元钱增加为8元，10元，12元……100多元。这，就是支撑六口之家最主要、最稳定的收入。

种田、种菜、砍柴、养猪、洗衣服、把屎把尿带孩子，她常常一边抱着孩子烧火做饭，一边把干瘪的奶头塞进孙子嘴里堵哭："喔喔喔，我仔不哭——"。又当老奶奶又当老妈妈……80多岁时，她还挑柴走50多里山路到县城卖。邻居们告诉我：她的傻媳妇不但不知道爱护含辛茹苦的婆婆，有时还不让她吃饱饭。有一次，我来到山村采访池煜华，她已病了十几天，整整三天粒米未进。为了给革命者李才莲续一脉香火，池煜华过着非人的生活，把自己折磨得早已不成样子。满头白发的池煜华被生活的担子压得越来越矮，又黑又瘦又小。她坚守的信念和意志却从来没有丝毫改变。

"不，才莲没有死，才莲绝没有死！"

池煜华又一次十分坚定地否认了李才莲的死讯。她的坚定她的证据，使党史办的同志宁可对自己的消息产生怀疑。

"这里，就是在这个门槛，他站在门槛外，我站在门槛内。才莲指着天地发誓，要我等到他来，20年30年，50年60年，100年他一定会回家来跟我团圆，在这里兑现誓言。我也请了天地老爷作证，一定会在家里等待他回来，等到一百岁。对天发了誓的就要做到，对天发了誓的就一定会做到！"

"这个门槛"——这是一道惊心动魄、举世无双的门槛呀！

由于池煜华天天踩槛探望，原本三寸厚一尺高的门槛已经被磨出一道弯弯的大弧，弧底还有一寸多就要穿帮了。这道岁月磨损的门槛，不就是池煜华磨损的青春和命运么！在采访中，望着危危欲折的门槛，我十分心悬，突发奇想：这门槛就是池煜华的化身，一旦门槛断了，池煜华连同她的守望也会一同消殒。

"你说，才莲会回来吗？"池煜华撩起肮脏的衣襟擦拭泪水，一双溟蒙的眼睛盯着我问。

"应该会回来，"我有点儿犹豫，又十分坚定地补充说，"一定会回来！"

泪水顺着池煜华皱纹密布、长满老年斑的面庞汩汩流淌。她的眼珠有些混浊，声音有些喑哑，却仍旧透露出坚定不移的信念。

"我的耳朵很好，什么话都听得清；眼睛很好，还会穿针线；脚也很好，可以走十几二十里山路。我没有等到才莲回来就不死。我要等他等到台湾回归，等到100岁，100岁他还不回来我也还要等，一直等到他回家来。"

白发苍苍，脸庞的皱折如同大山的皱折般深刻。历尽沧桑，91岁的池煜华清癯瘦削，铁骨铮铮，她的呐喊依然洪亮，伴着山风在河谷、山川间回荡。

五次采访，最后一次踏着李溪上的虎跳石离开教富村时，已是新千年第五个初春。我回望，池煜华正挥手告别。那流水般的年华，可清晰地看见溪边这座具有两百多岁的土屋，已裂开几条大缝，犹如黑洞洞的大眼睛在默默守望这世界。

我想：那是凝固了的池煜华。

与瞿秋白一起被捕的两个女人

一、红都中央政府所在地，每日有几位醒目的女人出入其间

庞然高俊的香樟树，是红都瑞金的象征。那一列列裸露的粗根，如同一脉脉坚硬粗粝的岩石，张力很大的枝干，托着连绵无垠的墨绿色碧云。

墨绿色碧云下，掩映着一座谢家宗祠，这是红都中央政府所在地。每日，出入其间的除了红色领袖与军人，还有几位醒目的女人，其中，有一位名叫周月林，还有一位名叫张亮。

一位风姿绰约的女子疾步而出，翻身跨上一匹枣红马，这时，有人追出："周部长，请留步！军委朱老总给您来电，催要十万军鞋！"

那女子极爽快地回眸一笑："我晓得咯，十万双红军鞋已经筹备好，我顺道就去催促运输的事。驾，我走啦！"

这位周部长就是周月林，中央苏区显赫一时的人物，亦是中国妇女运动史上最有争议者。1931年，周月林从苏联回国，来到中央苏区，不久，即担任中华苏维埃共和国妇女生活改善委员会主任、苏区中共中央局妇女部部长，中华苏维埃共和国中央执行委员。"二苏大"期间，周月林任主席团成员，是主席团中唯一的女性。

红军长征，瑞金成为"弃都"，香樟树下恢复了以往的静谧。周月林、张亮于转移中与瞿秋白一道被捕，白军对她们严厉制裁，红军则怀疑其为"叛徒"……

二、忍痛割爱莫斯科惜别孺儿，日夜兼程回国筹备"一苏大"

周月林又名周秀英，1906 年 12 月 27 日，出生于上海一个贫困的渔民家里。4 年后，母亲生了一个弟弟。为减轻负担，她被送到乡下外婆家寄养。9 岁，父亲将她接回上海，送入一家纱厂做拣纱工，在苦难中觅食，养活自己。17 岁时，她进了日本人开办的杨树浦大康纱厂做工。1924 年，在地下党创办的工人夜校——工友俱乐部，开始接受革命理论。在震惊中外的"五卅"运动中，大康纱厂的工人积极响应，坚持罢工 77 天。她鼓动女工姐妹们参加大罢工，带头走上街头示威游行。在这次大罢工运动中，她由夜校教师张琴秋介绍入党，转而秘密从事党的地下工作。

如火如荼的革命，不断激励、陶冶着周月林，也催生了她的爱情。在艰险的斗争中，周月林和"五卅"运动领导人之一，与自己同龄的张佐臣相爱，结为夫妻。1926 年 10 月，上海第一次工人武装起义失败，周月林的身份不慎暴露。那时，她在上海市总工会做保密工作。危急之中，党组织让她迅速转移，1926 年秋，年方 20 岁的周月林秘密进入苏联海参崴党校深造。

不久，蒋介石在上海发动"四·一二"反革命政变，大名鼎鼎的工人领袖张佐臣，首当其冲，不幸被捕，英勇就义，牺牲时年仅 21 岁。

海参崴，地处中苏边界。是苏联向中国输出革命的桥头堡。在海参崴党校，第三共产国际专门设立了一个中国班，为中国革命培养干部。

北风凛冽，西伯利亚的寒流刺骨，一般的南方人很难适应。身处异国、举目无亲的周月林，进入党校不久，认识了中国党支部书记、政治老师梁柏台。得到了他的关心照顾，孤独与寒冷中，她迎来了情窦重开的花季，与梁柏台一见钟情，经组织批准，不久便结婚。婚姻，改变了她的生活轨迹。一年后，学业结束，周月林随梁柏台调往伯力省。周月林担任了华工俱乐部主任。梁柏台则专门进行红色法律研究，从事司法工作，还在伯力省法院担任过审判员。

即使是天涯海角，总有一根挣不断的红丝线牵系着赤子心。国内工农革命的消息传到苏联。周月林、梁柏台与同在苏联学习军事的朋友刘伯坚、萧劲光、刘伯承，经常相聚畅谈报效祖国的愿望，几回回谈得热血沸腾、壮志凌云。那时，来往苏联的任弼时、叶剑英等人也专门来过他们家小聚。

天下者，我们的天下，国家者，我们的国家。设计未来，两人豪情满怀，希望尽早归国施展才能，也就愈加珍惜在苏联的学习机会。周月林希望前往莫斯科东方大学学习。那时，苏联正经历着大饥荒。中共中央专门下了一个命令：未得中央的许可，党员不得擅自到莫斯科去。为此，梁柏台多次写信给共产国际中共代表团团长、共产国际委员会委员及主席团成员瞿秋白，瞿秋白则转告共产国际东方部负责人、莫斯科中山大学校长米夫，给予办理手续，但通知迟迟没有下达。

为尽快用知识充实自己，提高素质，等不及的周月林自费专程跑到莫斯科，找到第三共产国际东方部。第三共产国际是国际共产主义运动的领导机构，其中有各国共产党派驻代表。中国代表团的主要负责人是瞿秋白、邓中夏。当时，机关保卫工作较严格，一般人不让随便进出。而她身上正好带有中国共产党党证。有党证就可以直接进去，周月林见到邓中夏，直截了当，提出继续学习深造的愿望。邓中夏也很干脆，当时就答应了她的要求。批准她进入莫斯科中国共产主义劳动者大学，又叫作东方大学，其时，邓中夏的妻子也在那里学习。

东方大学除普通班外，还设有两个特别班：一个特别班又叫预备班，接纳那些文化程度较低的同志，周月林就进了这个班，邓中夏的妻子也在这个班。一同学习的还有另一个特别班，都是些文化程度较高但年纪较大的人，其中有后来在"红都"被誉为"四老"中的"三老"，即林伯渠、徐特立、何叔衡。瞿秋白的夫人杨之华文化高，也在这个班，瞿秋白曾在这里讲课，由此，周月林认识了瞿秋白。

中国班里，"中国革命"始终是热门话题。

国内红军发展到十多万，红色根据地扩大为15块区域，以及国内正在紧张筹备、召开"一苏大会"，成立中华苏维埃共和国……种种信息时时激励着同学们，大家纷纷要求回国。在大趋势面前，第三国际东方部，表示支持在莫斯科学习的中国学生回国革命。那一阵子，国内打仗，军事院校的学生们都已回去了，学习政治方面的人才也回去了。可是，因为来去的都是在校学生，国内召开苏维埃代表大会，要成立苏维埃政府，急需要搞过政府实际工作的人才。苏维埃政府要制定宪法、婚姻法、土地法等等法律，尤其缺乏懂得红色法律的人才。往往要向第三国际寻求帮助。

1931年初，梁柏台再次来到莫斯科，找第三国际东方部要求回国。来过几次，那儿一个女同志已认识他，也在一旁帮着说话："中国方面不是多次提出，需要搞政府工作的人，特别需要懂法律的人才……"

东方部的领导人一听，对呀，中国建立苏维埃政府，必须制定一些法律，制定了法律也还要懂行的人执行，没有一个法律专家，遇到问题不就乱来了吗！于是，他立即同意了梁柏台回国，态度也很和蔼，关心地问："你打算什么时候回去？还有什么困难需要我们帮助解决吗？"

梁柏台十分高兴，立即回答："希望尽快回去。我自己倒没什么困难，可是，我的妻子和两个孩子都在这里。我一走，他们怎么办呢？"

这方面的问题，历来有规矩，东方部的领导说："你的妻子可以和你一起回中国，两个孩子不许带走，由我们负责送进国际幼儿园。"

国际幼儿园地处莫斯科南郊，又叫作瓦斯基诺国际儿童院。1929 年 8 月 1 日建成，也称国际红日儿童院，或国际八一儿童院。国际儿童院，确实很"国际"，按规定，里面都是各国共产党中央委员的子女和烈士子女。其中有铁托的儿子扎尔戈，西班牙共产党书记伊巴鲁丽的女儿玛雅……中国共产党人的子女有：瞿秋白的女儿瞿独伊、张琴秋的女儿张玛娅、苏兆征的儿子苏河清等。后来，毛泽东的儿子毛岸英、毛岸青，刘少奇的儿子刘允斌、女儿刘爱琴等也在此学习。其中，梁柏台、周月林的女儿、儿子是较早进入这里学习的中国革命者的孩子。

回国，意味着团聚，也意味着分离。两个那么小的孩子，一齐留在异国，叫做母亲的怎么割舍得下呢！孩子是我们的，为什么不能带回国去？周月林百思不解，决定去讨个公道。为此，周月林邀梁柏台一同来到共产国际东方部，要求让他们带两个孩子回国，实在不行，带一个回国也行。

他们的要求遭到第三国际东方部领导的断然拒绝，理由很简单却很革命："你们回国，是去干革命工作，又不是叫你们回家去带孩子！"

周月林、梁柏台在苏联生了两个孩子，大的是女儿，虚岁 3 岁，名叫伊斯卡拉，"火星"的意思。小的是儿子，虚岁才 2 岁，取名叫弗列（伟烈），是从列宁的名字中取出两个音拼成的名字。

告别的时刻，也就是生离死别，可能永远不再见。他们夫妻俩心里特别难受，上了汽车，默默无言，只有泪水在不停地流淌。

汽车在寒流中寂寞地行驶了许久，梁柏台突然开口，说了一段自相矛盾的安慰话:"他们说得对,我们回中国是去干革命的,孩子带回去干什么?要孩子有什么难,以后到中国,不是又可以再生……"

三、红色政权中出现了一对引人注目的夫妻部长

经不懈努力,延期四次的"一苏大会"确定了最后时刻表——1931 年 11 月 7 日。

立国在即,可是,时至 10 月,苏维埃共和国的宪法、土地法、婚姻法及许多基本法却没有制定。

立国无法,国为何国?制定红色法律,成为燃眉之急。即将就任共和国主席的毛泽东,与苏区中央局常委紧急磋商,问:"瑞金能不能找到起草这些法律的人?"

任弼时立即摇头。

毛泽东想了想,无奈地说:"只有电告中央,请那边抓紧起草电告。"

"那边",指的是驻沪的中共中央局。几天后,任弼时兴冲冲地跑来告诉毛泽东:"有办法了,中央给我们派来了一位红色法律专家!"

"喔,那太好了,他是谁?"毛泽东高兴地问。

"他叫梁柏台,中共早期党员,1921 年,和刘少奇、萧劲光、王一飞我们一起从上海去莫斯科学习,在那边,他与蔡和森、瞿秋白、吴玉章、林伯渠、叶剑英、刘伯承、刘伯坚、肖三等人都很熟悉,后来,专门从事法律工作,对政府工作也很熟悉。"

"他在哪里?我们去看看他。"毛泽东很受鼓舞,起身就要去见人。

"他和他爱人周月林同志已经到达长汀了,路途不畅通,暂时滞留在闽粤赣省委帮助工作。"

"哦,那赶紧,派刘伯坚同志辛苦一趟,去把他们接过来。"

数日后,刘伯坚专程率一支精锐的小部队,开辟了赣闽通道,把梁柏台、周月林,以及陆定一的妻子唐仪贞等人,一路接送到瑞金叶坪村,见到了早在上海外国语学社就结识的任弼时,见到了毛泽东、朱德等人。梁柏台临急受命,立即着手制定红色法律《宪法大纲》《婚姻法》《组织法》等,"一苏大会"后,他成为司法部部长,后兼任内务部部长。

周月林担任中共中央局妇女部部长，是因为一个偶然契机。

起初，在苏维埃临时中央政府，周月林分管妇女方面的工作，名称不叫妇女部，而叫中央妇女生活改善委员会。周月林是主任，金维映、范乐春等同志是委员。临时中央政府，讨论通过了《中华苏维埃共和国妇女生活改善委员会组织纲要》。经过一段调查研究，周月林着手抓了三个方面的工作。

首先是开展放脚运动。苏区的妇女，虽然在政治上规定享受男女平等的权利，在经济上同男人一样分得了土地，但因为是小脚，行动不便，不能耕作不能参加生产劳动，只能围着锅台转，最多下地送饭送水。如此，在经济上不可能得到真正的平等。针对这些情况，苏区内大力宣传大脚的好处，开展了放脚运动，大部分妇女把缠脚放开了，更多的女子，从此以后不再缠脚，结束了数百年来的缠脚陋习。

丈夫打骂妻子，公婆虐待童养媳的现象，在农村历来很严重。苏维埃政府刚刚颁布了婚姻条例，也难以很好贯彻执行，有的区、乡苏维埃政府主席，不清楚婚姻法是怎么回事，以为就是要女人结婚，竟然发出布告：限定当地寡妇，5日内，必须全部嫁人。妇女生活改善委员会，抓住婚姻条例的贯彻，大力宣传男女婚姻自由，禁止带童养媳，并且在《红色中华》报上，揭露一些事例，抨击丑恶行为。妇女们非常高兴，坚决拥护苏维埃。

妇女们都发动起来了，周月林抓的工作重点就是扩红。在红区内，普遍成立了扩红队、慰劳队、洗衣队，在妇女中掀起送郎、送子当红军的热潮。把妇女工作的重点与扩大一百万铁的红军联结，与整个苏维埃政权连在一块。

宣传男女婚姻自由，有些妇女很高兴，错误地认为：自由，就是可以由着自己性子随便乱来。于是，一些地方出现了乱来的事情。有的女子，今天跟这个好，明天又跟那个好，朝三暮四。也有的人，本来就反对妇女平等、妇女解放，乘机乱说：这就是共产共妻。从而在群众中造成不良影响，许多人对妇女工作有看法。

中央召集各县负责人会议，有些人便提出要周月林去讲话，其实是设了一个圈套。

周月林不明就里，按惯例行事，有请就去，开口就讲。不料，话讲完了，掌声稀疏，基层的人开始轮番提问："婚姻自由，是不是婚姻随便，为什么有的女子乱搞？""男女平等，男的不可以打女的，那女人惹是生非，不就上天啦！"……

与会的大部分男人，受传统观念、地方旧俗所囿，都对男女平等不满，这时七嘴八舌，你争我抢，提了一箩筐意见，眼睁睁地要周月林部长回答，他们也想乘机看看这位年轻漂亮的女部长的本事。

周月林是喝大河水的人，对这种场面不但不怵，还巴不得有这种机会宣传宣传，她仔细听完，耐心解答："贯彻婚姻条例，提倡婚姻自由，实行男女平等，并没有说可以乱搞。但是，大家说的情况也都是事实，一时间也不可避免。妇女们经受几千年的封建压迫，一下子解放了，就像笼子里的鸟，突然从笼中飞出来，东南西北，不知该怎么飞。这就需要我们多做宣传、教育工作，妇女工作也不光是妇女的事，要大家一起做，各级苏维埃政府来做，特别是在座的各位领导一起来做……"说到这一层，她就展开来谈工作："在座的都是各县领导，有的人很忙，要求你们天天做妇女工作也不现实，但是，你们谁家没有母亲、妻子、嫂子、姐妹呢？你们就先协助我，做好自己家里的工作吧……"

妇女工作，实际上也是各县苏维埃政府的事情，是在座者各自自己的工作。这一说，会场上没人吭声了，从此，大家都知道这个年轻漂亮的妇女部长厉害。

在瑞金，人们经常能看到，剪一头短发、穿着一身戎装的周月林，骑一匹枣红马，忙忙碌碌，奔波不停。

"一苏大会"后，瑞金一下冒出来十几个部长。这些部长们从来没有搞过政府工作，碰到问题就来找梁柏台，梁柏台就成了各部的顾问。来找得最多的是何叔衡，他过去一直做党务工作，一下子当了中华苏维埃最高法庭主席，几乎每天都会碰到一些案子。判案子可不像别的事，大问题搞不好，就要了人家的命，小问题搞不好，也会激化矛盾，必须慎之又慎。

有许多人到最高法庭告状，说刘开摆架子，官僚主义特别严重。刘开当时是中央政府办公厅厅长，文化很高，办事也有些骄傲，群众反映大。项英、何叔衡就来找梁柏台商量，要想办法，按照什么法律处罚刘开。

梁柏台听完了事实介绍，说："官僚主义是不好，但大家还是同志嘛。反对官僚主义不宜使用法律，应该采取教育的办法解决。"

"用什么样的教育办法呢？"项英、何叔衡问。

梁柏台想了想说："比如，可以用公审的办法。"

"公审，怎么公审呀？"项英、何叔衡面面相觑。

苏联有许多公审的范例，梁柏台把程序介绍了一下。项英、何叔衡闻所未闻，一听，觉得很有道理。项英连连点头称是，说："那好，就让何叔衡主席来公审他吧！"

"不行不行，"梁柏台又说，"审案子，重要的案子主席可以出场，不重要的，主席可不出场。这种公审，还不同于审案子，不用法庭出场，更不用主席出面，叫别的人去就可以。"

太严厉不行，不严肃也不行，那么叫谁去合适呢？项英与何叔衡商量了许久，决定叫周月林担任主审。为了表现民主，又让邓子恢担任陪审。公审会场就设在最高法院门外，在大坪上搭了一个台子，把机关干部和部分群众召集到一块，就面对面地数落刘开的缺点、错误。那形式相当于如今的大会批评。这样既教育了刘开本人，又教育了大家。

公审是个新鲜事。那天，大家都来看热闹，到会者很多。张闻天也来参加了会议，会议结束时，张闻天讲了话。他说："今天的公审会开得不错，主审人审得好。政府有这样的女同志做妇女工作，中央还没有，嗯，我们党中央也应该……"

不久，中共中央增设了一个妇女部，把周月林调去，担任了妇女部长。梁柏台、周月林二人成为有名的"部长夫妇"。

1934年1月21日，"二苏大"在瑞金沙洲坝中央大礼堂召开。周月林和梁柏台双双被选为中央执行委员。而周月林的位置更为重要，她和毛泽东、项英、张国焘、朱德、张闻天、博古、周恩来、瞿秋白、刘少奇、陈云、林伯渠等17人组成中央主席团，为执行委员会闭幕之后最高政权机关。她是主席团中唯一的女性。

当时，周月林对此殊荣感到不安，曾对博古提出：按政治水平，工作能力，应该选邓颖超为主席团成员更合适。

博古回答：我们要按票数来的。

"二苏大"不久，毛主席找周月林谈话，又让她担任了中央苏区刚成立的国家医院院长。

周月林夫妇自进入中央苏区，便直奔中华苏维埃政府所在地瑞金叶坪村报到，起初在谢氏宗祠居住。后来，因为叛徒告密，白军的飞机对这一带进行轰炸、扫射，临时中央政府机关转移，他们随之迁居沙洲坝村元太屋杨氏私宅；后又迁往郊区的云石山古寺庙，周月林夫妇与毛泽东夫妇一块在苏维埃中央政府机关工作，一直是隔壁邻居，经常见面。她与贺子珍经常串门，挺熟悉。有一次，她正在贺子珍屋里，毛泽东拿着一本书进来。周月林以为是马列著作。后来，贺子珍告诉她，是《水浒传》，毛主席看了5遍，还在看。

1934年10月，主力红军被迫撤离中央苏区，人们担心自己的命运，见面第一句话，往往都是询问去留。周月林想：毛泽东是主席，决不会留下。她关心的是自己的去留。

那一天，周月林见到毛泽东，开口便问道："毛主席，怎么，要走啦？"

毛泽东答："哎，要走。"

周月林赶紧又问："走的名单里，有我们吗？"

毛泽东："有，你们两人都走。"

跟着主力红军走，虽然前途未卜，但留下来，肯定凶多吉少。所以，人们心里的基本选择是：争取走。

要走，又有许多恋恋不舍。周月林开始做走的准备。回国后，思儿心切，他们果然又生了个儿子，已经1岁多，因为出生于瑞金沙洲坝，取名叫沙洲。长征出发前，中央作出决定，孩子不能随军，一律送人。

多了个孩子，便多了一份痛苦诀别。经商量，他们流着泪，将小沙洲送给了当地一位农村妇女干部。

开拔的日子来到了——10月上旬，有些人员已先期出发。周月林也做好了远征的一切准备，这时，情况发生了急变。

中共中央于10月突然决定：留守的同志，在中央苏区成立中共中央分局，中华苏维埃共和国中央政府办事处。负责领导中央苏区及邻近苏区的红军和人民同国民党反动派继续进行斗争。项英任中央分局书记，陈毅任办事处主任。因陈毅负伤，行走不便，中央决定再留下一人，具体负责政府工作，人员未定，由项英挑选。

于是，项英将成为某人的命运之神，经反复考虑，这个人竟是梁柏台。他点名要梁柏台留下，任中央分局委员，中央政府办事处副主任。项英找梁柏台谈工作，见到周月林，顺便点了她的命穴，说："你也与梁柏台一起留下吧，在苏区做妇女工作。"

"不，我还是想跟主力红军一起走。"明眼人都可看到，红军主力一走，瑞金及整个中央苏区即将沦陷。没有多少妇女工作好做，她不肯留下，又去找中央要求。

气候转凉，军情紧迫，形势日益恶化，远征在紧锣密鼓地准备着。中央领导一天到晚开会，处理生死攸关的大事，无暇顾及其他。

周月林找了几次，会场戒备森严，无法找到领导人。来来往往，却偏偏遇到一串串生离死别在痛苦的红都中发生。

中央确定病重的瞿秋白留下坚持斗争。瞿秋白知道留下凶多吉少，要求跟主力红军走，被王明断然拒绝，瞿秋白身心交瘁，做好了牺牲的准备。徐特立前往辞行，瞿秋白嘱咐自己身强力壮的马夫跟随徐老走，并把自己那匹良驹黑马换给了徐老。决定留下的何叔衡，在住地梅坑，特备清酒、花生，邀请林伯渠作竟夕谈。时将冬令，旅途艰难，何叔衡脱下身上的毛衣，赠与林伯渠。林伯渠心情沉重，思绪万千，作《别梅坑》诗一首：

> 共同事业尚艰辛，清酒盈樽喜对倾。
>
> 敢为叶坪弄政法，欣然沙坝搞财经。
>
> 去留心绪都嫌重，风雨荒鸡盼早鸣。
>
> 赠我绨袍无限意，殷勤握手别梅坑。

握别何叔衡，林伯渠与坐月子的夫人离别。他与妻子范乐春商量后，忍痛把出生仅14天的独子送人抚养。范乐春是福建永定县人，1928年参加闽西金砂暴动，曾任永定县苏维埃政府主席、闽西省苏维埃政府土地部长、中央苏区红军优待工作局局长，是个坚强的共产党人。红军长征，她回到家乡永定，与邓子恢、张鼎丞、谭震林等，领导艰苦卓绝的三年游击战争。抗日战争中，她任中共闽西潮梅特委员兼妇女部长，因积劳成疾，1941年，病逝于永定西溪。

周月林去找毛泽东，毛泽东已先行前往于都。毛泽东的秘书、中央政府秘书长谢觉哉，正与妻子郭香玉话别。郭香玉与谢觉哉相亲相爱，感情甚笃。然而，因郭香玉曾缠过脚，行动不便，被迫留下。此一别，亦是永诀。郭香玉返回家乡，仍四处活动，积极从事革命工作。不料，被人告密，于1940年9月3日夜晚，被白军秘密逮捕。敌人用尽酷刑，想撬开她的嘴巴，郭香玉倔强，宁死不屈。凶残的敌人恼羞成怒，竟在村里挖个坑，将郭香玉头朝下活埋。不幸殉难时年仅44岁。噩耗传到延安，谢觉哉思念郭香玉，眺望南方，彻夜难眠。他在日记中填词《浣溪沙·忆郭香玉同志》："坚贞勤朴我怜卿，才得相亲又远征，依依驻马不胜情。一齿仅存犹喷血，百鞭齐下不闻声，二字千秋玉比馨。"新中国成立后，谢觉哉历任内务部长、最高人民法院院长、政协副主席等职，1971年逝世。

一幕幕生离死别，催人泪下，搅得周月林六神无主，心急如焚。好脾气的梁柏台便劝她："这种时候，领导更苦，算了，留下就留下吧。"

一锤定音，周月林的悲剧从此开始。

四、存亡之秋张亮身怀重孕，包围圈中挥泪一别夫妻各历生死

再说张亮。

她是项英的妻子，早年参加革命，婚后与项英并肩战斗。1930年底项英奉命前往中央苏区赣南，组建苏区中央局，她因怀孕留在上海。1931年春，张亮在上海生下女儿项苏云，不久，即忍痛割爱，按照组织安排将女儿托付给教育家陶行知，她经福建进入赣南，回到了项英身边。其时，项英任中共苏区中央局代理书记、"中革军委"主席、中华苏维埃共和国中央执行委员会副主席和中央人民委员会副主席。

中央政府机关设在"红都"瑞金，因敌情变化，先后搬了几次家，但各部委仍在一块办公。兴国县长冈乡泗望村籍老红军战士刘恋（原名刘在雄），现年91岁。1931年5月，他16岁时给项英当"公差兵"，1932年4月到福建汀州无线电学校学习，毕业后调到中央三局（通讯联络局）工作。后与项英一块留下打游击，并坚持到胜利。抗日战争时期，刘恋随项英转为新四军，曾在新四军军部任电台队队长。刘恋与项英及夫人张亮在一起工作，在长期接触中，张亮给刘恋留下了深刻印象。

回顾往事，刘恋介绍：张亮身材适中、略胖，与项英一块去过苏联，有文化，操一口四川口音，不善言辞。她是1931年来到中央苏区。其间，张亮任红军总司令部机关的副指导员，康克清任指导员，总司令部下设六个局，指导员主要负责俱乐部工作，开展文化、体育活动，也做战士的思想工作。业余时间，

张亮会坐在一张竹椅上，手脚齐动踩风琴，发出很好听的声音。那时，总司令部只有一架风琴，别处也没有见过这种会唱歌的木箱，大家都觉得很奇异，很洋气的。人们对张亮也就投注以另一种眼光，因为她有几个特点：张亮不仅会踩风琴还有一双小脚，是那种缠过后中途放了脚的小脚，比标准的小脚大一些，当时叫"解放脚"；另外，张亮还会吸烟，女同志吸烟在当地人眼中也是个稀罕事，她吸的是那种铜制的水烟筒，用纸煤点燃，吸起来"呼噜呼噜"直响。张亮虽任副指导员，又是副主席项英的夫人，但生活仍与普通战士一样，十分艰苦，她吸烟常常连烟草也没有，就捡些豆叶掺着烟骨子吸。

记忆犹新的是，刘恋与张亮发生过一次矛盾，他还动手推了张亮一掌。

那是 1933 年 10 月的一天下午，刘恋轮岗值班，一连发生几件事使他不舒服。起初，毛泽东与一个警卫员散步，来到了中央三局，一见刘恋身边有一部《红楼梦》线装书，立即拿来翻看。许久，毛泽东问："这本书是谁的呀？"刘恋不知道这本书是否有什么问题，心里很紧张，硬着头皮答："是我的。"毛泽东把书一扬，说："我借了啊。"

毛泽东走后，刘恋心里忐忑不安。这本书是他的战利品，一次在战场上见到几部书，他就背了两部回来，一部是《词源》一部是《红楼梦》。当时，刘恋还看不懂《红楼梦》，不知道是好书坏书，会不会惹是生非。正稀里糊涂想着，李德在伍修权的陪同下来了。李德叽里咕噜说了几句什么，伍修权就叫刘恋站起来并开始翻译着批评刘恋，说李德是外国军事顾问，是大首长，见了面必须站起来立正、敬礼、有礼貌……批评了许久二人才离去。

刘恋见李德走远才坐下来低着头嘀咕："朱德、毛泽东也是大首长，天天来中央三局的尽是大首长，也没有谁说要站起来立正、敬礼……"这一来，刘恋心绪大坏，想哭。那时，他个子小年龄也小，还会耍性子，高兴了嘻嘻哈哈，不高兴时就哭哭啼啼，闹着要上前线打仗。恰巧此时张亮来了，她顺手翻看刘恋写的值班日记，然后批评说，写得马马虎虎应付一下，格式不对，内容不全，字也写得不好，胳膊伸得太长，腿脚缩得太短，这里那里都有毛病。刘恋正在气头上，对张亮的批评也不理睬，听着听着听烦了用力推她一把，大声嚷嚷："走开，我不要你管——"泪水就哗哗流了出来。张亮被推得后退一步，诧异地看着刘恋，知道撞上了无名火，欲说什么又没有说就离开了。

张亮一走，刘恋又悔又怕，虽然张亮平日与大家相处挺好，但她毕竟是副指导员，又是项英的妻子，真要怪罪下来，自己也有苦头吃。于是，刘恋将此事汇报了指导员康克清，她是刘恋的入党介绍人，刘恋又将此事汇报了刘伯承。刘伯承是1932年到达瑞金的，当时任红军学校校长兼政委，是刘恋的邻居，待刘恋很好，每天教他识10个字。听了刘恋此事的汇报，两个领导都没说什么，既没有批评张亮，也没有批评刘恋。事情不了了之，刘恋又不会道歉，心存芥蒂，与张亮见了面也不好意思说话，就这样，心里一直存留着负疚。

红军长征，主力离开。刘恋则跟着项英、陈毅留守红区，是紧随中央分局、中央军区进行指挥的电台报务员。来往电讯中，他能更清楚地看到局势不妙，白色恐怖铺天盖地，全面笼罩中央苏区，形势恶化，比预想的还要糟糕。

数十万白军大兵压境，留守红军为完成掩护主力转移的任务，没有及时改变斗争方式，反而与敌死打硬拼，部队损失异常严重。10月下旬，中央分局与政府办事处不得不由瑞金梅坑迁至于都宽田、龙泉一带，12月又迁至于都县小密区井塘村。4个月之后，中央分局、中央政府办事处、赣南省委机关及部队，统统被围困在于都南部狭小地带，境地危险，有如瓮中之鳖。

中央分局组织多次突围，大部分被打垮。这时，军队只能隐蔽在山林里。

中央分局决定撤销中央后方办事处，又临时决定，让4位老弱病孕者离开，从香港转往上海治病及从事地下工作。这4个人为：瞿秋白（36岁，已因肺病吐血15年）、何叔衡（61岁）、张亮（孕妇、项英的妻子）、周月林。同时决定，邓子恢跟他们同路出发，插到福建省的龙岩、永定一带打游击。

日日相处，共同感受最严峻的敌情，刘恋也能从项英坚毅的外表中感触到他内心沉重而微妙的变化。

项英对与张亮的分别，心情是很复杂的：让张亮留下吧，险恶的环境不允许，还有以后分娩怎么办？思前想后，意志坚强的项英决定，让张亮随瞿秋白一行先去福建，然后赴上海。但他万没有想到，这一别，各经生死之途，相见竟是"敌我"了。

1935年2月4日，是乙亥年大年初一。北风呼啸，寒冷刺骨，项英等人铁青着脸，张望四周铁桶般的大山，苦苦等待上级回电。这日，他再次致电中央，报告了白军加紧构造沿河封锁线，企图将中央苏区的红军锁定在西江、宽田、黄龙一带，中央苏区到了最紧急关头。在报告敌情后，写道："目前行动方针必须确定，是坚持现地，还是转移方向，分散游击及整个部署如何，均应早定，以便准备。"他还根据当时形势紧急的情况，以急迫的心情，在电报上写道："请中央军委立即讨论，并盼于即日答复。"可是，日落西山，四野乌黑，不知什么原因，中央仍没有回电。

"吃饭吧，老项。你不来，谢大嫂一家都在等着。事情再急，饭还是要吃！"张亮柔和地招呼。火烧眉毛，她倒不急不忧，跟项英结婚这么多年，什么时候不紧张，不危险！还不都过来了？天塌下来有男人顶着，女人嘛，不要闲操心，瞎操心。

望望天色将晚，项英叹了口气，走向饭桌。桌上摆着一大钵子黄元米果，一片金黄之中夹杂着蒜叶的葱绿，香气扑鼻。项英这才觉得肚子早就饿了，挥挥手："来来来，大家一起坐下，过年！"

黄元米果是赣南客家食品，为了这餐年饭，房东谢招娣忙了两天。张亮跟上跟下帮忙，虽说帮不上什么忙，挺着个大肚子也很辛苦。她把米果一块一块往项英碗里夹，觉得也自有一分心意在其中。吃完饭，房东又端上一大皮钵擂茶，给项英、张亮每人满满斟上一碗，还格外加了一把芝麻。他们聊着天一直到深夜，为了感谢房东的情谊，张亮拣了几件自己的衣服，以及被面、蚊帐送给了谢招娣。

翌日，项英以中央分局名义，再次向党中央报告了分兵突围的两个意见：（1）为保持有生力量，留少数部队及人员继续在中区活动，大部集中过信东河，但目前情况能否过去，尚成问题。（2）部队以团为单位分散，主要方向如湘赣边、闽赣边和广东饶平及福建平和、漳浦一带，分局率一部分部队继续在中央苏区领导斗争。他们请党中央立即复示，并告："迟则情况太紧张，则愈难。"

项英等待中央的指示，如同热锅上的蚂蚁，在屋里屋外团团乱转。下午，中央终于回电，要求立即改变组织方式与斗争方式，在中央苏区及邻近苏区开展游击战争，同时决定成立革命军事委员会中区分会。

2月7日，瞿秋白组织中央工农剧社3个剧团，在中央分局驻地举行会演。刚割完稻子（一季稻），干部、战士及群众便或坐或站在梯田里看戏。张亮与项英，周月林与梁柏台，在这里度过了团聚而愉快的一日。

第二天开始做转移准备，张亮流着泪，在保姆帮助下收拾行李。物品堆在床上，不知如何拣拾，这些物品，都是清理几遍舍不得丢弃的衣物。舍不得也要丢,她狠狠心,又把一些用品,连同贵重的毛衣也给了保姆。保姆是瑞金泽覃乡人,得了那么多衣物,受宠若惊。她劝张亮不要走,实在不行,就住到泽覃乡自己家去。她的邀请被婉言谢绝。

2月11日,瞿秋白一行5人出发,由一个排的红军护送,离开了中央分局驻地——于都县黄龙乡井塘村。经瑞金武阳,往福建方向转移。约一周后,抵达中共福建省委所在地汤屋。

福建省委的形势也极险恶。在敌人的大肆"围剿"下,福建省委已经撤到了四都山上。

中共福建省委书记万永诚,将瞿秋白一行老弱病孕者安排在山上歇息数日。2月20日,瞿秋白一行化装成香菇商客和眷属,启程上路。

再走,就进入白色恐怖区域,凶险叵测。为了保障中央一行人的安全,福建省委专门选调了200余人,组成护送队沿途保护,向永定进发。

2月的闽西,春寒料峭,寒气逼人,夜间行军相当艰苦。瞿秋白身体很弱,呼吸艰难,过去平路都是骑马,现在崎岖山路上紧赶慢赶,一路咳嗽,有时实在喘不过气来,就地倚坐路旁急咳一阵,咳出一口血来,说:"哎,我这倒霉的身子,越到要紧时越不争气。"

何叔衡年纪很大,体力不支,平时爬山锻炼少,行动比较缓慢。

张亮有点娇气,也有点骄气,但更多的是实际困难。她是副主席的老婆,正怀着孕,时有很大的妊娠反应,跟着部队急行军,却又是小脚,走路全靠脚后跟使劲,脚后跟早已打起血泡,脚一沾地便疼痛不已。她有洁癖,一路上有不少困难,不但不能洗澡,有时洗脸都洗不了。手痛、脚痛、腰痛,加上肚子大尿频,琐事就很多,保姆不在,关键时刻,没人主动上前帮助,却有人一个劲儿催促快走。她一忽儿坐下捶脚,一忽儿钻入草丛屙尿,心情不好,火气就大,说话行事有点乖张,本来夜间行军不许出现火光,她偏闹着要吃烟解乏,谁也拿她没办法。

2月21日傍晚,队伍终于来到长汀县水口镇。水口镇北有汀江横亘,唯一的木桥上已有敌人把守。周月林、瞿秋白等人只得利用夜色掩护,从下游偷渡过江。经过大约4天的昼伏夜行,队伍行行止止,通过白军层层封锁。2月24日拂晓,队伍到达长汀县濯田区水口镇小迳村附近。大家浑身打冷战,饥肠辘辘,坐下休息,烧火做饭,烘烤湿透了的衣服,准备下午再走。但是,这一迟缓，酿成了严重的后果。

水口镇一带，驻扎着白军保安十四团的一个营。营长名叫李玉。这天早晨，李玉得到地主武装"义勇队"的报告：小迳村附近发现小股红军。查明情况后，李玉立即率队对小迳村实行围攻。

红军护送队长名叫丁头牌，是个漫天扯谎、好吹牛皮的家伙。邓子恢在行军过程中同他接触，发现这个人华而不实，大话连篇，就担心他靠不住。果然，枪声一响，丁头牌像只野兔，三蹦两蹦，转眼就逃得无影无踪。

队长带头逃跑，队伍霎时大乱。情急间，邓子恢大吼一声，亲自组织部队战斗。

激战一个时辰，白军的包围圈越来越小。何叔衡眼见无法突围，掏出枪，对邓子恢说："子恢同志，我革命到底了！"说罢，举起手枪，对准了自己的头部。

邓子恢一见急了，箭步扑上去夺他的手枪，却慢了一脚。"砰"一声枪响，何叔衡从悬崖上倒栽葱，滚落到下面的田野。白军以为是红军突围者，用机枪扫射，何叔衡身中数弹。邓子恢又去拖瞿秋白撤退，瞿秋白正在发烧，躺在担架上，一阵急咳，脸色通红，身体软耷，根本动弹不了。

护送队一部分人在山上阻击敌人。周月林随混乱的人群跑上后山顶，却没有下山的路，人们纷纷往山下滚，她也随着往山下滚。滚下山来，看见邓子恢在前面开路，便紧紧地跟上去，队伍中还有持机枪的战士。邓子恢是本地人，又是打游击出身，熟悉道路，她知道：自己脱险了。

一阵疾走，闯出了包围圈。周月林四下一看，瞿秋白不见了。

瞿秋白患有严重肺病，三天两头发高烧，在瑞金时，傅连暲医生天天都要来给他看病、打针。周月林想：如果他在这山上掉队，没有别人帮助，寸步难行。想着想着，她迟缓了脚步，身后弹雨如蝗虫，她赶紧又跟上队伍，走着走着周月林又不走了，一咬牙竟返身向包围圈走去。她去寻找瞿秋白，爬上山，见一人席地而坐，苍白的脸上，呈一片桃花般的红晕，正是瞿秋白。

山上空无一人，只有远处的吆喝声，催命无常一般频频叫着。

紧急关头，瞿秋白见到周月林十分高兴，挣扎着站起来，喘着说："阿妹，你来了，这就好了。"

她陪同秋白慢慢往前走。过了一会儿，看到张亮在前面。张亮怀孕，已临近分娩期，身体十分沉重，全压在小脚上，每走一步如针扎般痛，在山上也走不动。

三人半歇半走，走了一会，才到半山腰。敌人的吆喝声越来越近，死亡也一步步逼近。周月林心急如焚，头皮发麻，这时，距离山下不远，本该拼命奔跑，脱离险境。可是，瞿秋白早已累得气喘吁吁，又咳出一大口血。看见前面有间塌了顶的破屋子，说："阿妹，我们去里面休息休息吧。"

再不走就再也走不了了。生死攸关之际，她看了看张亮，张亮挺着个大肚子，肿胀的双脚一着地，锥心刺骨地痛，肚子也痛得厉害，每走一步，脸都痛得变形，实在受不了了，连说："累死了累死了，就是死也走不动了。"

一病一孕，病痛交加。周月林万般无奈，只好对他们说："你们进去休息一下，我再到别的地方看看。有事就轻轻拍一下手。"

四下巡视，她发现不远处有一篷高耸的冬茅草丛，四周杂草很深，掩映着一口小水塘，人躲在里面，外面的人什么也看不见。于是，她试探着下水，小心翼翼钻进去。

白军的搜索越来越近。瞿秋白、张亮的紧张霎时战胜了病痛，他们并没进破屋子，而是原地坐着看周月林。见她找着了地方，便说："阿妹，我们还是躲到你那儿去吧，我看了一下周围，还是你那里隐蔽一点。"

南方 4 月，春仲水暖，草长路滑。二人摸索着向下走，重症在身的瞿秋白，早已折腾得四肢无力，在草丛边滑了一跤，好在被一棵小树拦挡住。这棵该死的小树摇晃了一下，临近搜索的白军看见小树报信，立即吆喝道：

"奇怪，今天没有风，怎么那棵树突然会动？"

骂骂咧咧，就有几个白军下山，向那篷草丛包抄而来。四周没有什么隐藏点，他们一眼便看见了草丛，向着草丛叫喊："躲藏在草丛里的人快出来，我们看见了你们，再不出来就开枪了。"

墨绿碧绿相杂的那篷野草，生机盎然，盛开着一簇艳红艳红的映山红。随着几声枪响，水面溅起一圈圈水花，映山红花瓣似血一般，纷纷扬扬，撒落在水面上。范金柱、赖忠顺，两个地主武装"义勇队"队员，沿着草丛下到鱼塘，挺着枪刺，慢慢地搜索过来。

周月林三人如落汤鸡，相衔作一串被押上岸。白军们争先恐后冲上来发财，衣服、裤子兜全部翻了过来，搜出一些水淋淋的港元、黄金等。

山林异常静谧，小鸟啁啾，此时，大约中午 1 点 30 分。

五、阵中被捕设计瞒敌，叛徒告密狱中倍受煎熬

在昼与夜的边缘，生活的阴影开始拉长。

瞿秋白与一块被捕的两个女人，湿漉漉地浑身淌水，一瘸一拐，慢慢捱着。下午 4 点，三人被押到水口镇，即行审讯。又冷又饿，他们半真半假地打着寒战，装作畏畏缩缩，低语答对。离开福建省委前，数人曾设计了万一被捕的应对口供，此时，不幸用上，按计而言。

周月林初供名陈秀英，继供名黄秀英，系红军护士。她在瑞金担任"国家医院"院长时学会了打针、换药和接生。

张亮供名周莲玉，系香菇客商的老婆，说是被红军"绑票勒赎者"。

瞿秋白供名林琪祥，36 岁，江苏人，肄业于北京大学中国文学系，后在上海经营旧书店及古董生意。又入医学校学医半年。1932 年因病游历福建漳州，适因红军打进漳州，将其俘虏送往瑞金，先后在红军总卫生部当过医生、医助、文书及文化教员。红军主力长征后，他被留在福建省苏维埃政府、省军区医务所做医助。1935 年 1 月携款逃跑，被苏区地方武装发现，由保卫局人员看押，准备天明再走，不意被白军所俘。

打仗，既可升官，亦是个发财获色的机会。李玉对瞿秋白并不在乎，眼光却滴溜溜地绕着周月林转。周月林当年 28 岁，看上去也就二十二三。李玉是个色中饿鬼，对其一眼相中，觉得她身材适中，性似温柔，表象温和。心里不停地在打她的主意。

到了上杭，李玉也不将周月林关入监狱，却擅自将其安排在营房里住。两天后，他见无甚大碍，进而向团长钟绍葵要求："我妻子即将生产，找不到接生婆，想让被俘护士陈秀英到家中服侍，以便接生和伺候月子。"

钟绍葵知道，李玉这次"剿匪"得了头功，按惯例，也该他分些好处，得个女人并不为过，乐得做个顺水人情。周月林便径往李玉家中，当了"保姆"。

战场上捕获的女人，没有什么用，关押还要浪费饭钱，所以一般都是拿来卖钱。张亮是四川省罗山县人，30 岁，小脚、中等个，白嫩白嫩的皮肤，很富态。上杭县城一家糖果店老板，名叫林鸿昌（又名林晴光），没有孩子，就来相

人。一打听，价格不贵，也将其保释出去，讲好生下的孩子归他所有。

白军把瞿秋白关在狱中，审不出什么名堂，照例想要敲一笔银子。要他在当地或外地寻找铺保，拿钱、取保，瞿秋白立即写信，托人转给上海的鲁迅、周建人、杨之华，要他们设法营救。鲁迅、周建人、杨之华以及地下党，通过各种办法进行营救。鲁迅交 50 块银圆，杨之华连同做的几件衣物一并寄往福建，出面做铺保的老板也找到了……

时间一晃，一个月过去。周月林在李家混熟，从白军勤杂人员处得知，那段时期正是"剿匪"高潮，地方上处处戒备森严，常有人被抓获。她想局势稍稳，瞅准机会逃走。不意，局势继续恶化……

4 月 10 日，在长汀、武平和会昌三县交界的归龙山下，红军与白军第八师激烈交战，中共福建省委书记兼省军区政委万永诚不幸牺牲。万永诚的妻子徐氏被捕，在审讯中白军对徐氏格外重视。严刑拷打，徐氏起初尚能坚持，终究不敌酷刑笞杖，一顿打吓，血肉横飞，徐氏竹筒倒豆子，不但承认自己的身份，而且供认：中共中央总书记瞿秋白，及周月林、张亮等，均于一月前在濯田被俘。

这一情报非同小可，白军立即紧急排查。与此同时，白军一部，又俘获长汀县苏维埃政府主席，该主席亦交代：瞿秋白等人，先已被俘。另有一些游击队员、苏维埃工作人员，也从侧面证实以上情况。

根据以上两个叛徒及被捕人员供词，按所叙时日、形貌推断，白军基本确定：林琪祥、黄秀英、周莲玉，三人即是瞿秋白、周月林、张亮。

为此，白军还准备了"撒手锏"——找来两个被俘红军叛徒：一个叫杨岳彬，一个叫朱森。在瑞金中央工作期间，杨岳彬和朱森对周月林和张亮都很熟。经这两个叛徒分别认证，她们的身份彻底暴露了。敌人对她们软硬兼施，但都无法让她们开口。

4 月 25 日左右，保安第十四团，将瞿秋白押往长汀三十六师师部，将已保释的张亮、周月林赶紧收回羁押，解送龙岩。

连日阴雨，天空忽然绽出几缕阳光，一队荷枪实弹的白军队伍，间夹着几匹高头大马，两乘小轿在小道上逶迤而行。多日来，钟绍葵一直处在激动、欣喜之中。若林琪祥、黄秀英、周莲玉，三人果然是瞿秋白、周月林、张亮。岂不是天大的功劳！钟绍葵为两个女人征了轿子，一路上亲自押送，故作体贴状。其间，有几分急不可耐，也有几分好奇，总想先行得到她们的口供。

翌日中午，一行人抵达丰年桥。午饭，上了不少好菜。钟绍葵及副官张友民，唤周月林、张亮同桌吃饭。端茶倒水，"嘘寒问暖"。

"周小姐，一路上辛苦了。"

房间的门窗全部关闭，屋里流淌着一股暗盈的气流。重新收羁，周月林知道事情暴露。钟绍葵搭话，喊自己周小姐，是在试探自己，故不应。

钟绍葵又转向张亮，夹了一块鱼，递去。

"张小姐，多吃点菜，不要急坏了身体。"

相对而言，张亮在政治上幼稚得多，被捕后，准备吃苦头。从钟团长劝菜的话中，知道大家的身份已经暴露。便说些无干紧要的话："我怀孕脚痛，不能走，你们给我轿坐，我很感激。"

"是嘛，林琪祥就是瞿秋白，我们早就知道了。"钟绍葵故弄玄虚，继续套话说："你们一共是五个人，还有其他什么要报告吗？"

周月林仍不吭声。张亮亦无言。

虽没有意料的收获，钟绍葵仍处于狂喜之中。钟绍葵不但官瘾重，而且是财迷心窍。自周月林、张亮的身份确定，他心里早早地打着小九九，要借此发一笔横财。

生命的枯灯，忽明忽灭。严重的肺病一丝丝耗尽了他生命之灯油，孱弱的瞿秋白摇摇欲坠。他早将生死置之度外，一路蹒跚，磨磨蹭蹭，被押至长汀。不怕死，并非喜欢死、找死，所以他仍和白军虚与周旋，为掩护自己也掩护别人，鞭笞刑逼，无所畏惧。白军无奈，即唤叛徒郑大鹏，当堂指认瞿秋白。郑大鹏原先在苏区教育人民委员会工作，是瞿秋白的直接部属。

在郑大鹏的指认下，瞿秋白不得不承认了自己的身份，他哈哈一笑："既经指认，我就不用'冒混'了。我就是瞿秋白。我在上杭笔述的供录算是作了一篇小说一样！"

"小说"成为"纪实"。消息传来，钟绍葵狂喜不已，即着手构思，遣词造句，5月14日，向南京发邀功请奖电报。

南京中央党部、国民政府行政院长汪、军委会委员长蒋钧鉴：

　　职团于上月有日派队游击长汀属之水口尚潭，俘获赤匪伪中央政府副主席项英之妻名张亮、伪中央执委兼妇女部部长周月林（即伪中委梁柏台妻）、伪中委总书记兼教育人民委员会主席瞿秋白等要匪三名。俘获时曾经鞫讯，乃张亮伪供周莲玉，周月林初则伪称陈秀英，一再研讯又伪供黄秀英，瞿秋白化名为林琪祥。嗣经俘获匪兵指认，确系张亮、周月林、瞿秋白后，该匪始无词狡辩，供认不讳。共供同行之伪中央委员何叔衡一名，亦于是役被我军击中要害毙命等供在案。查该匪等前经钧部明令悬缉有案，除瞿秋白一名奉驻汀三十六师宋师长希濂电令解长汀研讯；其张亮、周月林二名奉驻闽第二绥靖区李司令默庵电令解龙岩研讯外，理合将俘获匪首情形电报钧部查核备案，并乞查案给赏，借资鼓励。福建省保安第十四团长钟绍葵，寒叩。

　　对于南京政府，是频频胜利的季节，当局者们的心情很好，出手大方。"国民政府行政院"院长汪精卫，5 月 25 日批文："复电嘉奖，并交军政部查案给奖"。

　　那是一系列重大胜利中的一项，军政部经查果然认账，给钟部拨发奖金共 10 万银圆，中途却被福建省政府雁过拔毛，扣下绝大部分，只发给钟部 3 万元了事。

　　关押、审问，后根据蒋介石命令枪杀瞿秋白同志，国民党第 36 师师长的宋希濂（1980 年为全国政协常委），1956 年 4 月 2 日和 1979 年 8 月 28 日，两次回忆证明：瞿秋白在狱中坚信理想，宣传马列。

　　审讯继续进行，其间，周月林亦被叛徒当堂指认身份。敌人对周月林软硬兼施，企图让她供出中央苏区和香港、上海交通联络的接头地点、暗号。可是，任凭敌人采取各种残酷手段，周月林始终守口如瓶，张亮也不为所动。敌人无奈，1935 年 9 月 20 日，以"共匪坚定分子"的罪名分别判处周月林、张亮有期徒刑各 10 年。

六、保释出狱奔波流离贫困交加，解放后盼望回归组织却遭受冤枉锒铛入狱

　　在国民党的龙岩狱中，周月林为张亮接生下一个男孩。艰苦卓绝的环境中，

周月林协助张亮，共同哺育这个孩子，在铁窗内熬过了水深火热的两个春秋。

七七事变后，抗日高潮来临。1937年7月15日，国共两党达成合作协议。9月，国民党中央通讯社发表《中共中央为公布国共合作宣言》，次日，蒋介石发表谈话，承认中国共产党在全国的合法地位，标志着国共两党第二次合作正式形成。

这时，突然有人出面保释周月林、张亮二人出狱。原来，梁柏台有一个小学同学叫陈士明，在闽西某地担任国民党要职。一次酒宴上，他偶然得知龙岩监狱里关着梁柏台的妻子，便找熟人疏通。此时，在共产党一再要求下，国民党已开始释放政治犯。就这样，1937年10月2日，周月林、张亮二人提前获释。

周月林从龙岩出狱，第一个念头便是寻找丈夫。张亮带着孩子与她同路而行。

千里迢迢，她们似两只出笼小鸟，急切而忐忑。从福建奔往浙江省新昌县。这是个久已向往的家，与梁柏台结婚回国，在上海期间，夫妻俩曾要求探家，因组织上不同意作罢。如今，两年的牢狱生活，600多个日夜长思，她作为梁柏台的妻子，第一次上门探望婆家，希望能得到梁柏台的音讯，更希望能遇见梁柏台。

万万不料，久久期待的回归近了，从陌生婆家那得到的却是噩耗。梁柏台的大姐梁小芬流着泪说："柏台可能已经牺牲了。"周月林眼前一黑，昏死过去。

张亮在狱中生下一子，生养、哺育，其艰难可想而知。出狱后，不知何去何从，幼儿尚小，需要有人相帮照护，顾盼犹疑之间只好一路跟随周月林来到新昌县。在梁柏台家，周月林得知丈夫死讯，心情一直抑郁。张亮惺惺相惜，同样品尝着无限的怅惘和愁苦。

战火纷飞的年代，死亡的事经常发生，这加剧了张亮对项英的思念。

"一寸山河一寸血"，淞沪会战结束后，日寇侵略的战火迅速向江南燃烧，新昌县到处是逃难的人群，路途上随处可见倒毙发臭的尸体。此时上路，险象可料，生死未卜，但是坐等无益，梁柏台家贫困如洗，吃住两难。

寻夫和寻找组织的念头终于占了上风，经过商议，张亮与周月林不顾一切，离开新昌，冒险前往寻找项英。不料，途中果然遇到战事，逃难的人群左冲右撞将两人冲散。

张亮忍饥挨饿，不畏艰难，1938 年春，竟然只身带着两岁多的儿子项学诚到达中共东南分局、新四军军部所在地南昌，找到了项英。可是，她听到的第一个消息，就是项英已另娶妻子。长途的奔波流离，张亮骨瘦如柴，变得脱形走样了，她风尘仆仆，泪流满面，向项英哭诉别离苦难。因为项英已经另外娶妻，虽然心如刀割，却不好有亲密的表现，当时的情景有些尴尬。为调解气氛以防不测，组织上特派曾山陪同一旁，从中斡旋。新四军军部秘书长李一氓及警卫人员则在外面守候。项英另娶一事对张亮的打击很大，却也万般无奈，只能面对现实。按照二人商定，张亮将儿子项学诚送往延安中央保育院抚养。不意，在从延安返回皖南的途中，张亮失踪，从此杳无音信。

对于张亮之死，项英的女儿项苏云曾经对笔者辟谣，说："有人凭空想象，写文章说，出了狱的母亲来到父亲身边，还没放下行李，就被父亲责问：'瞿秋白的死是不是你和周月林干的。'看母亲紧张，认为母亲承认了，拔出枪就把母亲打死。这是一段十足的谣言，并且至今仍在报刊、网络上以讹传讹。"

1938 年中共中央召开六届六中全会，项英来到延安期间，与从未谋面的儿女项苏云和儿子项学诚团圆。这两个孩子均系张亮所生。1930 年 11 月下旬，项英由中央机关的交通员护送，从上海动身去福建，转赴江西中央苏区。怀孕数月的张亮 4 个月后即 1931 年 3 月，在上海生下女儿，也去了中央苏区。她把女儿托给了教育家陶行知在英租界办的孤儿院——上海劳工幼儿园。为避嫌，陶先生给其取名张苏云。说她是在江苏天空中飘来飘去的一朵云彩。后来，国民党说孤儿院老收共产党的孩子，强行把它关闭。陶行知又把苏云送到了他在淮安创办的新安小学。抗日战争全面爆发，1938 年初她被辗转送来延安。与项英会面时，项苏云年方 7 岁，正在延安鲁迅小学读一年级。项学诚才 3 岁，是 1935 年于福建龙岩狱中，由周月林帮助接生。

项英同失散多年的一双儿女见面，十分高兴，把工作之余的每一分钟都给了孩子。亲自给他们洗手洗脚，穿衣服，有功夫就陪着他们，问长问短，呵护备至。这一次的团聚，仅仅 12 天时间，项英把对孩子一生的父爱，都在那 12 天付与了。其间，国际友人马海德恰巧来到中央组织部招待所，见到项英与孩子们的那股亲情实在感人不已，立即取出照相机，为项英和两个孩子拍下了团聚照，这是他们之间唯一的珍贵照片。其时正值六届六中全会，项英欣喜地将这张珍贵的照片分别赠送给几位亲密的战友，数十年后，周恩来、邓颖超又将自己珍藏的这张照片转送给项苏云。

1948 年，项苏云被送往苏联学习，同一批去的共有 21 人。都是革命烈士与中央领导的子女。其中有邹韬奋的儿子邹家华，叶挺的儿子叶正大、叶正明，萧劲光的儿子萧永定，高岗的儿子高毅，张浩的儿子林汉雄、叶剑英的女儿叶楚梅、李硕勋的儿子李鹏，等等，一共 21 人。学成归国后，项苏云在纺织部门工作，1991 年在中国科协退休。项学诚建国后曾在北海舰队工作，于 1974 年去世。

在绝望的尽头，一股精神力量悄然复苏。与张亮走散的周月林，孑然一身又上路了，她要去找党，找曾与她朝夕相处的战友。从上海转道武汉，来到八路军驻武汉办事处。办事处的人员要介绍信，她从监狱出来，哪里有什么介绍信。没有介绍信找什么组织？周月林盘桓数日无果，只好返转上海，回到了阔别多年的娘家。谁知父母早已去世，上海已沦为孤岛，党组织更难找到。为了生活，经人撮合，周月林和一个穷苦的船工结了伴侣。从此，她颠沛流离，贫病交加，在苦难中熬煎。

落拓时刻，追思亡夫、莫斯科、上海、共产国际……亡者的世界，是生者世界的折射。那年她才 31 岁，丈夫没有了，还有 3 个孩子在世。在白色恐怖中，她的儿子小沙洲留在瑞金。那位妇女干部为了保护小沙洲，丢下自己的家不管，背着小沙洲昼伏夜出，四处转移，仍被"还乡团"捕获，押于大牢。在诸多折磨、虐待中，小沙洲不幸生病夭折。

遥远的莫斯科，犹如星际，可望而不可即。我的"火星"、伟烈，你们在哪里？

望眼欲穿，总有消息，却总没有确凿的消息。在莫斯科国际儿童院学习的中国学生，逐渐长大，陆续回国。

郭亮烈士的儿子郭志成回忆："1940 年至 1941 年，我们都一起学习、生活在国际儿童院。诺云丝卡娃·伊斯克拉是在苏联卫国战争 1941 年至 1945 年期间离开国际儿童院的，但确切是在哪一年离开的，我们同学都不记得了，就连留在苏联工作的，与伊斯克拉较要好的同学也不知道她的具体地址，也不通信。我们同学们都不知道她还有个弟弟……"

瞿秋白的女儿瞿独伊，回忆亦相似："关于伊斯克拉的消息，目前我也不知道，过去在苏联国际儿童院时认识她。从我回国后（1941 年）就没有听到她的消息，至于她的弟弟伟烈我记忆中没有印象……"

思念与痛苦使周月林堕入无边无际的深渊。

新中国成立，周月林心中终于亮起了一团火花。她从报纸上得知，许多往日的熟人，都相继担任了领导职务。她的入党介绍人张琴秋，成为中央人民政府中第一名女党员副部长——纺织工业部副部长。于是，周月林向张琴秋及上海市总工会主席刘长胜……伸出了求援的手，请他们帮助恢复组织关系。

老熟人的帮忙在缓缓进行，新一轮希望冉冉升起。却是屋漏偏逢连阴雨，又一个晴天霹雳，她欲成为正常人，反而变为阶下囚。

1955 年 6 月 18 日，瞿秋白逝世 20 周年，其遗骨安葬仪式在八宝山公墓隆重举行。瞿秋白被俘牺牲的话题被重新提起。瞿秋白的夫人杨之华要求缉拿出卖瞿秋白的元凶。可是元凶是谁呢？和瞿秋白一起被俘，为什么周月林和张亮没有被杀害？

正遇肃反运动，一个高潮紧接着一个高潮之时，1955 年 8 月 24 日，上海市公安局奉命将周月林逮捕，28 日将她押抵北京，关进了德胜门外的功德林监狱。

因无任何证据，案情拖宕 10 年。1965 年 12 月，北京市中级人民法院作出刑事判决，以"出卖党的领导人"的罪名判处周月林 12 年徒刑。周月林被送往京郊的一个劳改农场服刑。1969 年 10 月，周月林被遣送到山西省榆次市女子监狱。

从此，以这一冤案为根据，一些书刊文字大肆描绘：在瞿秋白一案中，张亮属于自首叛变，而周月林则可能附和了张亮的叛变，附和了叛变也就是叛变……随即，连长眠九泉之下的瞿秋白本人，也长期被当作"叛徒"。

生命之火，忽明忽灭地延续。

1977 年 12 月，周月林服刑期满本应释放，然而鉴于"罪行重大"，她继续被关押在狱。年迈体弱的她，忍辱负重，苟延残喘，经历了太多的人生悲伤，一息尚存，她仍要挣扎、喊冤。在山西榆次市女子监狱，她疯疯傻傻，神经好似有些失常，反反复复写些纸条，写了撕，撕了又写……

一天，一位很有责任感的监狱负责人，从她身边拾到一些碎纸片，感到这个"女犯"有冤情，他让周月林再写一个详细材料。1979 年 8 月，周月林在劳改农场再次提出申诉。那位监狱负责人负责任地将申诉材料转给了上级。

此案涉及出卖瞿秋白，历时数十年，案情非常重大。有关部门认真核查。结果，在当年国民党的报纸上，发现了"赤共闽省书记之妻投诚，供出匪魁瞿秋白之身份"的报道。这一发现，与党史部门新近掌握的郑大鹏暗中指认的资料结合起来，形成了瞿秋白被何人出卖的有力证据，从而推翻了原先"张亮、周月林出卖瞿秋白"之说。

党的十一届三中全会给周月林带来春风。1979 年 11 月 15 日，经北京市高级人民法院复审，终于为其平反昭雪。再审判决：撤销原判，宣告无罪，予以平反。周月林度过了长达 25 年的冤狱生涯，加上在国民党监狱坐牢两年半，总共在狱中生活约 27 年。其时，周月林 73 岁。

周月林出狱后，1980 年，山西省委组织部给周月林落实政策，按 1925 年参加革命，予以享受离休红军干部待遇。按照本人意愿，她被安置在梁柏台的家乡新昌定居。

闲坐小院晒太阳，对着青山碧空，熟睹白云苍狗之无穷变化。这位曾经的苏区中央局妇女部部长，这位中央苏区曾经最耀眼的"女星"，这位坐过 27 年牢的女人，对着梦幻般的世事，虽无争论之欲，仍有不了之情。

1997 年底，91 岁的周月林平静地离开了人世。

漂泊半世纪的两个红军孤女

一、偏僻山村隐藏了两个女孩儿，一个3岁，一个女扮男装

转眼，时令已进入萧瑟的冬季，山野刮着冷风，灰蒙蒙的于都县上库村却呈现一派异样的繁忙：各家各户正在想方设法安置从山那边送来的红军伤兵。

这天午饭后，村里出现了一个神秘的人物。

他并未负伤，脸上的气色却不怎么好。他名叫张德万，高个儿，年纪不上30岁。由村干部陪着，在村里转来转去。

哟，他身后探出一个女娃儿的小脑袋。好白净的脸，一双大眼睛忽闪忽闪，透着陌生和好奇。啧啧！部队上的男人还带个细伢……什么，细伢不是张德万自己的？那么，她的父母亲又是谁呢，连你也不知道吗？

一问这个，张德万就闭口不言了，心里却在说："我当然知道，她的父母是中共中央高级干部，这还能说？谁也不能告诉呀！"

那，这细伢叫什么来着……噢，"野萍"……什么，叫偏了？怎么会？爸妈都不晓得是谁，不就是野孩子吗？就叫她"野萍"好了！

赖万森的儿子，5岁的赖普恩怎么也想不到，家里陡然添了个3岁的妹妹。

与往常一样，那天午饭后，他与9岁的大哥去对门坑子里扯猪草，回来时，太阳快落山了。大哥忙着在猪栏里卸草。赖普恩像条泥鳅，一晃身子，钻入矮陋的家门，便有一阵无法抵挡的香气扑面而来。探探头，窥见热气腾腾的锅里，

52

茶油在打着滚儿，一盘炒好的鸡蛋搁在灶台上，香得死人呢。他不由自主地伸出了手。

"啪，"手刚探出，后脑勺先挨了妈妈一巴掌，"细人精，不许人模鬼样的倒脸面。你不见家里来了贵客。"

赖普恩咽了口口水，才反应过来："一定来了大客。"家里就一只老母鸡，除非大母舅来了，妈妈是舍不得炒菜放油，更不会油炸鸡蛋。

一扭头，阴暗的内屋里果然有几个人影。父亲赖万森吧嗒着长烟杆，村干部陪着一个陌生的瘦高个男人，在叽叽咕咕说话。瘦高个坐在一张矮脚小凳上，左臂弯圈着个脑袋，却是个东张西望的细妹崽。嘿，赖普恩一下子来了劲，忙凑上前。

瘦高个男人说得少，赖万森和村干部说得多，他听懂了，瘦高个是带这小妹来搭住的。这段日子，山那边，抬过来很多缺胳膊少腿的红军伤兵，分到各家各户去住。隔壁大伯家，也分了一个红军哥哥在那儿搭住。

"你是红军吗？"赖普恩悄悄地问。

"是，不过，我是伙夫。"瘦高个毫不含糊地回答他，并伸手抚摸着他的头，说，"小兄弟，几岁啦？"那边，做爸爸的立即呵斥他："细鬼子，不要多嘴。"

小普恩赶紧缩到一边。直至晚上掌灯时，小普恩才看清瘦高个的脸，高高的颧骨，尖尖的下巴，脸色灰扑扑像涂了一层菜汁汁，一双豆荚眼却十分机警。被他抱着的妹崽时不时斜着头，又大又黑的眼睛溜周围一圈，转回头，偎在瘦男人怀里喊："好妈妈，我饿。"

"哎哟，白白净净的女崽像个瓷娃娃哩！"小普恩的妈妈华灶女解下腰围巾，把野萍亲亲热热地搂在怀里："来来，我来喂你。"

春节热热闹闹地过去了，可未到元宵，村子里又忙乱起来。不断有消息说，白匪要来了。伤员都得流散、转移他方。张德万也得离开。

一连几天，他对着孩子，神情忧郁……经过一番慎重考虑，他终于把孩子领到房东赖万森、华灶女夫妇面前："二位老人家，这孩子，是我受人之托，带在身边的。我现在漂泊无定，前途难卜。这孩子就拜托你们收养吧！你们是忠厚善良人家，孩子交给你们，我就放心了……这里有一个小铁皮箱，是她妈妈留下的，里面有一些衣服……"

赖家是贫苦的农家。赖万森夫妇膝下三男二女，年纪尚幼，生计十分艰难。

尽管如此，他们还是含着热泪，慷慨地接受了张德万的拜托："放心吧，啃糠吞菜，我们也要把孩子抚养成人！"

临行的那个清早，张德万牵着孩子，挨家挨户上门相告："各位邻居、各位乡亲，这孩子、这没爹没娘的孩子，就留在你们这里了。拜托大家，多多关照、多多关照！……"

天，下起了霏霏细雨，刺骨地冷。张德万戴顶箬叶笠，踏上了烟雨迷蒙的钟公嶂。

他走了。留下了一个孩子，却隐瞒了这个孩子的身世，在那白色恐怖的特殊时期，这样做，是为了使村民和孩子免遭牵累，但同时也给人们留下了一个不解之谜。

同村赖万森的哥哥赖蔚青（村干部）家，也收养了一个红军留下的孩子。是一个比野萍大八九岁的女孩子，名叫邱兰。她持一份苏维埃的证明，被疏散到村里来时，女扮男装，对外的性别和名字都变了。她头发剃得光光的，对外名字叫作邱德成，完全是一副男孩子打扮。

疏散之前，邱兰是中央蓝衫团最小的一名演员。每天，她跟着蓝衫团的队伍，到处搞扩红宣传，演出时，则在节目中饰小孩。六七十年后，她还记得这样一个节目：戏中一个反动派偷东西，被她发现了，她用石灰撒到反动派的眼睛里，然后向四面大声喊叫：抓坏人呀，抓坏人呀——于是，农民协会的人闻讯赶来，把反动派捉住了……

那时，蓝衫团常常走山路去演出，夜里演完了戏再走山路回，回到营地又冷又饿，空着肚子睡觉。

挨饿是常事，几乎每天都挨饿。

饿惯了的小邱兰，记不清挨了多少饿，反而记住了几次吃得很饱很饱的情形。

有一次，队里杀了一匹受伤的战马，卸下来的马肉掺芋头煮了三大锅。全蓝衫团的人敞开吃，吃不了，每人就拎着几提马肉上路，边走边吃。马肉好吃，但热毒很大，邱兰身上发起了烂疮，又痒又痛。她吃了四五天马肉，却发了20多天烂疮。

还有一次，蓝衫团在瑞金演出给毛主席、朱德等中央领导看。演完后招待大家吃了一餐晚饭，桌子上摆了9碗菜，蛮丰盛哩。饭后，毛主席还叫警卫员把邱兰背到自己的住处，送给她牙刷、牙膏、钢笔、衣服等许多东西……

邱兰记得，红军长征前，中央蓝衫团解散，她被疏散时，许多团里的红军叔叔都来安慰她，说是在农民家里寄放3年就来接她。

邱兰的男孩名儿还是毛主席给她取的哩。听说邱兰要留下，毛主席想了想说：革命一定会得到成功，你就改名叫邱德成吧！

"那不是男孩儿的名字吗？"邱兰问。

毛主席说："对，你不能说是女的，女孩子孤身在外危险大。"

此后，她就有了一个男孩子的名字。为了防备坏人，邱兰天天揣着一把小刀在身上。

扯猪草、砍柴草、种菜、喂猪……邱兰在家里、村子里女扮男装，不声不响地活着，成了一个默默无闻、不引人注目的小孩。

16岁之前，她从没在别人面前脱过衣服、上过厕所。大家真以为她是个男孩子。

可是，邱兰多么羡慕那些女孩呀，每当看见别的女孩穿着红衣裳、花衣裳，她就想象自己穿红衣裳、花衣裳的模样。

她知道，野萍也是红军留下的女儿。从与赖家的关系来说，野萍是她的堂妹，所以，她经常约野萍一起上山捡柴草、扯猪菜。

有一次，野萍浑身淌汗，便把衣裳脱下来披在树枝上。

邱兰见了，心里怦然一动，休息时，悄悄地附过去，左看右看，情不自禁，把花衣裳往自己身上穿，太小了穿不进，就在自己身上比试了许久。一抬头，野萍正立在面前，奇怪地望着自己，她的脸腾地红到了耳根……

女扮男装实在难哟，邱兰心怀"鬼胎"，一天到晚总是提心吊胆地熬着。一天一天，她数着日子过，3年怎么这样长呢。终于，3年盼过来了，红军却没有来接她，又一个3年过去了，红军仍没来。

女扮男装，再也装不下去了。

那年，16岁的邱兰发育了，肚子绞痛，身上突然流出来一大摊血，把裤子都浸湿了，一直流到脚胫。她以为自己受了伤或是得了什么重病，马上就要死了，尖叫着，脸吓得像石灰一样白。

异常的大出血引起了家人的恐慌，当养父、养母手忙脚乱正要帮她脱裤子检查时，"咣当——"一声，她身上掖着的那把尖刀掉下来，在太阳下亮晃晃闪烁寒光，陡地吓了大家一跳。

邱兰女扮男装的秘密被发现了。

野萍 10 岁那年，于都闹饥荒，大哥得病死了。

为躲饥荒，割罢晚禾，二哥赖普恩挺起瘦骨嶙峋的胸膛，领着小妻子野萍踏着一片秋霜，来到会昌城外做小窑工。两个人劳碌半年，可以赚两箩谷钱回家，略补无米之炊。

那是怎样的劳碌呀！虽是童工，干的却是最苦最脏的活。白日，在窑匠师傅的呵斥下，两人团团转地忙着做瓦坯、刷筒瓦、翻晒瓦、装窑，薄薄的单衣湿了又干，干了又湿。晚上守望着窑火，在疲惫、瞌睡和虫子的叮咬中昏沉入眠。

夜里，没有星星，没有月亮。冷雨被魔鬼的手织成密密的网，铺天盖地。寒风一阵紧似一阵，夹着雨点在他们身边掠过。他们的手脚冻得通红、开裂，流淌着血水。

为了抵御寂寞，他们养了几只小鸭子。每天夜里，小鸭子乖乖地依偎在他们脚下，慰藉着他们的孤独。他俩就紧紧相依在一团窑火的光弧里，共同抵御着凄风苦雨，捱过那没有尽头的寒冷，没有尽头的冬天。

"二哥，小鸭鸭都有爸妈，我怎么就没有？我好累，我好饿，我好冷哩，妈妈在哪里呢？！"

野萍的心时时被这个问题搅动着。她不会想到，万里之外，她的父亲陆定一同样在牵挂着这个自小就失去了母亲的女儿。

有多少往事在泪水中泡浸……

二、中华苏维埃临时中央政府所在地——瑞金叶坪谢家宗祠

唐义贞生了个女婴，干妈邓颖超为她取名爱生。

1931 年 12 月 30 日，红都瑞金。中华苏维埃临时中央政府所在地——叶坪谢家宗祠正在召开重要会议。周恩来等人离沪后，辗转到达瑞金叶坪，刚刚就任苏区中央局书记。许多工作在紧张进行：国民党 26 路军在宁都起义后的整

训；毛泽东将苏区中央局的工作移交给周恩来；研讨中华苏维埃共和国临时中央政府，将要发布的《对日战争宣言》……

在这幢举世瞩目的屋子里，野萍即将诞生。

毛泽东居所的楼下左厢房，唐义贞临近分娩，军医陈志方负责接生。她知道，中共首脑们在楼上开会，为不让自己喊叫起来，她将被角塞入嘴里用力啮咬，豆大的汗珠从她惨白的脸上沁出，头发贴在额上，衣衫被汗水濡湿。她的一只手扳着床沿，一只手紧紧地拽住邓颖超的手。

邓颖超捉住她的一只手，陪同唐义贞快一天了。到达苏区后，唐义贞与她最要好，并称她为干妈。现在，小"外孙"要出世了，她既欣喜、着急，又无可奈何。她没有生育经验，望着唐义贞扭曲、呻吟的痛苦模样，却帮不上力，眼泪不时冒了出来。

突然，一声婴儿的啼哭点亮了红都的沉沉暮色。

"呜哇，呜哇——"哭声像小号般响亮。

似乎听到休息的号声，楼上的会议停顿了。大家纷纷站起来往外走。

朱德率先迈出房门，从走廊上探出头，操着大嗓门喊："老陈，哭声这么响亮，是生了个男娃吧？"

"报告老总，"被接生弄得满头大汗的军医陈志方，挥手揩了一把额头、鼻尖上的汗珠，回答，"不是个放牛郎，是个靓妹子呢！"

"蛮好嘞，细妹崽好嘞！恩来呀，你做了外公哩！"毛泽东笑开了，一边和大家倾听婴儿啼哭，一边"吱儿吱儿"地抽烟。

中国近代史上几位伟人，笑声朗朗，谁也没有料到，这个特殊时期诞生的妹子，将面临无数坎坷，演绎一出离奇的悲喜剧。

听到哭声，贺子珍等人闯进门来，向唐义贞道喜。邓颖超则搜出积蓄下的伙食尾子，喜滋滋地去买了些鸡蛋、红糖等给干女儿坐月子，并与周恩来商量，给小孩取了一个亲昵的名字——爱生。因小孩是在瑞金叶坪生的，小名又叫叶坪。

这个小爱生就是后来的野萍。她的父亲陆定一与母亲唐义贞 1929 年在莫斯科结婚。当时，陆定一是驻少共国际的中国代表，唐义贞是中山大学（后改为中国共产主义劳动大学）的学生。1930 年，陆定一与妻子分别，先行回国，在上海从事地下工作。

数月后，唐义贞亦回中国，在上海与丈夫短暂团聚。不久，她受命与何叔衡化装成父女，来到张鼎承创建的闽西苏区。1931年初，陆定一也辗转来到闽西，与唐义贞再度聚首。是年9月，刘伯坚带领部队打通了从瑞金到闽西的道路。接到通知，陆定一夫妇前往瑞金，参加第一次全国苏维埃代表大会。

唐义贞在莫斯科学习期间，曾经参加过"医务训练班"培训。月子还未坐完，唐义贞就被任命为中央军委总卫生部药材局局长兼卫生材料厂厂长。

她便抱着小爱生走马上任。卫生材料厂设在于都县银坑乡的一个山寨里，距离瑞金80多里。由于白军的长期封锁，苏区各种物资都非常紧缺。起初，卫生材料厂只能生产一些药棉和纱布。后来，唐义贞与药剂师研制出了几种中药药丸，对付肆虐苏区的几种传染病。

这一招果然见效，药丸送到部队、地方，苏区的疟疾、痢疾、伤寒得到明显控制，伤病员的死亡率大大下降。苏区中央局、少共中央机关报《红色中华》多次报道了唐义贞的事迹。

就在这个时期，唐义贞偶遇了身陷囹圄的邓小平。几十年后，邓小平担任了国家领导人，多次回忆那段历史。

"一天，当看守人员把我带回拘留室的时候，我遇到了陆定一的妻子唐义贞。

"我对她说，我很饿，我吃不饱。

"她很同情我。于是花了一块银圆买了两只鸡。鸡炖熟后，她给看守人员捎信，让他们把我带到她家里吃饭。我吃了一只鸡，把另一只鸡带回拘留室留着以后吃。陆定一参加了长征，活下来了，可是他那位富有同情心的妻子却死了。"

1934年10月，中央革命根据地第五次反"围剿"失败，中央红军主力被迫离开苏区，作战略大转移。为了掩护主力红军的转移，必须留下少数地方部队，为了减轻主力红军的负荷，必须留下伤病员、女人与孩子。

本来，唐义贞可以随主力红军走的，但是她怀了孕，所以，必须留在地方工作。她再次与刚刚从上海回到苏区的丈夫分别，又不得不与女儿爱生分别。

因为长征，许许多多中国共产党的领导人都这样将自己的孩子秘密留下了。毛泽东的儿子小毛就是这样留下的，刘伯坚的儿子刘豹，以及林伯渠的儿子，邓子恢的儿子也是这样留下的……

　　红军主力转移，卫生材料厂解散。唐义贞根据中央分局的决定，随毛泽覃率领一支部队突围至福建，开展武装斗争。

　　11月中旬，白军8个师的部队及地主武装，对在闽西的红军进行了疯狂的"清剿"。11月19日，唐义贞在邓子恢母亲的陪同下，拖着分娩前笨重的身躯来到圭田乡，住在汀西县保卫局区队长范其标家里。第二天，她生下了一个男孩，取名为小定。

　　一个月后，白军逼近圭田，福建省委通知唐义贞转移。唐义贞毅然将孩子留给范其标夫妇，将一些日常用品留下，其中有一床毯子、一个缺了口的铜脸盆（此二件现存长汀县博物馆）。这时，唐义贞作了永别的准备，在留给儿子的包袱布上，她用中文和俄文写下了娘家人在湖北武昌的家庭地址，落款是：唐一真。

　　归队后，唐义贞在省军区担任宣传部长兼军医。1935年1月下旬，四都一带，大部分地区被白军占领，唐义贞所在的游击大队陷入了国民党的重重包围。

　　唐义贞和毛泽覃，随福建军区一个营突围，前往江西寻找陈毅的部队，途中，队伍被白军宋希濂的36师打散。

　　27日中午，行军途中，唐义贞将一对绞花银手镯交给小宣传员陈六嬷："小陈，这对银手镯是一位战友牺牲前送给我的，我今天送给你作纪念，日后若有人来问你，你告诉他我丈夫姓陆，名叫陆定一。他对我十分好，这辈子不能再见着他了。你是本地人，我告诉你，前一个多月，我在圭田乡生下一个儿子小定，很像他爸爸，一生下来就将他送给范其标夫妇抚养。我若能生存，将来母子当会相认，那我儿既是范家人，亦是陆家人，两家都有份。我若牺牲了，就请告诉我的丈夫和孩子，我是为革命牺牲的，决不做投降者，死也要死在红旗下！"

　　陈六嬷含泪收下手镯，说道："你放心吧，唐姐姐。范其标夫妇是好人。我认识他们。他老婆聪秀妹还是我的堂姐呢。以后，我会去看看小孩。"

　　唐义贞听罢略为高兴，又从身上脱下一件橘黄色的丝棉背袄送给陈六嬷。之后，她背起文件袋，跟红军队伍进乌蛟塘山坑。28日，部队与白军进行顽强战斗，弹尽粮绝，唐义贞与一个姓胡的团政委、一个营长等20余人被俘，关押在四都下赖坝白军36师的一个团部。

当天黄昏，唐义贞在关押的廖氏祠堂耳房，看见陈六嬷端了一钵鸡蛋煮粉条走来。

"小陈，你没有被抓住？"她小声问。

"抓住了，我会本地客家话，说是捡柴的村姑，加上一些乡亲出面作证，就放了我。"陈六嬷悄声道，"你一定饿了，快吃下去，你不要承认是红军干部，我们私下凑钱把你保释出来。"

唐义贞边吃边凄然苦笑："你听，厅里正在拷打同志们呢。敌人不会允许你们保释我的，我也不会忍辱偷生。小陈，唯有一条路，趁敌人未查明我们的身份，设法逃出去，到江西去找陈毅。"

次日黎明时分，唐义贞偷偷从窗户爬出来，溜到厅间，解开胡政委和营长的绳索，然后，用砖头砸死两个打瞌睡的哨兵，逃了出去。

天亮时，白军出动大队人马追捕。第三天黄昏，在汤屋村深山坳附近，唐义贞三人不幸再次被捕，敌人马上电告龙岩"剿共"总部司令李默庵，李默庵当即回电：将三人就地处死。

干涸的河坝沙滩上，长满了栗树、樟树、苦楝树、酸枣树。飕飕冷风不断从树隙掠过，拂下几片黄叶。暖烘烘的初春阳光，斜斜地照着树林。

她被推搡着出现在河滩上：五花大绑，遍体鳞伤；脸容苍白却凛然。

"女赤匪！"刽子手们狼一般地干嗥，"啊啊，就是这个女赤匪，刚才趁一个松绑的机会，一眨眼就把藏在身上的一份文件塞进嘴里，咽下肚了！"

唐义贞步履艰难地走在最前面。她身上的浅灰棉军装被撕裂了，捆绑的棕绳扎入了肌肉，被打伤的右腿有些跛。但她仍然直着身子走，瑟瑟的寒风吹着她的齐耳短发，苍白的脸颊没有一丝表情。

远远地，传来陈六嬷撕心裂肺的哭喊："唐——姐——姐——"

"砰，砰——"两声枪响，胡政委和那个营长饮弹身亡。而唐义贞则被丧心病狂的刽子手剥光衣衫，剖开肚子，取出心肝，惨痛而死……这是1935年1月31日，她才25岁。

也是在这个时期，距此地不远处，红军的另一支部队也被白军打散。邓子恢等少数人突围了。苏区中央局妇女部长周月林，发觉党的领导人瞿秋白没跟上，忙踅身回去寻找。瞿秋白与她躲入一块草丛间，准备等白军搜索过后再走。因为瞿秋白久病在身，脚下无力，摔了一跤，一棵小树摇晃了一下，立即被山上观察的白军发现。瞿秋白和周月林、张亮被捕。不久，瞿秋白被叛徒指认，在汀州英勇就义。

时隔53年，1989年夏天，我来到唐义贞就义的下赖坝，找到了仍然健在的陈六嬷。老妪激动不已，扁瘪的嘴巴蠕动着："啊呀呀，杀的是人呀。刀子一下一下砍下去会痛呀，血水在天上飞哟，义贞姐一声也没有吭哟……唐姐姐是个美人哩！教我唱歌，学文化……在大山里，她还教过我几味草药哩……"

河坝间的三棵栗树下起伏不平，那是烈士的儿子陆小定不久前领人挖掘的几个大坑。然而，并没有发现烈士的任何遗骸。厚厚的河沙，被几十年的河水淘换了一茬又一茬。不过，听下赖村民说，当年农业学大寨开荒造田，倒是在这里挖出了好些人骨头，都扔掉了……

长汀卧龙山上，立有一块瞿秋白纪念碑。纪念碑后的一个山坡上，松林拥着一座坟墓，那是唐义贞烈士的"衣冠冢"。陆定一题文碑上："唐义贞烈士，湖北武昌人，女共产党员，忠于党，忠于人民，屡遭王明路线的迫害而不屈。曾任中央卫生部材料厂厂长。1935年1月在游击战争中牺牲于长汀下赖坝，距生于1909年，才25岁，她实现了'只要一息尚存，就要为共产主义奋斗到底'的誓言。……唐义贞烈士是我最亲爱的亲人，是我的知己。我永远怀念她，学习她。也教儿孙学习她。"

陆定一在悼文中赞道：唐义贞烈士的心，是金铸成的。唐义贞烈士的灵魂，是水晶刻成的……

三、透过战火硝烟，陆定一开始了半个世纪的寻亲之旅

初冬的瑞金沙洲坝。那是一个夕阳余晖中依依惜别的傍晚……妻子唐义贞特地从朱坊镇赶来告别——她分娩在即，不能随主力部队参加长征，便决定留下，坚持斗争。

当时，两个人的心情异常沉重：她留下，处境将会是难以想象的险恶。她的安全……还有，未满3岁的女儿、即将降生的孩子……

在这样困难的关头与丈夫分别，她竟然没有一句泄气的话。她那双眼睛，把离别的悲伤、面临的艰险、一切苦难和担忧，都深深地隐藏起来，化为沉静的光！

战火硝烟弥漫了无数的艰难岁月，红军长征爬雪山过草地直至延安的宝塔山下，陆定一曾无数次回忆那生离死别的场景，无数次地发问。

"义贞怎么样了？孩子怎么样了？义贞怎么样了？孩子怎么样了？"

寻找、寻找，怎么寻找呢？

陆定一记得，当年，妻子在分手时，与他商定安置女儿叶坪的办法是：把孩子交给卫生材料厂的管理员——一位因病不能参加长征、准备回家的男同志，委托他到瑞金县以外的乡村，寻一个可靠的人家寄养孩子。但他不清楚这位男同志的姓名和家庭住址，只知道叶坪把他称为"好妈妈"。

寻找到1937年，他在南京获得一个振奋人心的消息：叶坪由"好妈妈"带着，寄住在瑞金武阳围的一位姓赖的船夫家里。

自此，陆定一对准目标，开始了新的却更艰难曲折的寻找。

同年，在奔赴抗日前线之前，他去到武昌的岳母家，告知上述消息，并委托唐义贞的大哥唐义精、五哥唐一禾寻找女儿叶坪。

唐义精动身赶到了南昌，因局势紧张，无法前往赣南。只好去信给瑞金联系寻找。等呀、盼呀……终于盼得了回音：那边确实收养了叶坪！快设法把孩子领来……要钱？给！倾家荡产也给……钱一次又一次地寄去，孩子却迟迟未来，最后得到的是一张照片：一个神气活现的男人，身穿国民党军装！

啊，善良的人家被愚弄、受诬骗了——那是国民党某特务流氓冒名设置的一场骗局。

叶萍寻找无着，成了唐家的一桩心病。唐义精遵照母亲的嘱咐，按妹妹义贞幼年时的模样画了一个有着两根小辫子的小女孩，把她当着想象中的小叶坪，一家人思念心切时，就对着画像悲伤地呼问："叶坪呀——孩子，你开口说呀，你在哪里？"

更不幸的是，唐义精和唐一禾，这两位才华横溢的著名艺术家，后来却在重庆渡江翻船，双双遇难，将一生的追求及全家族的寻找付诸东流。至此，唐家已无力寻找叶萍了。

1943年，红军长征后留在赣南，历尽艰险的贺怡（毛泽覃的夫人）从江西到达延安。终于，陆定一从她那里得到了第一手的关于唐义贞的真实情况，但这却是一个晴天霹雳。

"最坏的事情发生了。"他后来写道，"我失眠半个多月。从此，不论是大喜事或大悲事，我都流不出眼泪来了。"

伴随失去妻子的沉痛悲伤，还有那牵心动肠的悬念：娇小可爱的女儿呢？刚出世的男孩呢？他们寄托在哪里？还活在人世吗？这一切却无从知晓。

要把孩子找回来——他们是烈士生命的延续。必须去找，哪怕踏破铁鞋！

延安。陆老想起了当时身在南京中央办事处的邓颖超大姐。邓大姐十分喜欢义贞，认义贞为干女儿。叶坪出世后，邓大姐常来看望，抱着孩子亲个不停："我当外婆！"并以外婆的身份给叶坪起了另一个亲昵的名字：爱生。从此，义贞就让孩子称邓妈妈为爱外婆。

当时在南京，由李德全先生筹办了一个战时妇孺保育救济机关。陆定一立即动笔写信给邓大姐，请她委托李德全，帮忙寻找爱生（叶坪）。信中写道：

"我想把义贞留下的女儿叶坪找回来。现在应该是16岁了，再不上劲找，更不知哪里去了。本来这事托了义贞的家里，可是刚有点线索，她的哥哥唐义精和唐义禾却在渡船翻覆事件中死亡。唐家我在重庆时看过，已经穷得不成样子，义贞的母亲70多岁，还问我义贞的消息。我一直瞒着她的。再托他们去找是毫无希望的了。

"叶坪在长征时，被义贞交给了一个（原和义贞一起工作的）男的，此人我忘了其名，叶坪叫他'好妈妈'，他很喜欢叶坪。'好妈妈'将叶坪带到瑞金武阳围船户赖宏达家中。刘伯坚同志的豹儿，由裁缝罗高带领，也住到赖家。他们的船经常来往于瑞金、会昌、于都、赣州之间……"

信是1946年7月寄往南京的。几经周折，邓大姐却在北平收到此信。而那时，蒋介石发动的内战已经打响，战时妇孺保育救济机关已经解散。事已至此，为了安慰陆定一，邓大姐仍然回信鼓励说："在现时和今后寻到叶坪的可能性更大了，热望她能够回来！"

几度寻找，几番迷茫，愁肠百结，忧心忡忡。在战争的空隙，陆定一不无悲凉地呼唤："叶坪，我的女儿，你在哪里啊？！……"

四、思念与时共长，许多村子挂起网来寻找，机会却如风掠村而过

"伏以——吉日时辰，天地开张；良缘天定，如凤如凰；鸾凤交称，地久天长。新郎新娘，一拜天地——"

"再拜祖先！——"

"夫妻交拜！——"

父母当然要寻找，找不找得到是另外一回事。不管怎样，人大了总要结婚生子，按自然规律活下去吧！

光阴荏苒，悲悲苦苦的孩子，在悲悲苦苦中一眨眼就长大了。邱兰16岁那年暴露出女儿身后，家人、村民的震惊很快就平静了。

这没有什么，是男人就当儿子，是女人就做儿媳妇。她由邱兰改名邱德成后，养父母又为她改名为邱来凤。

19岁那年，在养父母的张罗中，邱来凤嫁给了这个家庭的老大，大自己11岁的赖文连。20岁时她就开怀，生了一个男孩，却没有带大。几年后，她接二连三生了3男3女，变成了一大帮孩子的母亲。

万物随时光流变，唯有思念保存永远。

疏散时，邱兰带来两皮箱衣物，能穿的穿烂了，不能穿的卖了，最后两个皮箱子也卖了，没有留一点痕迹。

解放前，丈夫长期在外面打工：上山挖砂子、烧窑、挑盐……解放后，铁山垅钨矿转为国营矿山，他则成为该矿的井下工人。

邱来凤忙里忙外，围着锅台转，成为一个典型的家庭妇女。有时，忙得头昏脑涨，听到孩子叫唤自己妈妈，她突然会一愣：妈妈，是啊，我自己的妈妈呢？她干活，干着干着就停下来愣一下。

这些孩子管我叫妈妈，我又找谁叫妈妈呢！

番薯、青菜、萝卜养人呀，赖普恩和叶坪，像屋前的那几棵小树一样长成了大树。小二哥不再是拖鼻涕的光腚小子，而是一个膀阔腰圆的后生家。叶坪，已长成了一个水葱葱的靓妹子。

终于，赖万森夫妇觉得他们应当圆房了。

生命是朝向未来的。这个身世不详的野萍，同贫寒之乡的其他孩子一样，伴着贫寒慢慢长大，并入乡随俗，早早就勇敢地担负生活的重荷。

野萍变成了一位能干的农妇。在这块土地上日出而作，日落而息，辛勤地耕耘、收获，她像每一个普通农妇那样生儿育女，孕育新的希望……

解放后，许多老红军都来信给赣南各地方政府，请求帮助寻找失散儿女。寻找的故事此起彼伏流传在赣南大地上。

1964 年，邱兰曾请人代笔写信给中共中央办公厅，请求帮助寻找父母。中央办公厅回信，要求她提供有关自己身世的线索。

往事，如烟如雾、忽聚忽散。往事与梦事纠缠，亦如隔世之事。

对自己的身世，邱兰只知道：养母陈六姑是红军洗衣队成员，养父是一名红军战士。从小，当红军的父母，把邱兰交由养母陈六姑抚养。她对养父没有什么印象，至于亲生父母是谁更不得而知。

有一次，红军洗衣队在河里洗衣服，白军飞机的一颗炸弹落在河间，陈六姑等人被当场炸死。从此，切断了她与这个世界所有的血缘讯息。

5 岁多的小邱兰被送到蓝衫团，有时串演一两个节目……

靠这样的线索，怎么能找到父母呢，这样的线索等于是无线索！于是，邱兰明白：最好的办法，唯一可靠的办法，就是让父母来寻找自己。但，她怎么才能让父母来寻找自己呢？！

"地方政府也曾派人到附近寻找过叶坪。"邱兰告诉我，"有人专门到白鹅乡寻找叶坪，一个乡一个乡挂起网来找，我们都不知道。那么远怎么会知道，隔了一个村子呢！"

信息如此闭塞，在她们朝思暮想的寻找中，一个万分宝贵的机会像风一般就这样掠村滑过。

五、结束 13 年炼狱生涯的陆定一，终于踏上了探亲路

1980 年金秋。天宇清朗。一架银鹰舒展巨翼，自北向南，穿梭于苍茫云海间。

机舱内，一位古稀老人，悠悠之心，正以每秒百米的速度扑向亲人。皓首龙钟，岁月的利刃镌刻下深深皱纹的脸盘，像磐石般坚毅，也像磐石般沉静，而胸间的思绪，犹如窗弦外缱绻翻涌的云海。

刚刚结束 13 年炼狱生涯的陆定一，迫不及待地踏上探亲之旅，就要见到从未谋面却已 46 岁的儿子。记忆如云如烟，苍苍茫茫。46 年后的今天，一桩心愿终于实现了！

　　46 年，颠沛流离的岁月呵……闽西！长汀县四都乡圭田村的一户三口之家：残废老红军范其标、聪秀妹夫妇和他们的男孩范家定，相依为命送走了一个又一个寒暑……

　　有一件事，令年幼的范家定诧异不解：逢年过节，父母不厌其烦，总要在饭桌的上首多摆放一副碗筷。而那个位置，却总是空席……

　　仪式成了定式，成了习惯。

　　又一个大年夜，逐渐长大懂事的范家定依葫芦画瓢，在饭桌上首照例摆了那副碗筷。范其标老人郑重其事，叫范家定站到桌前。他神情肃穆，刚开口，已是泣不成声。范其标详详细细诉说了小定的身世，并找出当年他生母的遗物。

　　物在人去，见物更思亲——生我，给我以血肉之躯的亲人呀，你们在哪里？他悲恸地掉泪……

　　辗转、周折……寻找是那样艰难。线索终于有了！在广东的李坚贞、北京的童小鹏等同志帮助下，小定了解到：他的父亲，与举国皆悉、德高望重的一位国家领导人相关联。

　　弥罩岁月的迷雾，眼看就要消散了。然而，一阵更大更浓的迷雾披盖而至——中国，1966 年，突然一头扎进"文革"的逆流之中。

　　动乱伊始，迎头狂澜中，这位国家领导人首当其冲，被当作"阎王殿"之首打倒在地，尔后，身陷囹圄，一晃便是 13 个春秋！

　　云海中穿行的银鹰，在福州机场徐徐降落。从机舱上走下来的老人就是小定（范家定）所寻觅的父亲——原国务院副总理、中宣部部长、现任中顾委常委、全国政协副主席的陆定一。

　　而小定的亲生母亲就是唐义贞烈士——"唐一真"是她当时的谐音化名。

　　陆老与范其标老人的手紧紧握在一起，四只布满老斑的手牵引着半个世纪的衷肠。

　　"……总算、总算把孩子带到您的面前了，陆老！"范其标老人用颤抖的话音说，"在这以前，我让孩子跟了我姓，现在该改回陆姓了。"

　　"不！"陆老赶忙说，"在那样艰险的岁月里，你们收养并培育了孩子，是真正的生死之交呀！你们是孩子的再生父母。孩子就继续留在你们身边，孩子的姓也不必改了。"

两位老人争执来、争执去，相持不下。陆老沉吟半晌，才又说："还是遵照孩子母亲的意愿办吧。义贞说过：孩子是我们两家的人。孩子的姓，要改就改成'陆范'。我想，这是一个象征工农团结的姓，也是纪念烈士的姓。希望今后将这个姓代代相传下去！"

茫茫黑夜，升起了一轮半明半暗的月亮。

述说身世，首先得述说思念。陆老告诉儿子："你有一个比你大3岁的姐姐。她……现在仍然下落不明哪！"

立即，陆范家定心里也升起了那轮半明半暗的月亮：啊，姐姐，在这个世上，我们原本是一根藤上的两颗苦瓜呀！而今，您到底在哪里呀？你一定比我还苦！

"爸爸，既然我有个姐姐？那还等什么，我们快点找吧！"

陆定一沉默了，伤痕累累的心又在渗血："已经找了几十年，如果她还在的话，应该是50多岁了……"

六、照片、信件摆在陆定一面前，却又失之交臂

又一轮寻找启程了——懂事后的叶坪，开始了不停的寻找，一家人都在为她寻找。

50年代，逶迤的赣南山岭，成为举世瞩目的世界钨都。于都山区新兴起一座钨城——铁山垅钨矿。矿党委书记郭若珊，在整理干部档案时发现：矿组织部干部赖普恩的履历表，有不规范之处。那时政审非常严格，他敏感到：这里面可能有问题，便立即找到了赖普恩询问："小赖，你在表上为什么不填岳父母一栏？"

这一下，赖普恩被问住了。絮絮叨叨说了半天，总算把原因说完了，却并没有把情况说清楚。他只得补充道："我父亲赖万森已经过世，要不然，他可以把事情说得更清楚一些。"

郭若珊是位南下的东北大汉，半辈子在军营度过的，对事情有一种本能的敏感性。他知道，本地是老苏区，红军长征前夕，许多德高望重的领导人物仓促间在赣南留下了子女，解放后先后通过组织来寻找过，有的已经找到，有的还在寻找。他问："解放这么多年，有没有找到什么线索？"

赖普恩想了想："有一点线索。我们同村，有一个留下打游击的红军干部赖友江，解放那年，他在于都县政府协助解放军工作。他曾经说过，陆定一同志写过一封信到于都来，请求地方政府帮他寻找小孩，并且还亲自派人来到赣南一带寻找女儿，说他有一个女儿有可能寄养在于都，从出生时间等情况看，很像我的妻子……"

郭若珊凡事认真负责，立即派人找到赖友江作调查，又派人了解了叶坪的情况，认为情况属实。然后，他以矿党委的名义整理了一份材料，寄中宣部部长陆定一收。

与此同时，赖普恩也附了一封信给陆定一。

此后不久，赣南区党委宣传部奉中宣部指示，派了一名干部来到铁山垅钨矿，铁山垅钨矿派了一名姓李的秘书前往，配合调查核实此事。二人一同来到禾丰乡上库赖家询问情况，一同前往的还有一个摄影师。

不啻是喜从天降呀。几十年的寻亲终于要有个结果了，叶坪欣喜若狂，翻箱倒柜拿出最好的土果子招待客人，擂茶、番薯片、芋头丸、烫片等摆了一桌面。

一家欢天喜地像过年一般，他们一边不停地叙述着，穿上了过年才舍得穿的衣服。在摄影师的指挥下，叶坪、赖普恩与他们一岁多的儿子赖章盛，合拍了一张全家福。然后按照调查人的要求，叶坪又单独拍了一张全身照。

照片中，叶坪笑意盈盈，紧抿的嘴唇掩饰不住内心的喜悦。蚕豆花白底大面襟衫套在健壮的身上，渐入鬓角的淡淡云眉，一双美丽的丹凤眼，充满青春的笑意，似乎往日的荫翳一扫而光……

在这种调查当中，原始物证是最重要的。没有叶坪小时候的照片，调查人员又按照组织上的交代，征集了一些叶坪小时候带来的旧物。其中，一双象牙筷子及一柄医用小刀已经失踪了。小时候的衣物也早已穿烂，只剩下一只半截的小手套，毛线编织的，一节蓝一节红。

这年正值 1956 年，陆老收到赣南铁山垅钨矿赖普恩的来信。信上说，他的妻子，是红军长征前留下的子女，来时 3 岁，名叫一品……一品——叶坪！中国字的谐音？还是……调查材料和照片送了来。调查并未获得实质性的证据。一品的照片经陆定一及唐义贞的亲人观看后，也未能觉出一品就是叶坪。就这样，40 多年的寻找又毫无着落地搁了下来。

寻找之后是等待，多么令人焦灼的等待呀！一年、二年、三年……泥牛入海，竟然没有一点音讯。

等待之后还是寻找。事隔三年，冶金部全国采矿先进工作者会议在锦州召开。铁山垅钨矿副矿长马振山与赖普恩参加了这次会议，途经北京，马振山说，他在北京有不少老首长，不妨借此机会托人去找找陆定一，当面谈谈。老实巴交的赖普恩怕麻烦别人，认为不妥。马振山仍打了个电话给中宣部，办公室的人称部长不在家，他们便搁下电话。（几十年之后，陆老告诉女婿，办公室将电话记录转达他本人，他想打电话却找不到传话人的地址。他说，为什么不留个地址呀？傻瓜，不想认我这个岳父大人么？赖普恩听了，只有苦笑。）

寻找、等待、失望——满怀激情的等待，所有的寻亲念头，都在杳无音讯的等待中烟消云散。一重又一重的失望摧毁了叶坪一重又一重的希望。没有什么可怨的，只能怨天。叶坪常常向天伤心而泣："我真命苦哟，我天生就没有父母，没有啊……"

七、思念在血脉中传承，寻亲在一代又一代间延伸

"石在，火种是不会绝的。"灵魂于血脉的游历中寻找宿地，寻亲，本能地在一代又一代间进行。

下放——考取厦大——毕业分配。转眼之间20多年过去，叶坪的长子——赖章盛已成为南方冶金学院社科系的一名讲师。

1987年9月的一天。赖章盛照例来到系资料室读书，突然，一篇文章映入眼帘，那是陆定一发表在《风展红旗》一书中《关于唐义贞烈士的回忆》一文。一口气读完全文，文中的挚情"砰"地点燃赖章盛久蕴心底的火种，他抑制不住激动的心情，立即索笔给陆定一写信。信中写道：

"……前两天，我们系资料室的黄玉香同志激动地交给我一本《风展红旗》。我从该回忆录集中读到您的《关于唐义贞烈士的回忆》一文……文中谈到您和唐义贞烈士的两个孩子的情况，得知您的女儿叶坪仍无下落，这使我联想起我乡下母亲的身世。我的母亲，也是红军长征前留下的子女，现在仍不知亲生父母是谁。但从姓名、年龄、寄养地点和时间看，我母亲与您失散的女儿叶坪，很可能是同一个人……"

一封信，一封轻飘飘的信意味着什么呢！缥缥缈缈几十年的思绪呵，终于又一次交接。明明灭灭的希望之火，又一次在这里升起。

北京。陆定一从东北返回，刚拂去旅尘，便伏案拆阅积压下来的一堆信件。他一封一封地读着。眼前忽然一亮：啊，叶坪！

陆定一心中一动。继续看下去后，得知赖章盛的母亲，与原铁山垅钨矿赖普恩来信中提到的"一品"是同一个人，现住江西省于都县禾丰乡库心村上库小组。

莫非，1956年的那次调查有所疏忽？

陆定一旋即请来妻子唐义贞的八妹唐义慧商议。74岁高龄的唐义慧老人，一生为寻找不到姐姐的骨肉而耿耿于怀。她永远不会忘记，一家人为此而付出的代价，她永远记得：母亲就是面对叶坪的画像，恋恋不舍辞世的。

"再也不能交臂而过了！那年，您让我验证那张照片，我说不太像。如果这个像中人真的是叶坪，就是我一句话误了几十年呀。"

泪水，在她皱纹纵横交错的脸上，汩汩流淌。唐氏大家族中，如今，只剩她一个老者，缅怀着一群冥冥幽魂，她说："见不到叶坪，死不瞑目呀！"

意见统一后，陆定一随即函请江西省政府代查。同时，将赣州方面来信，转寄给福建长汀，叮嘱儿子陆范家定，协同江西省政府调查核实。

省、地、县、乡联合调查组和陆范家定于11月1日来到了上库村。

这是一串规范、严格而缜密的审查：

虽然赖万森、华灶女夫妇都已经去世，但经各方调查，仍然获得不少材料，证实：调查对象的姓名、年龄、相貌等方面与叶坪相符。

村里把"叶坪"叫成了"野萍"，从小到现在。而她的丈夫赖普恩，却又以谐音相猜，把"叶坪"写成了"一品"。后来上户口，养父母又给她取名"张来娣"，含"张德万带来之女"的意思，以示纪念。

陆范家定还在调查人员与她的对话中，捕捉到一个细微却十分关键的情节。

"当年你是怎样称呼张德万的呢？"

"听我养母说，我称他'妈妈'。"

"妈妈！"陆范家定差点跳了起来：啊，想起来了，父亲不是说过，叶坪是交给她称其为"好妈妈"的男同志的吗？这个情况只有父亲知道，而她，竟也称一个男性为"妈妈"！

"张德万是男同志，你为什么叫他'妈妈'？"

"不知道。"

"'不知道'那就对了，那时叶坪才 3 岁，能知道什么呢？除我外，世界上再没有第二个人知道了。'妈妈'那也对了，她连'好妈妈'的'好'字也忘了。"——这是后来陆老听了汇报后做出的分析。

离开上库村，调查组又来到了吉安县新安（现为云楼乡）。那个张德万，已经在前几年病逝了。通过张德万的侄子张永济，调查组了解到：他伯伯张德万，确实在红军医药部门工作过。生前，张德万告诉过家人：在于都县禾丰，他托养了一位战友的女孩。

张德万不愧为一个"好妈妈"，病故前几年，他还借口到外地贩鱼苗，秘密去禾丰，探望了那个女孩……

后来，陆老回忆说："张德万就是'好妈妈'。他是义贞所在的卫生材料厂的管理员。因义贞是一厂之长，工作忙，张经常帮助照顾孩子，对叶坪十分好。孩子小，除'爸爸、妈妈外'，其他称呼不会叫，因此义贞就让孩子称张为'好妈妈'。"

调查结束。在等待父亲陆定一决定的时候，陆范家定了解到，叶坪因调查引起失眠，他显然有些心痛了，委婉地告诉赖普恩："赖同志，好好照顾您的妻子，叫她不要多想了。"

赖普恩缄默地点头，望着这位不曾暴露身份的调查研究人员，他记得小女儿赖慧竹说过这么一句话："爸爸，那些人当中有个男的好像妈妈哩，他是谁？"

不久，江西省政府和公安厅做出最后结论：调查核实表明，张来娣（野萍、一品）就是陆定一同志 53 年前失散的女儿叶坪！

此时，当年 3 岁的叶坪已年近 60 岁。

八、爱外婆邓颖超发贺信，称找到爱生是"悲苦的喜事"

多么令人感慨万千的人世沧桑呵！

得到信息的爱外婆邓颖超大喜过望，特意向陆定一发来了一封情真意切的贺信，称找到爱生（叶坪）是"喜出望外的喜事"，又是"多么悲苦的喜事"！

　　已是 80 余岁高龄的陆定一，按捺不住急切的心情，立即登上南行的列车去看望女儿——叶坪和她的全家。

　　这是用许多生命接力追求的一个结局。74 岁的唐义慧老人，不顾年老体弱，毅然同行。她要代表她曾经庞大的家族，探望烈士姐姐的亲骨肉，向那耗时 53 年的寻找投注最深情的一瞥。

　　11 月 30 日，一个平常的日子。在赣江之滨，英雄城南昌，离散半个多世纪的骨肉，重新团聚了。

　　分离时，父亲是风华正茂的青年，女儿是乳腥未去的雏儿。相会日，却已都是白头人。

　　叶坪迎上前去，握住了颤巍巍朝她走来的父亲之手。望着父亲那陌生、苍老却慈祥的面容，她嗓子发硬：这就是寻找了半个世纪、梦魂牵绕的父亲吗？

　　秘书早就交代过，首长年龄大了，见了面不要哭。当然不哭，她答应秘书，见了面尽量笑。

　　可是，叶坪肚子里装了 53 年的泪水，早已横溢出眼帘，破眶而出，她终于喊出那积压了 53 年的呼唤——"爸爸！"

　　一轮重圆之月，就这样，奇妙地穿透了漫漫 53 年的长夜。

　　陆老抚摸着女儿的手—— 一双有茧的手、劳动者的手——从上到下将女儿端详、打量，激动不已，连连地说："是真的吗？是真的吗？……是真的呵——真是我的女儿、我的女儿……孩子，53 年前，我把你扔啦！现在，又捡回来了，到底是捡回来了！"坎坷人生使他感慨不已："53 年之久，失而复得，这也算是'世界纪录'了！"

　　可是……妈妈呢——惨死的妈妈呀，苦命的女儿，多么想在此时见您一眼那——我的亲妈妈！……

　　像明白女儿的心事，陆定一让女儿坐在身边，深沉地叙述起那段悲怆的历史，回忆起她的妈妈……

　　忽然，大厅里寂静下来，门口一阵红光闪显，一位身穿鲜红如火的金丝绒旗袍的姑娘款款地走了进来。倏然间，大厅里温暖、亮堂了许多，像是映入一片红艳艳的霞光。

　　陆老一阵眼花，恍惚中似乎又回到了另一个时代：1929 年，苏联莫斯科……与他在婚礼中的义贞，身穿火红的旗袍，如朝霞一样明丽、鲜亮……

义贞、义贞来了——进来的却是叶坪的第三个孩子：女儿赖慧竹。

陆老揉了揉眼睛，醒悟过来，朝这一幕的"导演"唐义慧老人会心一笑："这是你的主意了！"

53年的长梦呵，明明灭灭，终于成真。

回望最初的动因，我们到底要寻找什么呢？离京赴赣前，唐义慧首先想到的是两件事：一是连夜复制了姐姐义贞的照片，作为最珍贵的礼物，送给叶坪一家；二是扯了一块姐姐当年在婚礼中穿过的金丝绒旗袍料子。当叶坪一家到达南昌后，她请人连夜按姐姐照片中的样式，将料子赶制成旗袍……终于，唐义贞的外孙女儿、18岁的赖慧竹，演绎成如梦似幻的唐义贞。

九、邱兰已经寻找了一生一世，有生之年她还会寻找下去

千里之外，静静的原心村。

邱兰的心沸腾了。

连叶坪都找到了父母。

这在邱兰眼里，就等于世上所有的人都找到了父母，唯独自己一个人被世界抛弃了。化石般苍老的情感缝隙里，一次又一次长出了幻想的青草。

频频拜托，苦苦哀求，她要大家帮她寻找父母。

民政局帮助她寻找过，叶坪的儿子赖章盛也写信帮她寻找过，连陆定一老人也与当时的江西省副省长孙希岳谈过此事……可是，由于邱兰没有留下有价值的凭据，所以，也没寻找到任何有价值的线索。

她更着急，也更失望了。天啊，你为什么要这么亏我呢？！

邱兰今年83岁，早就当了奶奶、外婆，再过几年她就可以当太奶奶、太外婆了。这是一个大家庭，所有的亲人聚起来十几个，热热闹闹盛满一屋子。邱兰却如断了线的风筝，心总洒脱不起来。总有一丝凄楚、一丝孤寂在团圆中暗暗浮起。

她还在幻想童年，寻找自己的父母。人啊，不管你年纪多大，失去了父母，在这个世界上就是孤儿。为了不当孤儿，83岁的邱兰已经寻找了一生一世，看来，有生之年她还会寻找下去。

死而复生的元帅前妻

陈毅与红军时期的妻子赖月明，聚散悲欢，生离死别的坎坷历程，是那场战争的特殊副本。

一、时隔 54 年，泪眼相对，蔡畅与赖月明两双手颤抖着紧紧地握在一起

北京医院。1988 年 9 月 25 日下午。

久卧病榻，已经丧失正常说话能力的全国妇联前主席蔡畅，挣扎着坚持接见了一位"亡故"数十年又"死而复生"的老朋友。

"大姐……"这位来自赣南山区的农村妇女，趋近床前，用浓浓的赣南乡音唤了一声，立即禁不住哽咽起来。

别时为红颜，相见皆白首。赣南乡音，唤醒了沉睡 54 年的记忆，蔡畅挣扎着伸出双手，颤抖着，颤抖着。另一双布满青筋、骨节突出的手迎了上去，于是，相隔 54 年之后，两双手终于又紧紧地握在一起。

四目相对，泪眼汪汪。蔡畅一动不动地盯紧对方。对方泪水纵横，一动不动地盯紧蔡畅。两张布满皱褶的脸庞，两双苍老、昏花的眸子，凝聚着岁月无限的哀楚，闪烁着历史幽邃的光泽。

与蔡畅相对而泣的她，就是陈毅在第二次国内革命战争时期"亡故"数十年的妻子——赖月明。

白云飘飘，青山永在。敬爱的蔡畅大姐及李富春大哥，是那场婚姻的大媒，

也是那段历史的证人。

1989 年初春，我辗转来到赣南某个山乡，专程拜访了这位 74 岁高龄的老人——当年的中共石城县委妇女部部长赖月明。

此时，她穿着绽蓝色大面襟衫，雪白的头发笼在一个发髻上。从外表上看，她早已是一个地道的农村妇女。昔日战火硝烟在她脸上刻镂的印痕已经荡然无存了。

得知我们的来意后，她恬静地笑着，坐在一块大禾坪上，背靠着一片土屋，慢声慢语，把我们带入那如火如荼的岁月……

田螺妹子赖月明天生一副好嗓音，文艺晚会上屡屡博得喝彩

1914 年旧历七月，我出生在兴国杰村圩白石村，乳名赖三娇。

我父亲赖来义是个私塾先生，靠教书勉强维持家庭生活。我母亲张氏生了两个女儿，因营养不良患水肿病，溘然去世。从此，家里生活更加困难，忧郁苦闷的父亲为了解脱，竟抽上了鸦片烟，最后家里更穷得揭不开锅。

14 岁那年，走投无路的父亲把我卖给杰村圩一户姓谢的人家做童养媳。

第二年春天，红军开进杰村圩，在村里成立了苏维埃政权。红军派出宣传队，四处动员广大妇女参加区妇女改善委员会。我得以脱离谢家，报名参加了区妇女改善委员会，后来担任改善委员会主任。那年我刚满 17 岁，更名赖月明。

解脱了婚姻的牢笼，我无忧无虑，没日没夜地泡在工作里。1932 年 4 月，少共中央通知，送我去瑞金师范学习培训。

我高兴地进入瑞金师范读书，原定 6 个月，但不久便被蒋介石第四次"围剿"的隆隆炮声轰断了。

1932 年 6 月上旬，少共中央组织部将我分配到少共江西省委。当时，少共江西省委驻扎在宁都县城北门的一条小街上。书记张绩之找我谈话，要我在少共省委儿童局工作。

不久，粤北南雄水口大捷。中央红军主力打垮了"围剿"的粤敌 20 个团。配合主力作战的江西红军回到宁都作短暂的休整。少共省委马上组织人员进行慰问演出。

戏台搭在城郊七里村一个土岗子上面。稀疏的松树间，四边的草地坐满了黑压压的红战士，火把星星点点地眨眼儿。文艺队演出了不少节目，如《父与子》《空山计》《十杯酒》《小放牛》《龙冈扭职》《送郎当红军》《活捉侯鹏飞》等。演出最后，由我与少共省委宣传部部长李美群压尾，对唱兴国山歌。

李美群也是个兴国的田螺妹子，在机关工作时间久，胆子很大，一对眼珠骨碌碌打转溜，两只手赶圩儿似的空甩。

我这个人没有哪般过人之处，对歌儿却天生有副好嗓子。小时候放牛，这岭一个，那坳一双唱得多了。但这么大场面我却没见过，起初，不敢抬头，也不敢放大嗓门。唱了几支山歌，听得下边掌声呼啦啦山响，我的胆子便壮了，扬起脑壳，脸孔红扑扑地发烧。

哎呀勒——红军兄弟要听清，哎——
田螺妹子道一声，哪喂——
红枪红旗红五星，
哎呀哪个同志哥，
跟着共产主义真
嗬哟哟喂——

台下前排的观众中，有个宽脸膛的首长几次站起来，边拍掌边瞅着我，待掌声稀落。他便扭头扯着四川口音朝战士们喊："喂，同志哥们，再来一个好不好嘛？！"

战士们齐刷刷地直脖子叫："好！"

"要得，要得！再来一个——"那位首长蛮爽快地冲我招手。他身边的张绩之是我们领导，就一个劲儿朝我打手势。

得了鼓励，我十分高兴，一支接一支兴致勃勃地唱下去。

那晚，演出直到下半夜才停止。下了台，我问张绩之，那个逗趣喊话的首长是谁。

张书记顿时打着哈哈，说那是陈毅司令员，你新来乍到不晓得哩。

我吓了一跳，吐着舌头暗暗庆幸，好家伙！好在未得罪这尊黑面菩萨。

这就是我和陈毅的第一次见面。想不到，第二日我便与他直接打交道，还"得罪"了他。

那是早饭过后，我和李美群拿着自制的板子，拼拢两张饭桌打台球。过了一会，外面走进一伙人，当头的就是陈毅总指挥。

我心儿一虚，顺势侧过身子，卖劲儿打球，装着没看见。

李美群叫了声陈司令员。陈毅便走了过来，在我身边抱着手臂看了会儿，伸出手拍拍我的肩膀："打得不错嘛，你这个小鬼头，怎么不理我呀？哈，我晓得了，江西老表不好惹。江西嘛，山多水多田螺多，田螺妹子也多，山歌更多……"

"四川佬，你什么意思？我是田螺妹子，你是什么？！"我停了球，瞪着眼跟他赌气。

陈毅一愣，接着嘴一咧哈哈笑了。他要过李美群的板子说："小鬼头，莫发火嘛！来来，我们两个对对！目标——发球！"

"哼！"我翘起嘴唇，"啪"地就是一个球过去。陈毅连忙把球对过来。打了两盘，我都输了。我红着脸，"啪"地撂下板子，打着兴国土语说道："不打啦，打这种鸭蛋儿算不得本事。"

一伙人都笑了。陈毅还捏着板子愣在那儿，张绩之笑着过去，把他拽入自己的办公室。他们是好朋友，陈毅好动，常抽空与少共省委的同志搞体育运动。

我和李美群躲到一边跳绳子玩，在窗下听到屋子里的说话声。

张绩之笑着说："陈指挥，你看看，这个月明不错么，你孤单单一个郎子，要不要我说说，招个嫂子暖暖脚，好不好？……"

"我说同志哥，岔了岔了，革命没有成功，打什么老婆的主意……"陈毅这么道。

"哎，不能这般说。就说我吧，也是革命里头找着个屋里人，我眼看就要做爸爸了，还不是一样地干革命！"张绩之反驳道。

"老张的话对，陈司令员，我看你的确该考虑考虑婚姻大事了。"这是少共省委组织部钟浩培的声音。

"哈哈！我说同志哥们，你们可是推老牛下坎，是不是嘴馋想打我的地主？既然有这个意思，那好，你们去跟那个小鬼头说说……"

我气得跺脚，嘴里"呸"的一声。李美群掩嘴偷偷笑着，拿手在脸上比画着羞我。我来了性子，抓起地上一块土坯，"砰——"往窗户里扔去。

屋里人打开窗扇，陈毅"啊"了声，张绩之叫着我的名字。

我才不理他，又气又急，扭头便跑，冲进自己的房间。"砰"地关上门，一头倒在床上，嘴里叽里咕噜地骂了一阵。这时，我心里像有头迷路的小鹿在突突地窜动。躲了好一阵子，小鹿不奔了。"扑哧"一声，我笑了起来，心想人家只不过是取乐子罢了，生这个闲气又何苦。

不曾想，说客真的寻上门来了。

打头的是张绩之，后是钟浩培等人。他们轮番向我进攻。

我真有些气疯了，又着腰大叫："莫捏着弯弯捣鬼啦，我不会嫁给他的。他是总指挥，我是个小鬼，平民百姓一个，嫁个当大官的，只有作婢为奴的份。他想按个长发客打瞄儿，千寻万找就是不要摸着我的头。"

"月明，你个死脑壳，土里土气！总指挥看上了你，你就认蹬上马允了吧。我们可晓得哩，总指挥是个知冷知热的郎君，要是我，嫁着这么一个心肝哥哥，还不知是哪辈子修下的福分呢。"李美群逮了个空子，搂着我的肩头，贴着我耳根劝导我。

"田螺妹子，你也伙着别人出田螺妹子的洋相。吃里扒外的东西，看我不好好收拾你。"我的力气比李美群大，说着一下子把她按倒，搔她的胳肢窝。

这样一来，我好端端的心给搅乱了，昏昏颠颠寻思起来：也许，大伙儿的话是有道理的，竹大分权，女大出嫁，陈司令员那么聪明的人瞧上了我，把话挑明了，我有什么理由不答应他呢？……

这天，我心烦意乱，去红军医院抱了捆绷带独自儿跑到梅江河，使劲地搓呀拍呀，鲜红的血渍把江水都染红了。

看到血，不知怎么，我拿着棒槌的手垂了下去，望着流水出神。

几条乌篷船相连着顺流而下。

一声吆喝，又有一个打鱼的撑竹排过去。排头，立着一对鸬鹚，紧挨着，缠着颈脖，乌眼珠子傻呆呆地瞅我。

鬼鸟儿，笑我么？！我心里骂着。

"月明，月明同志！"随着一个男人的声音，水里映出一颗戴八角帽的头，高颧骨，厚嘴唇，浓眉下边一对豹子眼。

"陈毅！"我心儿一紧，脱口而出，"陈司令员，你来做什么？"

"我从瑞金开会回来，路过这里看见了你。"陈毅语调平和，平易近人地说。

我偷偷地瞄了他一眼，果然，稍远处，他的警卫员钟老表牵着那匹大黄马站在那边。

"怎么，还在生我的气么？这没有什么嘛，革命同志，婚姻自由，有话当面讲，不同意就算了。"陈毅又笑着说道。

我赶紧低下头，心里感受到了一重压力，又慌又乱，声音都在打抖，撩了把水说："陈司令员，你不会嫌我？"

"不嫌，当真！月明同志。"陈毅道，"第一嘛，你长得蛮标致；第二嘛，少共中央的同志讲你觉悟很高；还有嘛，你那兴国山歌唱得呱呱叫。"

"我没有文化哩，又小又不懂事，这些你不嫌我？"我拿眼角瞅将他。

"噢，文化嘛可以提高的，结了婚我支持你学习。"陈毅认真地说道，"月明同志，虽然我陈毅漂洋过海留过学，那只不过我有个大地主的家庭……"

"你讲什么呀？你家是大地主？"我紧张地盯住他。

"是啊是啊。"陈毅见我怪模怪样的，试图作番解释，那边钟老表催促他赶紧上马回去。

我记不得他回头说了些什么。当时心里像灌下一碗桐油，咕噜咕噜翻开了，眼泪忍不住直往下掉：天啦，这是怎么回事儿？我千辛万苦扎根梭镖闹革命，到头来却要嫁个穿绫罗绸缎打折扇的地主少爷作丈夫……

"妈啊，妈妈！……"我大声地哭着，泪水涟涟。水里始终看不见妈妈的影子。

真正使我改变态度并且应允与陈毅结婚的，是省委书记李富春和省委组织部长兼妇女部长蔡畅来做媒。那时，我打心眼里敬重蔡畅大姐；大姐也很关心我，每逢开会她总喜欢拉我坐她身边，我非常钦佩大姐懂得那么多革命道理。所以，蔡畅大姐的话起了决定性的作用。

我记得，蔡畅大姐的话是这样的："月明，你不要对他的阶级成分耿耿于怀，出生不由己的。他是个真正的革命者，党组织绝对信任他。他既然拜托了我们，依我看，你就听大姐的，跟他结一对革命的夫妻吧。"

李富春大哥是这么说的："月明，你也是个好同志，少共中央对你的评价很好，不要顾虑什么，你配得上陈毅。他的年龄是比你大得多，其实没有什么不妥。对于这位老同学，我是知道底细的，他最晓得疼人，绝对不会耍大男子主义。以后结了婚，如果他有什么不好，你就往我这儿告黑状，我替你做主。好了，月明同志，过几日陈毅同志又要带队伍上前线，我看事不宜迟，我和蔡畅做这个大媒，你们马上成婚吧。"

李富春、蔡畅做大媒，赖月明与陈毅喜结良缘

当时，国民党已经开始了对中央革命根据地的第四次"围剿"。红一方面军第三军、第四军、第十三军及第十五军从闽南回师到达赣南休整。

中共中央发出《为反对帝国主义国民党的四次"围剿"告民众书》，同时作出《关于帝国主义国民党四次"围剿"与我们的任务决议》，要求各苏区红军必须要有计划地互相响应，互相配合，以粉碎敌人的进攻。江西省承担了艰难的扩红任务，要求成立10个红军补充团，扩大红军1万送一、五军团，另7400人送三四五六4个独立师。

大战在即，陈毅频繁地来往于前线和后方之间。

1932年旧历九月重阳佳节，我与陈毅正式结婚。

结婚前一天，他和几位红军干部乐呵呵地来看我，大家要他请客，陈毅嚷叫起来："请客是应该，要我出钱拿不出来。问赖月明有钱没有。"

当着众人，我不便回绝。心里说：啐！新郎娶亲，新娘掏腰包了。

没办法，我只好厚着面皮去亲戚那儿借了20块银圆，就在宁都县南门街上，一个广东人开的小饭馆摆了八九桌饭菜。

送礼的人很少，只有个把子。来吃酒的人很多，大多数我记不起名字了，尚记得其中有李富春和蔡畅夫妇，张绩之和少共中央诸位同志，省军区陈毅的下属干部、省苏维埃政府主席曾山最后也来了，并且讲了蛮多的好话。

当晚，我和陈毅宿在省委院内。为了避免影响，做到官兵一致，李富春大哥为我们在那里准备房间。夜很深了，我们才上床。

陈毅脸庞红扑扑走进来，边脱鞋袜上床边道："人常说，洞房花烛夜，金榜题名时，乃人生大幸事也。月明呀，想不到我陈毅动荡大半辈子，今晚真正做起了新郎官哩。"

我剔着灯花的手在发抖,他的话音刚落,我哇地哭了。

"月明莫哭,你这是怎么啦?"他贴近我问。

"我还小哩,才18岁多一点,还是个黄花妹子哟……"我伏在被窝上抖着身子哭泣。

显然,陈毅被深深触动,想了许久,叹口气说:"那好,你休息吧,我还是回军区去睡。"说完,他果然下床往外走。

我扑上去抱住他:"不能走,陈毅哥哥!"

第二日,陈毅便上前线去了。他给我留下一床毯子,一件棕色羊毛衫,临走,还摘下一块方盘金表硬是戴在我手上,说那是他留学时的一个朋友送的。

陈毅的确是非常会疼人的,处处把我当作小妹妹。

我们做了三个年头的夫妻,掰指头算日子,真正在一起也才几个月。

三年间,只要他从前线回来,便立即摇电话或者派警卫小鬼找我。

每次离别,都那么漫长,令人提心吊胆,难分难舍。每次相聚的时光,是那么短暂而宝贵。他是去打仗,作为妻子,我总是要千嘱咐万叮咛,劝他小心不长眼的子弹,在前线抽空回个信。每逢这个时候,他总是笑嘻嘻地劝我别担心,好好工作,最后搂住我亲个嘴便大步而去。

那个时期,红军之间也免不了有些应酬性的请吃请喝。每次吃喝,陈毅总要设法通知我参加。他不善烟酒,对于食物并无特殊的嗜好,却有个顽固的习惯,只要餐桌上有盘馒头,他便吃得特别香甜,伴着生大蒜可以一口气吞好几个。

有一次,朱德同志来宁都检查军事情况,陈毅拿出自己剩余的津贴请他吃了顿便饭。当时,在场的曾山便说:"月明呀,你有福气,要是你不在场,陈毅可是再好的酒菜也吃不进去。"

作为陈毅的妻子,我是格外受人尊敬的。可是由于自己生长在农村,没有文化知识,经验太少,所以也常闹出笑话,让丈夫尴尬。

那是粉碎敌人第四次"围剿"之后,正值夏季,每日黄昏,从前线回来的红军官兵就一窝蜂跳到梅江里去洗澡。一天,我和陈毅散步来到河畔,陈毅与遇上的干部商量事情。

不一会,有人喊叫:"救命呀,淹死人啦——"原来,是不会水的省保卫局长大胖子被激流卷入深水区沉没了。

这时，陈毅听到呼救声便箭一般朝江里跑去，边跑边将脱下的衣服扔给我。

"陈毅，小心水里有水猴子——"我跟在后头拼命追他，一边追一边不顾一切地叫，叫得好吓人。那时，我心里是相信鬼神的。

终于，我一把拖住正在脱衣裤的陈毅。

"你呀，你呀，什么话嘛，共产党人才不怕鬼呀怪的。"说完，将我的手一把摔掉，穿条裤衩一个猛子扎入水里。

我一愣，也不敢哭喊，连忙数着数儿，心里直喊阿弥陀佛，菩萨保佑。越数越快，越数越急，直数到三百仍不见他的影子。我忍不住大哭起来，一边哭一边推陈毅的警卫钟老表下水去："快！陈毅让水猴子拖走了，你先撒泡尿儿冲邪，陈毅一定是被大胖子的魂魄摄走了。"

我正哭叫着，陈毅嘴里喷着气冒出了水面，手上托着一口一口"欧欧"吐水的保卫局长。

我与众人一起涌上前。我扒开陈毅扶着保卫局长的手，一头扎在他身上，边哭边锤打拉他，把围过来看热闹的战士们都逗得哄然大笑。

陈毅爱打球，好读书。刚搬到宁都七里省军区他的宿舍住时，我发现他的枕头鼓鼓囊囊，用手一摸硬邦邦的。怎么回事呢？我一抬枕头套子，哗啦啦掉出来一大堆书，有古文的也有洋文的。后来，我发现他每日早晨起来总是坐在树下看书，有时，嘴里发出叽里咕噜的"念经"声。

听见他念经，我一想，陈毅天天打仗，是要求天老爷保佑一下，也赶紧在一旁祈祷："阿弥陀佛，阿弥陀佛，老天爷保佑我家老公打仗刀枪不入，大富大贵……。"

陈毅听见就笑起来："什么呀，月明，你这是干什么呀？"

"你不是在念经么，我也帮你念念经。"

"哈哈哈——"陈毅大笑起来，"我这是在念书。"

"念书，那我怎么一句也听不懂？"

"我念的是洋文。"

"洋文？"

"就是外国人读的书。"

外国人？我想起陈毅说过有外国人在苏区帮助我们革命。

别人印象里，陈毅亦庄亦谐，在我眼里，他是很严肃的，可有些时候也少不了孩子气的调皮。

有一次，那是我们结婚之后的第二年。党组织选送我和张绩之去瑞金中央党校学习文化。出发时，正好陈毅和李富春夫妇去瑞金出席中央军事会议，于是，我们一行五人从宁都骑马赶往瑞金。

那是仲春时节。漫山遍野的花儿草儿香得叫人喷鼻。大家的兴致极好，一路上有说有笑，把马骑得飞快。

这时，前面出现一座长长的木桥。几个人先后下了马，牵马过桥。

本来，我也想下马，不知怎么的却没有下，干脆骑着马过桥。

陈毅见了，便哈哈笑着与几个人打趣道："哎喂，诸位同志哥，瞧罗，赖月明不想下马哩，这个江西田螺妹子想让我们看西洋镜咧。"

那会儿，我们已做了几个月夫妻。起初，我使使性子撒娇儿，也不免惧他几分。经过几个月适应锻炼，我胆子大了，也吃准了陈毅的脾性。所以，我听了他的话，故意火辣辣地回他："啐！你个四川佬，门缝里瞧人哩，我们打个赌，输者论罚，怎么样？今天嘛，我田螺妹子偏要叫你开个眼界，还要打段兴国山歌哩……"

几个男人摇头晃脑地笑了。蔡畅大姐却惊叫起来，要我打住马，别逞英雄。

我回头向蔡大姐使了个眼色，骑马稳稳地踏上了桥。因为我心里有谱儿，刚结婚不久，我被借调到红军蓝衫剧团，那时只要有空闲，我便逼着陈毅的警卫员把马拉到野外，教我骑马。半年的工夫，我已经骑得不错了。

踩着桥面，望着流水，我扬扬得意，唱起了兴国山歌：

哎呀勒——

果子好吃高溜溜哎——

鱼子好食潭深深哟——

哥子恋妹你大胆恋——

哎呀哪个郎子哥——

妹是船儿你跳上来哟——

嘀哟哟喂——

那马走到桥心，木桥打起摆子，马抖索蹄子不敢动。我索性举起鞭子照准马屁股就是一下，马负痛往前蹿去，眨眼间过了木桥。

待众人过了桥，我便不客气地命令陈毅掐了朵野花簪在我头上。

李富春大哥说这不算数，还要罚罚他，要不，叫他也唱首歌罢了。

我笑得直不起腰。我听过陈毅唱歌，他天生不会唱，硬邦邦的，一唱起来声音就变调，像牛叫。

陈毅这个人没有赖账的习性，只好将错就错地胡乱唱一支共青团常唱的歌，刚开个头，大家就张嘴和着。

炮火连天，
向旧中国开战，
开战便胜利！
我们苏维埃的先锋组织，
插满全中国，——
完成革命的胜利！

为了提高我的工作能力，不久，组织上派我去中央党校学习。中央党校位于瑞金县城东北约10里的洋溪村，是党建立的第一所高级党校。校长是董必武，副校长冯雪峰，教务主任罗明，学员约有200人，大部分是各级党组织选送来的最优秀的同志，还有一些来自红军部队。全校共分为5个班，陈云、冯文彬等人分别担任班主任……开设的课程有西方革命史、党的建设、政治常识，音乐、后来还增设了军事等课程。

紧张的学习之余，我真正地日夜思念他了，真怕他有三长两短。好像他知情似的，每每我想得不得了时，他的信便像长了翅膀一般飞到我身边。这在我是骄傲的，别的女学员都收不到丈夫的信，偏偏我就能收到。多好啊！每次我从旁人手中接过信时，都能明显感到周围一片羡慕的目光。

陈毅的信往往写得很长，也写得感动人心，我看着看着就会悄悄流泪。看完之后，我便会产生一种自豪感：瞧呵，我赖月明嫁了个肚子有货的，不愧是个留学生啊！

信里，他每次都叫我不要惦念他，他好，叫我不要给他丢面子，学习学习再学习，努力努力再努力，争取为革命多做贡献。

红军"六路分兵"失利，赖月明穿越枪林弹雨与陈毅相会

第五次反"围剿"战争已经进行了半年，在李德等人的瞎指挥下，红军以堡垒对堡垒，仗越打越惨，红军伤亡不断增多，每次战役几乎都要损失 2000 至 3000 人，一个又一个县落到了白军手里。1934 年 4 月 11 日至 4 月 28 日，历时半月的广昌战役，红军 4000 人阵亡，2 万人受伤，这是红军遭受到的最惨重打击。

广昌战役，为蒋介石占领仅数十公里外的红都——瑞金扫除了屏障。

7 月上旬，白军调整部署，将 31 个师兵力分成 6 路向中央苏区腹地全面推进。此时，红军已经完全失去了在根据地内粉碎敌人"围剿"的可能性，本应突击到外线广大无堡垒区域寻机歼敌。但毛泽东两次提议红军主力绕到敌人碉堡后到白区作战，都遭到否定。

"左"倾领导者固执地采取"六路分兵"的战略，命令红军从 6 个方向同时出兵，抵御白军的六路进攻。

我记得最清楚，陈毅来信，从来不说红军打败仗或者失利的事情。

但红军毕竟是失利了。由于战争形势日益紧迫，党校提前结束了学业。结业前，我们班的一部分同学，被指派到福建莆田一带工作实践了一个多月。之后，我回到江西，省委组织部部长蔡畅将我分配到石城县委担任妇女部部长。

这一年，我与陈毅除了通信，极少有见面的机会。我自己工作越来越忙乎，他却在枪林弹雨中过日子，这样，夫妻之间的儿女情像树上慢慢红透的五月杨梅。

1934 年，第五次反"围剿"失利。红军队伍损失惨重，根据地被敌人挤牙膏般一点点挤掉了。

9 月下旬的一天，石城县委指派我下乡动员群众把粮食藏起来。十几天过后，我完成任务赶回县委，走进县委大院便觉得情况异常。

两旁不见了戴红袖套的哨兵，院子空荡荡的。屋内，县委书记肖习友

拖着一条被枪弹打瘸的腿，正将一摞文件丢入火盆。他直起腰，看了我一眼，一句话也不说。

我擦把脸上的汗，问道："老肖，到底怎么啦？"

"第五次反'围剿'失败了。"肖习友说着，泪水滚滚落下，"红军主力不知去了哪儿，一下子全走光了。上午，接到省委命令，石城县委立即解散。"

"解散？那么，其他同志哪里去了呢？"我不免着急起来。

"都已经分头撤离，到西山坳阻击敌人。白军有一支队伍正向这里进犯，情势危急，我们也得马上离开这儿。要不然。便走不脱了。"肖习友烧毁文件，把驳壳枪从腰间退出来，压满子弹提在手上，"我还得去看看县分队的同志，也许会和他们在一起打游击。你抄近道去瑞金中央报到，你爱人可能还在那里等你。"

"真的，那我这就走了！"我高兴得跳起来，一想，不宜高兴，又说，"要不要我留下来，跟你们一起打游击。"

"算啦，月明同志。"肖习友侧耳听听城外的枪声。枪声里夹杂着隆隆的炮声，他急忙道："反动派人多势众，连大炮都用上了，县分队肯定抵不住，月明，你赶快走吧！"

与肖习友分了手，我急匆匆跑出县城，刚冲出城门不远，迎头就碰上一队白军。

几个白军端枪乒乒乓乓地放了几枪。那个白军头目张嘴大骂："妈勒格！不许开枪，蛮标致的妇娘子，追！抓活的有赏！"

仗着道路熟悉，我赶紧冲过小溪，朝旁边的山包跑去。一拐弯，我便一头钻入一座树林。

后面的匪军眼看捉不着我，就放起了排枪。

一株紫荆树下，我被野藤绊倒了。一排子弹射了过来，把几棵茅草拦腰打断。一只受惊飞起的野鸡中了弹，在地上扑腾，血一点一点地洒落。

我惊出一身冷汗，一颗子弹从我胳肢窝下穿过，把衣衫打了个洞。

在石坡顶上，我看见了几个同志的尸体。大概也是与白军正面碰上的。有一个年轻人被枪弹打中肚子，肠子拖在地上一米多长，死了，他还大瞪着眼睛，咬牙切齿。

我忙折了些松枝盖在他们身上。

太阳一点一点地落山。坳口，有只早早出来溜达的饿狼，在那儿怕人地叫。

我的泪水流了下来……

夜色灰蒙蒙的，我独个儿赶着夜路。

已经数月未与陈毅见面了。前几日，忽然收到他辗转寄来的一封信，他说他很好，在前方领兵打仗，叫我遇事听从组织安排。

第二天拂晓，我抄小路来到中央所在地瑞金。

这里的气氛显得格外紧张。城外的山头挖满战壕，一队队红军战士正挥汗如雨地挖筑工事。

几十里外，隐隐约约传来激战的枪炮声。

城门口的哨兵吆喝着，不允许我靠前。从岗哨棚跑出几个战士围着我检查。

证件丢失了，我暗暗吃了一惊。我清楚，中央驻地的保卫制度是非常严格的，尤其在这种时候，我仍不停地在身上掏呀掏，希望有奇迹。

几个战士见状退开数米，警惕地端起了枪。一个班长模样的厉声问道："你是哪部分的？干什么的？做什么弄成这个鬼样子？"

"我是石城县委妇女部长，刚突围出来。"

这时，一个战士认出了我，说我是会唱兴国山歌的地方同志。的确，在石城县，我慰问过不少红军队伍。

他们把我放入城。城内更加忙乱，许多简易马车装载着各类笨重的物体。担架队来往穿梭。时不时有骑马的传令兵流星般地奔过去。

中央办事处设在东街口的一个大祠堂内。

毛泽覃和梁柏台一前一后地走出来。我不认得梁柏台，但跟毛泽覃相熟，因为他过去常找陈毅商量事情。这时，毛泽覃看见我忙站住了，说他们刚去看望了陈毅，陈毅的样子不好看，心情也不好，要我见着他不必吃惊。

"陈毅出了什么事？"我听出对方话中有话。

毛泽覃为难地摆摆手，扯扯梁柏台的袖子，赶紧走开。

我的心猛地跳了起来，三步并作两步地跑了进去。

相见亦是相别，阵前分离竟成永诀

陈毅的心情确实很不好，甚至可以说是糟糕透了。

　　8月28日，江西军区司令员兼红军西方军总指挥陈毅，在兴国老营盘指挥战斗时大腿负伤，送往红军医院治疗。一个半月过去了，伤势并无好转，左腿大腿的伤口中，仍不断发现碎骨片。作为了解战争全局的红军高级将领，陈毅心急如焚，他知道，革命进入了非常时期，红色政权的生存，每一天都可能出现颠覆，都会影响到红军以及自己的生存。可是，在这关键时刻，自己的伤口迟迟不见好转。他要求医院给予X光检查，医生却以种种理由推诿：X光机出了故障；没有电源；电池太弱……

　　屋外，阵阵喧闹声、口令声、军号声响成一片。显然发生了什么情况，红军正在采取新的行动，但陈毅什么也不知道，他被蒙在鼓里。

　　1934年10月9日——阴历狗（甲戌）年九月初二。陈毅永远也忘不了这一天。

　　这天，陈毅烦躁不安，在床上辗转反复。这时，周恩来副主席来看望他，周恩来告诉了他红军即将长征的消息。陈毅证实了自己的预感。红军遭到了惨重的失败，面临着艰险的撤退。

　　陈毅被告知：中央决定，陈毅不随主力红军撤退，他留下来在苏区指挥军事行动……中央决定，留下来的同志，受中央分局和中央军区领导。由项英同志任书记和中央军区司令员兼政委，主持全盘工作；陈潭秋任组织部部长；汪金祥任保卫局局长；贺昌任中央军区司令部的政治部主任；陈毅任中央政府办事处主任；梁柏台任副主任……

　　"你的伤口怎样？"周恩来关切地问道他的伤势。陈毅之所以留下，正是因为大腿重伤无法长征。

　　"不行，至今还在流脓流血，脓血里有碎骨头，伤势根本没有好转。"陈毅谈到伤势就十分生气，又一次提到拍X光片的事情，说自己一直要求拍个X光片，但医生们却没有给他拍。

　　周恩来立即去找有关部门交涉。在周恩来的直接干预下一切畅通无阻。这时，X光机器和片子等都已经包装好准备撤离。在周恩来的命令下重新打开包装，因为没有电源，战士们受命把无线电台备用的汽油发电机运到医院，专门给陈毅拍了X光片子。

　　周恩来走后，博古也来医院看望陈毅。询问对留下来有什么意见。

　　陈毅正窝着一肚皮火，对周恩来他不能发火，对博古就不同。他硬邦邦地责问："你们要走，不说我也知道。但为什么不先告诉我呢？"

陈毅被迫留下来了，厄运在等待着每一个留下来的人。陈毅的心里并不痛快。

就在此时，赖月明经过长途跋涉来到了瑞金。

一名卫兵把我领到一个房间，我掀开竹编门帘，但见不大的房内摆着一张床，夏布蚊帐撩开，陈毅歪坐在床上。从床上垂下一根绑带，把他一条裹满纱布的腿吊了起来，他的一条腿垫着书，正在认真批阅文件。

"陈毅，你……"我叫道。

陈毅"唔"了一声，登时抬起头，两道粗眉上下抖动，手儿一颤，铅笔尖咔嚓断了。他惊喜地叫起来："月明，是你！回来啦，好啊！嗬，这可不好，你一定赶夜路了，你看雾把衣服都打湿了。快脱下来，换套干的，不要着凉了。"

我走近了几步，一头伏在他身上，泪水滚出来了。我抬起一只手无力地敲着他的胸膛："你骗我，你骗我啊！你身上挂了花，写信还骗我没有出事，叫我安心工作。你做什么瞒着我？"

他的喉咙咕噜一声，说不出话来，伸出手掌在我背上抚弄着，过了许久才说："不要哭嘛，月明呵，伤就伤着了，结块疤算什么？马克思不讲情面，次次不收我呐。嘿嘿，信不信呢？好好，听着，腿是上个月在兴国老营盘河边让白狗子打着的，如果告诉你，一定会哭鼻子的，怎么能够好好工作！月明呵，你在石城地方工作，我在前线打仗，夫妻彼此都思念嘛，陈毅也是人呐……"

"陈毅……"我无可奈何，擦去脸上的泪水，"这下好了，我们总算团圆啦，在一起不离开。你受伤要人照顾，跟组织上说说，我侍候你。"

"哎，要不得，要不得哟。我说嘛，你还是小鬼。"他笑起来，替我揩干净眼角的泪痕，顺势在我微翘的鼻子上刮了一把，"腿么，会好的，没伤着骨头；医生把子弹挖出来了，很快会好的。情况紧急，我随时要走嘛。"

我止住哭，低头要瞧他的伤口，他不同意。我只好坐着望着他。他也看着我。过了会，我吁了口气，把身子挨着他，扯下他一颗快掉的扣子，一边掏出针线钉上，一边问道："陈毅，好久不见李富春大哥和蔡畅大姐，他们现在哪里去了呢？"

"江西省委的同志从宁都转移了，前天蔡畅同志派人给你捎来一样好东西呢，我说月明，这个大媒人还惦记你哩。"

我接过他送来的一个包，打开一看，里面是一块青丝呢布，压着一封蔡畅写给我的信。我的眼圈又潮湿了："唉，蔡大姐是个热心人哩。陈毅，我们该怎么谢谢她呢？……"

这样，我便守在陈毅身边，整整待了十天。

这段日子，陈毅虽然负了伤，却对我格外好。他不止一次问我想吃什么，然后叫伙夫搞好送进来，逼着我当面吃掉。我觉察他有异样，问他又不回答。有几个中央首长来看他，和他商量问题，他都借机把我支开。

纸包不住火。第七日，我便清楚了。我做梦也想不到，从石城赶回瑞金，好不容易跟丈夫见了面，竟也是与他分离的时候。

他告诉我，敌人越来越近，红军主力马上就要撤退到很远的地方。所以，组织上决定，动员一批红军家属和一些伤病员，留居地方坚持革命斗争。作为留下的红军家属，我便是其中一员。

他的话未完，我便搂着他失声痛哭。因为那时，战斗失利的消息频频传来，不堪设想的结局像磨盘一般压在革命者的心头。这时，我深知战争的残酷性，分离意味着什么。

我想起来就哭。几天中几次哭昏过去，又从迷糊中再次哭醒。

陈毅也哭了，陪着我流泪。我苦苦哀求他，请求组织把我留在部队，我生是红军人，死也做个红军鬼。

说着说着，我不由自主地跪下去。

"起来，月明同志，快起来！"陈毅气得喊了起来，"不行，说什么也不行的。你不能跟着我，更不能拖累组织。月明同志，你的老家在兴国，可以利用这个条件回老家去，坚持革命斗争。这是组织的决定，月明同志，你是共产党员，是要无条件听从组织决定的。红军离开后，反动派一定会血洗苏区。你要坚持下去，在白色恐怖中，以共产党人的信念去工作，去撒播革命火种，唤醒广大群众进入斗争行列。"

"不，不啊！陈毅，我的老天！"我绝望地喊了起来，疯一般抓起他床头的手枪。陈毅眼疾手快地按住我的手。

"陈毅，就算我革命到底，被反动派捉住也是个死字，让那帮畜生们强暴侮辱，不如今日一死，求个清白身躯。陈毅，你蛮狠心啲，让我死吧，让我早点闭眼，'一了百了'。"我哭着，转过身扑通跪下："陈毅，你开枪呀！陈毅，你一枪崩了我啵……"

"赖月明，听着，你是党员，你是我陈毅的老婆。要不要党的纪律？是不是我陈毅的老婆？无论如何，你要绝对服从组织的安排。"陈毅死死地握住枪柄，额上的筋暴跳："警卫员，进来！把她拉起来。"

第十日，我被迫离开了陈毅。

负责送我去兴国的是一位女干部，宜黄县委组织部长万香。原是江西省委挑选，随主力部队转移的六个女同志之一，跟着红军大队撤退到了会昌高排，因病被担架抬回瑞金，在九堡医院住了一晚，高烧退了；便到中央办事处要求分配工作。

我记得，万香一头齐耳的短发，身着灰军装，腰里束根牛皮带，蛮精索的一个女同志。

陈毅正愁无人送我，恰巧万香也是个兴国人，这样，他便命令万香送我。万香起初执意不从，最后无可奈何地答应了。

"黄毛丫头，不管你乐意不乐意，都要把赖月明送到目的地。"临别，陈毅把四块银圆交给万香："把这个给赖月明，这是我的津贴费，你们路上零花吧。"

"为什么自己不给月明妹子，给我这个黄毛丫头干什么？"万香过去与陈毅相识，所以硬着头皮说，"陈司令员，这是什么意思嘛！"

陈毅苦着脸回答她："她不要嘛，连我的坐骑送送都不依。"

我，赖月明，今生今世，直至躺在棺材里也不会忘记这个日子——1934年10月20日——我离开陈毅的最后一刻，他是这么说的："记住，坚强地活下去！要相信，不管怎样，组织会找你的，月明，我也会找你的，一定会找你的。"

大敌当前，红色政权进入最艰难阶段

若干年后，担任了中共兴国县委副书记的红军女干部万香，在她家狭小的客厅里向我回忆了那一幕。

当时，白军的进占速度很快，宁都、广昌及瑞金、兴国的一部分地区，都出现窜入的白军。万香帮赖月明背着行李，从瑞金赶往兴国。为了防止发生意外情况，她们绕着弯走了两天两夜。

路上，赖月明一句话也不说，只是那么郁郁地流眼泪。

万香挽着赖月明的胳膊走，她的脚步像灌了铅一般沉重。

抄山道越过瑞金与兴国交界的乌岩石，通过长山、草湖，她们来到旱田哨所。

旱田哨所执勤的儿童团认定她们是逃兵，一路吆吆喝喝，把她俩押至杰村区委会。

杰村区委已经接到陈毅的命令，当即收下两个女同志，使一群认为大功告成的儿童团员大失所望。万香的心像一块石头落了地。她把精神颓然、疲惫如一摊烂泥般的赖月明交给杰村区委的同志，然后，按计划趁赖月明熟睡之机，悄然离去……

杰村很快被白军占领了。

赖月明跟着杰村区委，辗转来到兴国县东南部苏区。根据上级指示，兴国东南部苏区和胜利县西南部苏区合并，设立兴胜县，刚刚成立了兴胜县委、县苏政府。江西省委的命令到达不久，任命江由宗任县委书记，周正芳任副书记……赖月明为妇女部部长。同时成立了兴胜独立营，营长陈寅生。

也就是在紧张的辗转之间，她从离开亲人所产生的巨大痛苦中清醒过来，以满腔的革命热情投入了工作，尽可能忘却自己的苦楚。

斗争日渐进入最艰难的阶段。

兴胜县委几经周折，最后驻扎在于都的仙霞观。

以后，便是分散、独立的活动。上级分配我负责汾坑一带的革命组织工作。

有一天，我从县委匆匆忙忙地赶回汾坑，那里有一个骨干小组等着我布置工作。我刚走到汾坑河畔，几个骑马的红军风驰电掣地追了上来。

"赖——月——明——"

前面一个佩短枪的红军忽然高声喊道。

以为是陈毅来了，我的心骤然狂跳起来。我使劲应答着不顾一切迎过去，待来人近了，我终于看清楚来人是过去党校一个姓黄的同学，如今是省委特派员，负责军队与地方的联络。

"赖月明同志，您好！"黄特派员满头大汗地滚下马，握着我的双手，"我们从寻乌那边过来，你们兴胜县委书记朱爱民同志说你在这里。赖月明同志，跟我们一起走吧。一起去看看你爱人，你不晓得，你爱人可以走路了。"

"真的，他可以走路了，他在哪里？他同意我去看他，跟他一起走？"我瞪大眼睛，眼里闪着异样的光彩。"他还在赣南，最后一部分同志就要全部撤离了。"黄特派员说到这儿咬住唇，过了一会又说："当然，事先我没有征得陈毅同意。红军主力都走光了，现在我们没有什么人可以依靠。你还是跟我们走吧，一切责任我个人承担。总不会枪毙我吧。"

遥望远山，我的胸脯急剧地起伏着。我知道，每天都是生离死别的当口，这是可遇不可求的机会，放弃了这个机会，也许就再也没有机会了。远山，一抹黄通通的天体，有只鸟儿的影子一点一点地移动。我想起临别时陈毅严厉的态度。

"快上马走吧，都这个时候了还犹豫什么！"老黄及其他的战士在一旁催促。

"老黄同志，谢谢你了！我，我的确很想跟你们一起去，可是不能啊。这绝不是枪毙不枪毙谁的问题，这是党的纪律。"我想清楚了该怎么办，对老黄幽幽地说："请你转告陈毅，我在这里会好好工作。谢谢你，老黄同志，谢谢你们大家！"

黄特派员怔了一会，无奈地跨上马背。他猛抽一鞭，战马长嘶着撒开四蹄。

"喂——老黄，回来，回来。"我忽然想起一件事，大声喊起来。

黄特派员忙策马兜了回来，他以为我改变了主意："怎么样？走吧，一起走吧"。

我从背包取出一双新布鞋，郑重地塞入黄特派员手上："老黄，麻烦您把它给陈毅，这是我抽空儿做的。他蛮喜欢穿布鞋，这是我给他做的第二双，保佑他穿着这布鞋打遍天下，争取革命早日成功。老黄同志，再见！"

"再见——"黄特派员庄重地行了个礼，然后与几位战士头也不回地纵马而去。眨眼间，他们的影子便被苍苍莽莽的树林遮没了……

我最害怕的事情出现了。在见到黄特派员的第二天傍晚，我就失去了与组织的联系。

那天上午，我到一个村庄，安抚了五个携着枪械逃离国民党军队的士兵。他们是被抓壮丁逃回来的，决心与反动派誓不两立。

那天，为了欢迎他们几个白军逃兵回来，村里的革命积极分子宰了一头牛，款待这几个疲惫不堪的汉子。我们虽然忙碌了一整天，但心里特别高兴，这是离开陈毅后，我第一次启齿大笑。

傍晚，我拖着疲乏的身体，回到兴胜县委驻地仙霞观。远远地瞄见半山坡那座庙门大开，情况不妙，我想，心怦怦直跳，冲上去一看，里面空无一人，到处是杂乱的脚印，地上还有湿漉漉的血迹。

墙正中，有人用黑炭写着两个显眼的大字："快逃！"

这时，外面树林里响了一枪。接着枪声大作，夹杂着声嘶力竭的尖叫。

我大吃一惊，急忙转身就跑。不知跑了多久，终于支持不住，我倒在一蓬芦苇丛里。

县委驻地的枪声已消失了。

旷野，漆黑漆黑，伸手不见五指。周围死一般寂静，偶尔，猫头鹰令人恐怖地啼号。

饥饿、恐怖纷拥，包围了我这个孤立无援的共产党员。

以往的斗争经验证实了一个可怕的现实，那就是黄特派员所说：红军主力已经完全离开，白军占领了所有的革命根据地。白色恐怖蔓延开了，也许，我将彻底失去同党组织的联系。

想到这里，我哇的一声放声大哭。

第二天天际刚泛白，我被冷露冻醒，支撑着爬了起来。四下张望找着方向，因为又冷又饿，我紧跑起来，天刚蒙蒙亮时，进入了一个叫大塘背的自然村落，这儿有我一个早年出嫁的姑姑。

"笃笃笃，笃笃笃——"趁着清晨人少，我轻轻地敲响了姑姑的家门。姑姑名叫满姑子，睡眼惺忪地打开门，一见是我，吓得张口半天说不出话。

我尴尬地进了家门。姑姑满姑子，是个极勤快而又极吝啬的村妇，有一个出外给人打长工的儿子，灶膛角养着一个光会做零活的瞎眼媳妇。看得出，对于家里突然闯进来一张会吃饭的嘴，姑姑的言行都表现出她是很在意的。

几天后，白狗子的刺刀开始在村里每一户人家里扎扎戳戳。盖着各类大印的告示贴得到处都是，掉脑袋的消息充塞着每一个屋场。满姑子很自然地翻了脸。她扁瘪的嘴吐出了极为符合情理的话："你出这个门槛去，侄女子，我求你了，别把杀头鬼招进来。"

在她的驱赶下，作为一个不受欢迎的人，我脸红耳赤无话可说，心里麻麻然。当天晚上夜深人静，我乘着黝黑的夜幕离开了大塘背。

像一头被追杀的野兽，日里夜里我都在村边、荒野、山林间东躲西藏，四处流浪……

有一天，我饿得头昏脑涨，在一个山谷小径突然看见路边有一块肉。心里一阵欣喜，把肉捡起来准备烤熟了吃。嗅了嗅，觉得有一股异味，蓦地想起：这是猎人设下药野兽的毒饵。这一惊，立即丢掉手中的肉，过了一会儿我又捡起了这块肉。面对随时可能出现的险情、绝境，我对着远方默默地说：陈毅，我的郎君，你晓得么，我会对得住你，对得住共产党，只要反动派抓住我，逼迫我，我便一口把它吞下肚去……

形势急转直下，革命经受严峻考验

1934年10月16日，主力红军渡过于都河开始了史无前例的长征。

留在苏区，受陈毅领导的红军为第24师，加上地方武装的10个团，大约有3万人，其中有1万多名伤员。根本无法与蒋介石的10万大军相抗衡。

红都瑞金于11月10日失守；于都于17日失守；会昌于23日失守……留下的红军，绝大部分被白军打垮了。陈毅的腿伤仍在化脓发炎，他被人搀扶着一拐一拐地突围，与项英等600多名红军，来到信丰油山、大余梅岭一带，在丛山峻岭开展游击战争。

转瞬之间，"中华苏维埃共和国"已经成为历史。

离开满姑子家，我一个人幽灵般在荒野里飘荡了半月多。后来，我突然想起自己还有个胞妹。一个深夜，我又像夜游神悄悄摸入南山村。

为了防范发生意外，我用木炭末把面孔涂得黑黑的像个鬼，小心翼翼地叩击胞妹招贵子的窗棂。

"谁？"里面一阵响声，招贵子机警地低问。

"妹子，不要怕，我是你姐姐月明。"听出是招贵子的声音，我颤抖着说。

门"吱"的一声开了，两个久未见面的姐妹认清对方后，紧紧地拥抱在一起。

这也是一户地地道道的红军家属，屋里只有一个女主人。招贵子的丈夫很早就参加了红军，这次随主力远去了。

到了妹妹这里，我终于有了栖身之地。但是，外面白军"清剿"、还乡团清算的风声一日紧似一日，我心里整日仍然是悬着的。

这段时期，飘来飘去的传闻是充满血腥味的，所有的消息都经过乡绅士家们的嘴巴神化了。"红军全部被蒋委员长的天兵天将降服了……朱毛上了大枷，在浙江奉化溪口祭了蒋氏列祖列宗……那个在江西做过军事总指挥的陈毅被人挖了心……"

白天低着头不吱声，晚上我与招贵子抱头痛哭。

在这座寥寥数户的小村，我们无所顾忌地悲泣，哭声在山谷久久回荡……

不久，反动靖卫团的铜锣敲碎了我们所有的梦幻。

在一次化装外出寻找组织途中，我们姐妹俩被靖卫团的鬼头大刀逼到一个大草坪上。那里，一株人粗的松树上，绑着一个失散后被反动派查获的共产党员。

被捆绑在树上的人，因受了重伤低垂着脑袋，但我眼尖，依稀记起，在某次共产党员骨干会议上，我和这个同志曾经同坐一条凳子。

声声悲号中，满腮胡子的刽子手狞笑着，首先砍断了这位被俘共产党人的脚筋，然后又将面颊肌肉一片片割下。最后冷笑一声，将牛角刀猛地插入肚腹，划个大口。抬脚一踩，血花花的肝脏蹦了出来。刽子手脚麻利地挥刀切下，朝远一掷，一条血柱喷溅，几条饿狗扑了上去。

我惨号一声，被旁边一个好心人堵住了嘴巴，却再也坚持不住，软酥酥地倒了下去。

招贵子也冷汗嘘嘘地瘫在我的身边，大睁一双极度恐惧的眼睛……

又一个酷刑开始了。

靖卫团示威地放了几响土炮。

也就是那个草坪的一边，一位给红军烧过茶水的老太婆被"五马分尸"。分尸用的不是马，而是拉犁的牛。

血溅了一地，这位老人还在苍凉地高叫："老天啊……开开眼哦……共产党啊，红军啊……给我报仇哟……"

又有一天，一个红军伤病员被靖卫团从地窖拖出，推入一个掘好的土坑……

一天，一批荷枪实弹的国民党士兵冲进南山村，在靖卫团的指引下，如临大敌般包围了招贵子的茅屋。他们高叫着抓陈毅的老婆，一窝蜂地扑上去……

那天，我们从后山采野菜归来，远远看见这一情景大惊失色，丢下竹篮掉头而逃……

就这样，姐妹俩一个东一个西地散去。从此谁也没有回南山村，从此再也没有见面。

从此，党组织再也没有找着过我，我也无法找得党组织。

二、星稀月明，陈毅怅然提笔，写下生平第一首凄清的诗——《兴城旅舍》

人世间，沧海桑田，无奇不有。

咫尺天涯的感伤故事太多了。

赖月明怎么也无法预料，陈毅不但还活着，并且相隔不远就留在赣南，指挥留下的红军队伍进行着艰苦卓绝的游击战争。

1937年7月7日，"卢沟桥事变"爆发，国共宣告合作。7月11日，白军被迫停止了向游击队的"清剿"。随即，中共中央发出了《关于南方各游击区域工作的指示》，进而与国民党达成协议，将湘、赣、闽、粤、浙、鄂、豫、皖8省边界10多个地区的红军游击队改编为新四军。

历经艰辛的陈毅同志奉命带领游击队离开根据地油山，在南方组建新四军，抗击南下的日本侵略者。

离开油山的时候，陈毅先后数次派人往兴国，寻访心爱的妻子赖月明，当地群众传言：赖月明在白色恐怖中，不堪忍受白军迫害，跳井自杀了。

陈毅不无伤感地对游击队负责人杨尚奎、危秀英同志说："你们一定要想方设法，再次寻找赖月明，无论如何，生要见人，死要见尸！"

1937年10月3日，陈毅前往南昌谈判，百忙中途经兴国，逗留一日，夜宿兴国旅社。

这家旅社，是地下党的秘密联络点，旅店老板梅春芳，是地下党工作人员。梅老板熟识陈毅、赖月明，特意把他安排在昔日居住的房间。

听说陈毅来了兴国，人们奔走相告，许多失散的革命者纷纷来汇报情况，寻找组织。陈毅特意把万香、曾子贞等人找来，询问赖月明下落，她们均说，赖月明可能牺牲了。哭诉像溪水般滔滔不绝，苦难的气氛充满旅社，至夜才散。

洗过手脸，那哭诉声犹然在耳，又回想起赖月明。触景生情，陈毅陡然记起，当年他与赖月明来到兴国检查工作，就是住在这间房屋。

陈毅推开窗户，月华若水，古柏摇晃高大的身躯，仿佛叙述着一个古老的故事……

梦幻风一般飕飕而去，片刻销声匿迹。"月明，你在哪里？"——陈毅痛苦地喊道。

没有应声。他的喊声被无边无际的夜色吞噬了。

四顾茫然。陈毅辗转反侧，彻夜难眠。

三更时分，星稀月明，朗照窗棂，陈毅怅然起身提笔，饱蘸浓墨，一挥而就，写下了生平第一首凄清的诗——七绝《兴城旅舍》，又名《兴国旅夜》：

> 兴城旅夜倍凄清，
> 破纸窗前透月明。
> 战争艰难还剩我，
> 阿蒙愧负故人情。

三、隔山隔水隔音不隔情，赖月明突然做了个梦

1959年。

一天，于都县仙下圩百货商店，踽踽走进一位身背伢崽的中年妇女。

掌柜的老头正在擦洗柜台，见她进来，皱着眉头漫不经心地睥睨一眼。这

位妇女已经在门外迟疑好一会,不过,这年头,掌柜老头见得多了,几乎天天都有一些农村社员在商店门口徘徊,口袋无钱却想买某种应急的东西。

中年妇女上身穿着打补丁的大面襟衫,下边是条皱巴巴的自染土布裤子。她的头发许久未经梳理,蓬蓬松松绾着个髻儿,上面插着一个铁丝发簪,额上垂下几缕乱发遮住半边脸。

她背上的伢崽光着屁股,被一根麻皮背带扎实地绑着。伢崽的三角脑壳贴在母亲肩上,吮着手指含糊不清地嘟囔:"妈……妈妈……糖……糖糖……"

"同志,我要买粒子硬糖……就是那种花绿纸包着的……"中年妇女畏畏缩缩地将一只手搭上柜台,手掌慢慢地摊开,里面一板汗渍渍的镍币。她一双很大很圆的黑眼睛,哀求地望着老掌柜:"卖给我一粒……我这个细崽病刚好,行行好,给我一粒子……"

"唉,你叫我怎么好呢?你晓得,大炼钢铁……"老掌柜说到这里便住了嘴,望门外瞟瞟,"唉,大妹子,这趟算啦。以后我给你留一颗……"

"妈,糖,糖糖糖糖糖……"伢崽啊啊哭了起来,拼命蹬着小腿。

"我崽,斌崽,乖乖,不哭!噢噢,妈妈回去给斌崽炒豆豆哩。"中年妇女哄着伢崽,失望地转过身,眼里泪光闪闪。

"停停,唉,大妹子。"老掌柜忙道,弯下腰将手插入一个细脖瓷缸,摸索半天,两个指头捏着一点冰糖渣渣。

中年妇女惊喜地挨过身子,老掌柜把糖渣填入伢崽的嘴里,伢崽果然不哭了,边笑着边贪婪地吸吮,细瘦的脖子一鼓一鼓,口水咕嘟咕嘟响。

中年妇女退后一步,向掌柜弓身施礼。

"大妹子,使不得,会折寿的。"老掌柜忙制止,然后从柜台底下搜出一张发黄的旧报纸,一边糊纸袋一边问:"大妹子,你是哪个村的?怎么面生呀?"

中年妇女没有回话,猛然盯住老掌柜正在糊的一张报纸。她不禁浑身一抖,眼睛霍然放射异光。

那张报纸的眉头赫然印着一组铅字:陈毅副总理在中南海接见外宾……

消息下边是一幅陈毅副总理与外宾谈话的照片。

"陈毅。天!你还活着……你做总理啦……"中年妇女一把夺过报纸,放在眼下端详,一边淌着泪水喃喃道:"陈毅哥,我的郎君……陈毅啊陈毅真的是你,你真的活着……"

老掌柜目瞪口呆，望着面前这个妇女泪水成线流了下来，狂喜地将一张报纸贴在胸口。他惊恐地道："大妹子，你撞煞罗，那是陈毅元帅；这般说不要命啦……噫，你是打哪里来的疯婆子？……"

"胡说，你胡说八道；我不是疯婆，我姓赖，叫赖月明，陈毅是我的老公，我是他的老婆！"中年妇女发怒地啐着老掌柜，举着报纸往外跑，背上伢崽被颠得哇哇大哭，她边跑边喊："陈毅！陈毅活着哩！陈毅活着哩……"

老掌柜身体一软，整个人靠在柜台上。他被弄懵懂了，这是怎么回事呢？……

原来，赖月明并没死掉。说她跳井自杀了，那是她做过伪保长的父亲有意布下的迷魂阵。

那时，她走投无路，四处行乞。就在陈毅要下油山与国民党谈判前夕，赖月明被父亲领人捉住，强行嫁给了一个补鞋匠。

她的命运在煎熬中畸形地延伸……

第二年，她生下一个女孩，不久补鞋匠出外做生意客死他乡。

几年后，她第三次出嫁，令她不免伤心的是，这次出嫁的地方竟是她在兴胜县委工作过的仙霞观附近。赖月明这回"隐名埋姓"了。她从不言及自己。使她内心聊以自慰的是，她的丈夫，那个残废军人姓方名良松，是个红军，在一次战斗中负伤致残，回归乡村务农，她又先后生了一女二男。

那日，她癫狂地跑回家，接着翻箱倒柜地折腾，将些衣物团成个包袱。

"你要做什么？你发癫啦？"她的丈夫方良松问道。

"上北京，找陈毅，他活着，他是我的老公啊！"赖月明不顾一切地说道。

"你讲什么？陈毅就是你以前的男人？你，何苦瞒我？"方良松大吃一惊，如梦方醒，扑上去一把抱住赖月明："你想过了吗？相隔千山万水，哪来的路费钱？你进得中南海么？……"

"妈妈，你不能走，我们不让你走……"大女儿方九秀围着母亲，生怕她一眨眼飞掉，小儿子方斌坐在地上号啕大哭："我要妈妈抱，我要妈妈，妈妈妈……"

"天哪，老天瞎了眼呵，为什么处处作践我啊？……"

日日夜夜期盼到了眼前，又要去撕碎它。赖月明不禁怆然泪下，她拼命地擂着自己的胸脯，又倒在地上打滚，呼天抢地喊叫……

在残酷的命运面前，她再次品尝人生的苦酒。

接着，赖月明的精神陷入痴迷状态，很长一段时间，想呀哭呀不得安宁。

花开花落，年复一年，她的心凉了，头发一根根地发白。

在她彻底失去信心的时候，上面却出乎意料地派人找她。

两个陌生的客人，迈着军人的步子，由地方干部陪同找到了赖月明。

那是 1969 年 8 月的一天，二人认真询问了陈毅的一些事情，然后委婉地告诉她，当年，陈毅和党组织都找过她，均误信了谣言，以为她不在人世。以后，陈毅与张茜组合了新的家庭。

冥冥中，仿佛这一切由命运注定，赖月明焦灼不已的心趋归平静。她感到一片茫然。最后，她提出唯一的要求：希望陈毅见见她，或者亲自回个信函。

两个客人含糊地表示，尽可能地向陈毅反映。

谁知不久，陈毅因所谓"二月逆流"，蒙受不白之冤。

这段时期，赖月明对前夫的思念进入了最高潮。

也许，人生真的存在某种神秘莫测的心灵感应。而且，这种感应是可以超乎宇宙时空的。

这一年，赖月明做了个梦。

梦中，陈毅骑着一匹高大的白马飞腾而来。他穿着灰军装，背着斗笠，八角帽上红星闪闪发光。

"月明——赖月明——月明——"他放声高喊，喊声在大山大河之间回荡。

"陈毅——陈毅哥——陈毅——"我应着声，跌跌撞撞地狂奔而去。

一条很大很宽的河流，无情地横隔在我两人中间。

"月明，过来嘛！我过州过府来看你哩，过来嘛……"陈毅在对岸叫道。

"陈毅，你骑马过来，我十年百年等着你，我的心归你，过来哟……"我撕心裂肺地回声。

终于，太阳没了。一场大雾，铺天盖地席卷过来。

没有声音了，世界顿然回归沉寂，雾沉沉的，所有的一切都被漫天大雾裹住了。

梦醒了，我像个孩子呜呜大哭。

后来，我逢熟人便张开一只手，昏颠颠地说，给我几角钱吧，凑多了，我上北京看陈毅去，他的命不长了……

四、传统的中秋佳节，赖月明见到了思念数十年的蔡畅大姐

1972 年，报纸公布了陈毅元帅逝世的消息。

赖月明悲痛欲绝，烧香遥悼。

她真正生不能与陈毅聚首，死亦难以灵堂相祭。

1979 年之后，赖月明的心死灰复燃。她重新投书中央有关部门，揭开了围裹自己数十年之久的神秘面纱。

1985 年元月，《中国妇女》杂志社将她寄达编辑部的信函转给蔡畅。

蔡畅大姐获悉后，立即批复江西省妇联。同年，蔡畅又特派女儿李特特，驱车赣南看望赖月明。

1988 年 9 月，赖月明在小儿子方斌的陪同下，赶到首都北京。

中国妇联的同志接待了这对特殊的母子，并且立即与蔡畅的秘书联系。

蔡畅的秘书马上请示蔡老。这时，蔡畅已经久卧病榻，不会讲话了。

"江西的赖月明同志来了，要求见您，见不见呢？"秘书在床边问道。

蔡畅听后，神情异常激动，不住地点头，嘴里呀呀地叫。

第二日下午，也是中国传统的中秋佳节，赖月明见到了思念数十年的蔡畅大姐。于是，出现了本文开头的一幕。

"大姐，我是赖月明，你的田螺妹子来啦……"赖月明摇晃着蔡畅的手，豆大的泪珠扑簌簌掉落。

蔡畅泪水汪汪地打量着赖月明，嘴巴无声地翕动。赖月明呜咽着抬手揩泪，蔡畅也抬手擦着泪水。

两条泪的小溪汩汩流淌，渐渐地溶到了一起。

（刘水根共同采访、写作）

贺怡历经三灾六难

贺怡是毛泽覃的第三任妻子。毛泽覃则是贺怡的第二任丈夫。

说不清，是人缘还是天缘。响当当的"井冈两枝花"，姐姐贺子珍嫁给毛泽东，妹妹贺怡则成了毛泽东的弟媳，在苏区一时传为佳话。这对贺氏姐妹跟着毛家兄弟，一道白手起家，一道打天下。孰不知，人变一世，天变一刻。在多舛多变的战争局势中，这"井冈两枝花"如腊月红梅，各历风雨，霜雪怒放，在严寒中绽出了一缕缕清香，也饱尝了人生的无奈和遗恨……

一、毛泽覃痛苦孤独时，贺怡似一朵鲜花在他身边

毛泽覃最痛苦、最孤独时，贺怡似一朵出水芙蓉出现在他身边。

1929 年 1 月 24 日，红四军主力挺进赣南，在大余县遭遇强敌偷袭。31 团 3 营党代表毛泽覃在战斗中拼死阻敌，不幸负伤。部队连连遭袭，长途转战到达吉安东固，随后挥戈闽西。

毛泽覃因腿部负伤不能随军出征，留在东固西村养伤。他被告知，养伤期间担任中共赣西特委委员、东固区委书记。

一副担架匆匆将毛泽覃抬入西村红军家属王大娘家里。

大部队似一条游龙，瞬息间走得无影无踪，屋子外鸦雀无声。

一股失落感袭上心头，毛泽覃霍地从床上坐起来，疼痛立即触电般从腿部传遍全身。他叹了口气，抚摸着伤腿，无可奈何地向后一昂，斜靠在床铺上，

不一会儿又迷迷糊糊地睡着了。

绕过一片竹林，年方 18 岁的贺怡款款而行，来到王大娘家。

她是贺子珍的妹妹，毛泽东的小姨子。因为一层亲戚关系，赣西特委收阅了毛泽东来函后，知道他疼爱小弟，特意指派贺怡负责掩护、护理毛泽覃。

这是贺怡与毛泽覃第一次见面。她好奇地绕着这个睡眠中的青年男人转了半圈，打量着他的脸：宽宽的额头，方方的下巴，嘴唇线条分明，浓眉大眼，眉际很宽，果然如姐姐贺子珍所说，他很像姐夫毛泽东。

"啪"，一不小心，贺怡绊倒了一条南方乡村特有的那种小竹椅。

毛泽覃从梦中一跃而起，剧烈的疼痛又把他按在床上一动也动不了。

眼前一亮，竟是一个亭亭玉立的少女站在面前。瞬间，竟不知身在何处。

正在犯迷糊，那少女嫣然一笑，率自开了口。

"哎呀，毛书记，把你吵醒了。"

"没关系，没么子关系的。"毛泽覃连忙微笑起来，问，"你是房东家的？"

"毛书记，您贵人多忘事，您不认识我？"贺怡盯着他，"想想，我是您家亲戚哩！"

毛泽覃认真打量面前这个美丽的少女：她长得脸庞红润，面如满月，眼睛明亮如星子，似曾相识，又……他不得不摇了摇头，"嗯，好像见是见过，想不起来在哪里见过。"

贺怡格格笑了起来。笑了会儿，她心想，一不做，二不休，促狭促狭这个"背时鬼"。于是，一拧腰，挺了胸，清了嗓，作模作样地唱起歌谣：

> 造福人，不享福，
>
> 雇农自己没有谷，
>
> 泥匠自己没有屋，
>
> 木匠自己没凳坐，
>
> 裁缝自己打赤膊。

毛泽覃更有了几分惊奇，几分迷蒙。这歌子，分明是在黄洋界下乔林乡，自己搞土地革命时写下的，独独今日，这小女子竟唱了去。她究竟是哪个？

"小同志，你是谁？"他笨拙地问，"是不是乔林茶亭那卖酒的细妹子……"

"去你的……我是贺怡！是你毛家'小姨奶奶'！"贺怡又是大笑，一个指头硬生生戳过去……

"哎呀，你这调皮鬼，早听说了，真坏！"毛泽覃明白上了贺怡的当，不由得也哈哈大笑起来。这是他负伤后的第一次开怀大笑，笑声在屋子里震荡，把梁上的灰尘都震落下来，也抖落掉他满腹惆怅、郁闷。

……

果然，养伤期间充满了欢乐，竟是他一生中笑声最多的日子。

为了给毛泽覃增加营养，贺怡经常在冰凉冰凉的水中摸鱼虾、捡田螺，到树林里去采蘑菇，冻得手脚通红通红，叫人见了心痛。她自己却不以为然，每次回来都乐不可支，有时放一束山花在他床头；有时抓一条小泥鳅，放在毛泽覃手上钻来钻去，钻得手心痒痒；有时，她会悄悄放一只小螃蟹在毛泽覃身上爬，用一对钳子钳他一下，弄得他惊慌失措叫喊起来，斯文扫尽，哭笑不得，面对贺怡却无可奈何。

每日熬药煎汤，配合老郎中疗伤换药，这些又脏又累的活，到了贺怡面前都变成了快活。

有一次，药材用完了。老郎中整天愁眉苦脸，对着毛泽覃不知怎么办。

"我以为发生了什么事情，"贺怡笑着，轻松地说，"采呀，草药不就长在山上吗？"

"春雨潇潇，山高坡陡，路上泥汤水滑，谁敢去采呀？"老郎中嗫嚅着说。

"当然是我去采罗，"贺怡手一比画，格格格地笑了起来，"不过，你老先生要略加指点，可不能保守技术啊！"

难事，到了容易人手里也就变成容易事。苦事，到了快乐人面前也就变成了乐事。

这天，贺怡邀了几个本地妹子，在老郎中的指挥下，到十几里外的深山挖草药。每个人滑了好几跤，个个跌滚得像泥猴子，回来的路上，恰遇一场大雨，哗哗啦啦，倒把一身一脸的泥巴洗去，把草药也洗得干干净净。多么有趣啊！几个淋得像落汤鸡般的妹子，穿过雨帘冲进屋子，就在隔壁房内脱衣拧水，擦拭身子，叽叽嘎嘎，嘻嘻哈哈，一浪一浪的欢笑声此起彼伏，青春的气息似大潮般向四方扑腾。

毛泽覃微笑着、微笑着，心里一阵阵漾起的可不仅仅是感激、感动。

二、夏夜寂寥，贺怡幽然对毛泽覃说：小老兄，婚姻，我比你苦啊！

一条碧绿的小溪，蜿蜒流过群山环抱的东固西村，溪流两岸，黄澄澄，一望无垠的油菜花。

清新的空气，夹杂着淡淡的油菜花香，令人心旷神怡。伤势逐渐好转，贺怡搀扶着毛泽覃常在溪边散步，丽日春风迎面吹拂，毛泽覃与贺怡坐在绿草如茵的溪畔，无话不谈。

过去，他们都知道对方是年青的"老"革命，心怀好奇。这段日子，两个亲戚，渐渐地由陌生而熟悉，转向推心置腹，敞开各自的思想、经历、家庭……

毛泽覃首先向贺怡直露胸襟，揭开了自小投身革命的秘密。

一家三兄弟，毛泽覃最小，长兄毛泽东长毛泽覃 12 岁，真正是长兄如父。1918 年春，毛泽东带着 13 岁的毛泽覃离开湘潭，一道乘船前往湖南省会长沙，把他安排在自己教书的长沙师范学校附小读书。从此以后，毛泽覃的整个青少年时代，就一直是在毛泽东的亲自关心教育下学习、生活、工作、战斗……

13 岁的毛泽覃，一双好奇、聪慧的眸子始终注视着这位大哥：他与朋友们秘密聚会，高谈阔论；创办《湘江评论》；发起驱逐湖南督军张之洞的学生运动……耳闻目睹，深受影响。毛泽覃言行举止间少不了革命气味，16 岁那年便加入中国社会主义青年团。

17 岁那年，毛泽覃小学毕业，进入湖南自修大学附设的一所补习学校学习，同时，利用业余时间在一个工人夜校任教。

……

望着发育得身高体健的弟弟天天在自己家里来来去去，毛泽东开始有意识地为其设计人生，培养其社会实践能力。

"润菊，"一天晚饭后，毛泽东与弟弟聊天，"你现在虽然办过工人夜校，但还是一身学生气，应该深入到工人中间去，和工人打成一片，体会他们的疾苦，这样才能更快地锻炼、提高自己。"

毛泽覃感到茫然："我到哪里去呢？"

"到常宁水口锌矿去吧。那里的工人最苦，斗争积极性最高。不久前，我去过那里。"毛泽东把自己的想法端出来。

"好，我去。"

弟弟初生牛犊不怕虎的样子反而让哥哥觉得不放心。1923年初春，弟弟被中共湘区区委派往水口锌矿从事工运。由于这是他第一次独立执行任务，毛泽东夫妇都前往送行。"一定不要瞧不起工人，要亲自同工人们一起参加艰苦的劳动才能与工人交朋友……"毛泽东反复交待说，"千万莫大意，要提高警惕，矿主、军阀随时都可能来捣乱……"

按照哥哥的交代办，毛泽覃的工作果然出色，当年10月便加入了中国共产党。第二年，毛泽覃被调到长沙，担任共青团地方执行委员会书记。正值国共合作，北伐开始的大革命高潮时期，毛泽覃立即仿照大哥的办法，创办了一份《青年妇女》杂志，将长沙团组织活动开展得红红火火。

1925年春，大哥大嫂从上海来到长沙与小弟会晤。兄弟俩对革命形势进行了促膝长谈。

"润菊，中国的革命，不依靠广大农民群众，是搞不起来的……"毛泽东将自己深思熟虑的思想讲给小弟听。

"苏俄十月革命可不是这样的啊！"起初，毛泽覃对大哥的想法甚是不理解。

"你到过水口锌矿，你知道，中国的社会现状与苏俄不一样……"

长谈后，毛泽覃决定随大哥到湖南乡下去开展农民运动。大哥一边养病，一边调查湖南农民运动，毛泽覃则开办农民夜校，组织农民协会。兄弟协力，工作开展得风风火火，其活动引起当局警惕，军阀赵恒锡公开通缉搜捕毛泽东。于是，毛泽东带着小弟离开湖南，来到了国民革命的大本营广州。

对于毛泽覃来说，这是极其重要的一行。其间，毛泽东担任了中国国民党中央农民运动讲习所第五期教员，后又担任讲习所所长，主办第6期讲习活动。毛泽覃则到了当时由陈延年、周恩来和张太雷等人领导的中共广东区委工作，在区委组织部任秘书，从而熟悉了一批中共最优秀的领导人。

1927年"四一二"事变发生后，毛泽覃又随毛泽东来到武昌。南昌"八一"起义后，毛泽覃奉周恩来指示随起义部队转战，直到朱毛会师井冈山。

中国工农红军第四军成立时，毛泽覃原所在的第1师第1团改编为红四军第31团第3营，毛泽覃担任了营党代表，直至这次大庾岭负伤……

　　贺怡觉得，毛泽覃的革命生涯与自己有相同之处。他离不开大哥，而自己呢，自己的学习、成长以及参加革命，也是紧紧跟着姐姐贺子珍的。

　　1922年3月，发生了震惊全国的沙田惨案。消息传到永新秀水小学，当班长的贺子珍在进步教师的组织下，领头响应，带着妹妹贺怡参加了游行示威。1926年，北伐战争爆发。当年9月，北伐军攻占永新，建立了国共合作的统一战线，成立了有共产党员参加的国民党县党部，17岁的贺子珍担任了县党部委员兼妇女部部长，15岁的贺怡担任副部长，哥哥贺敏学担任了民商部部长。

　　1927年3月，在工作中表现突出的贺家三兄妹被批准转为中共党员。5月，贺家三兄妹都当选为中共永新县委委员，贺子珍还担任了县委妇女部部长，贺敏学担任了青年部部长。

　　"四一二"惨案，蒋介石公开发动反革命政变。形势十分紧急，上级将贺子珍调任中共吉安地方执行委员会妇委主任，贺怡接替了姐姐的工作，担任了中共永新临时县委妇女部部长职务，担起了领导全县妇运的担子。不久，革命形势急转直下，在永新反革命政变的大屠杀中，贺怡护理父亲贺焕文、母亲温吐秀深夜逃出魔掌，避难吉安青原山，然后调往中共赣西特委……

　　交谈中，他们都被对方的坦诚、对方的革命家庭以及交谈中渗透的勇敢、聪明才智所吸引，所感动。

　　毛泽覃讲述了自己曾经有过的两次婚姻情况。由于环境异常恶劣，曾与自己结成伴侣的赵先桂、周文楠，先后离开自己，天各一方，婚姻名存实亡……

　　夜幕四合，说到这里，毛泽覃一声长叹，停止了述说。

　　"婚姻……没有什么办法，怕是命中注定了。"歪躺草地的贺怡自言自语。她早已是一脸迷惘、一脸惆怅。

　　"什么？你说什么？"毛泽覃醒悟过来，问道。

　　夏夜寂寥，星空高渺。贺怡幽然说："小老兄，婚姻，我比你苦啊！"

　　"你的婚姻，你不是还没有婚姻吗？"毛泽覃一愣，向贺怡投去关切的目光。

　　贺怡却欲言又止，改口道："这里没外人，我下溪里洗洗。"

　　毛泽覃："水冷，小心着凉。"

贺怡白了他一眼，下到水里，不一会，她尖叫一声，扑到毛泽覃身上。一条尺多长的花蛇一掠而过。

毛泽覃忍着伤痛，一手搂着水湿的贺怡，觉得她既亲切又陌生，心头扑扑跳着……

几天后，贺怡不辞而别。像团雾，来也偶然，去也突然。对于毛泽覃来说，这种机遇也像流星一掠，似乎那么短暂。更使毛泽覃不解的事情接踵而来……

三、历经坎坷，毛泽覃与贺怡有情人终成眷属

性格开朗、活泼的贺怡，似一团热烈的火焰离去，随即于1929年4月与刘士奇结婚。弹伤初愈的毛泽覃，得知她的婚姻并不快乐，怅然若失。

多年担任妇女部部长的贺怡，不知把多少妇女从屈辱婚姻、罪恶婚姻、不平等婚姻中解救出来，她深知封建包办婚姻的危害。她不但不封建，且大胆泼辣，风风火火，只要认准的事什么都不怕，谁也压不倒她。

可是，为什么她明明不情愿，却又去成全那并不愉快的婚姻呢！

明白人作茧自缚，自钻樊笼。婚姻，这是一个怎样的谜呀！

提到贺怡的前夫刘士奇，在中国革命史上也是个胆识过人、敢作敢当的汉子。

刘士奇年长贺怡11岁，其少时患了一场大病，病愈后头发纷纷脱落，便有些光秃。为了遮掩，他像许多秃顶人，一年四季都戴着帽子，加上平时工作繁忙，不修边幅，就有些老相。赣西南特委有人给他安了个外号"老夫子"。

这位老夫子办事持重、老成，却特别欣赏青春活泼的贺怡，像大哥哥一样关心、帮助她。那时，贺怡的父母因留居青原山不安全，被党组织安排在一个村镇摆小摊子维持生活。刘士奇得知后，嘱咐特委后勤人员给予周济，并多次前往看望二老。在一次特委会上，他提出，特委缺一名文书，可叫国文功底扎实的贺焕文担任。

此议一出，立即遭到反对，有人提出：贺焕文出身不好，成分不好，政治上不可靠……

贺怡的父亲贺焕文，祖籍江西永新县烟阁乡黄竹岭村，世代务农，到了他祖父这一辈，成了永新旺族，家产丰厚，买下了200来亩茶林和20亩土地。家

中富裕起来，贺焕文就上了私塾，成了读书人。

那时，花钱可以买官。贺焕文捐了个举人，当过安福县县长。但事与愿违，他官运不通，当县长时间不长，便被罢免，折身回到永新，在永新街门当了个"刑门师爷"，不久被一场官司牵连，锒铛入狱。为赎他出狱，家产几乎卖尽，从此家道中落。

出狱后的贺焕文，看透尔虞我诈的官场，淡出仕途，改行经商。

当时，刘士奇对大家分析说："贺焕文虽做过官，经过商，却一直受到官僚地主的排挤、压迫。大革命中，他支持子女参加革命，5 个子女有 4 个现在革命队伍，一个小女儿被敌人挖掉双眼，生死不明。他的亲友也受到牵连，被抓被杀了几十人，他与国民党有血海深仇呀！"

持不同意见者被说服了。

担任特委机关文书后，贺焕文、温吐秀夫妇和贺怡住在一起，生活安定。刘士奇抽空常到她家走走，嘘寒问暖，帮助解决一些生活上的困难，赢得了三人的好感。

随着时间的推移，刘士奇对贺怡的感情日愈增长。有一天，二人单独在一起时，刘士奇忍耐不住，终于吐露了自己的心迹："……我很喜欢你，我们的关系能否在同志关系上再进一步发展呢？"

他火辣辣的眼睛直勾勾地望着她，透射出无限爱意。

对视他渴望的眼睛，贺怡吓了一跳，像只受惊的小白兔，怯怯地望着他，不知如何是好。以前，她把他当导师、长者、领导工作层面的人。不是爱不爱，而是她情窦未开，还不懂得爱。

这个天性活泼、嘻嘻哈哈、风风火火、敢怒敢骂的姑娘突然哑了。猝不及防，她面对着一个向来严肃认真的人，遇到了一个不能嘻嘻哈哈的问题。犹如一个犯规被老师逮个正着的学生，她面红心颤、手足无措，许久许久，她才轻轻说："秘书长，我还从未想过这个问题哩。"

"喔，是这样，那你回去想想吧，不要勉强。"刘士奇经过"漫长"而艰难的等待，亦是尴尬不已，快快而去。

贺怡愣在那里，果真"想"了起来。爱情，是一种自然的真情流露。若要硬去"想"，那本身就已勉强了。想，对于一个没有爱情体验的人，是很难想出什么结果。她陷入了莫名的烦恼中。

知女莫如母。女儿的心事逃不过母亲的眼睛。当晚，在母亲的盘问下，贺怡将事情经过告诉了二位老人。按农村规矩，这种事情原本就该父母操心。于是，二位老人承揽此事，开始帮助她"想"。

"刘秘书长是个好人。"这句话定了个基调，嫁好人没错，你不可能要嫁坏人吧。温吐秀想了想又说："就是年纪大一些，显得老气。"她怕扯远了，赶紧倒回来："老气并不是老，相差也不算太大，还配得来。"

贺焕文在一旁早就忍不住，立即接口，说："你们年青人，什么爱呀恋的，哪有那么多名堂。我跟你妈妈成亲前，连人都不认识，现在不是很好吗？我们避难在这里，处境艰难，也指望有个靠山。你能找个靠得住的人，我们就放心。"

这几番话虽然没有什么道理，却是现身说法，来得很实在。按"实在"和"革命"的标准，刘士奇倒也很"标准"：第一，他是好人；第二，他靠得住；第三，他也当得靠山。

贺怡说不出什么反对意见。

此后不久，赣西特委书记唐在刚，亲自上门为刘士奇提亲做媒，贺焕文夫妇便一口应允。没有爱情的婚姻就此罩在贺怡身上。

十八年后，贺怡在延安写的自传中重新审视了这段婚姻："1929年4月，我在父母支配下与刘士奇结婚，婚后生活并不愉快。"

岂止"并不愉快"，其实是颇为痛苦。由于性格上的巨大差异，婚后的贺怡与刘士奇保持着上下级间的礼貌、客气和距离。

也许，随着时间的推移，贺怡与刘士奇在共同的战斗生活中会加深了解，建立真正的爱情，成就一桩美满婚姻。然而，历史没有为其提供那种机会，反而早早地把他们拆散了。

1930年2月，刘士奇担任了中共赣西南特委书记，贺怡也当选特委委员，任特委妇女部部长。

也在那年8月。贺怡生了一个男孩，取名刘子毅，当时，东固的局势并不很稳定，刘士奇决定让贺怡到赣南老区去生育。护送人则选择了她的亲戚，毛泽东的弟弟毛泽覃。毛泽覃陪贺怡来到兴国，谁知兴国也不安宁，在进行战争准备，按李立三批示，正沸沸扬扬说要攻打南昌、赣州，会师武昌……经组织研究，由地下党员蔡福兰将贺怡秘密带往田村宝华寺一带生育。

毛泽覃心里不太高兴。路上，曾悄悄地对蔡福兰说："她自己才拳头大，就要生孩子了。"尴尬的毛泽覃随后返回，由一姓曾的村民带路，经崇贤返回东固。临别，毛泽覃送一把七星剑（现陈列于兴国县革命历史纪念馆）给曾作留念。蔡福兰将贺怡安排在一个可靠的农户家里，自己在宝华寺旁开了一家裁缝店，负责掩护工作。一直待到贺怡生育、满月后，蔡福兰又一路送她回东固，前后有 3 个月之久。

也就是在那年 8 月，中共赣西南特委召开了第二次全体会议，会议贯彻李立三"左"倾冒险错误路线，指责刘士奇反对中央"会师武汉，饮马长江"的战略方针，刘士奇受到严厉处理：撤销特委书记职务，责成其去上海（中央）受教育。

一夜之间，刘士奇由好人变成坏人，由靠得住而靠不住，由"靠山"变为泥菩萨过江，自身难保。此事也殃及贺怡。抱子刚回的贺怡，不但被停止工作，也停止了过组织生活。连她的父亲贺焕文也被解除了特委机关的文书工作，调到一所小学教书……

刘士奇这一去，就意味着妻离子散。平日，刘士奇一心扑在工作上，很少顾家。他眼蓄着泪水远行了，最放心不下的就是家，泪水打湿了枕头，打湿了爱子的襁褓……刘士奇离开赣西南后，再也没有回来过。后来，他先后担任过中国工农红军第四方面军政治部主任、红二十七军军长等职，1935 年在战斗中英勇牺牲。

经考察，新任赣西南特委书记李文林，认为贺怡并无犯错，恢复了她的工作。不久，调其任永（丰）吉（安）泰（和）特委委员、保卫局局长兼妇女部部长。

1931 年 6 月，毛泽覃调任永吉泰特委书记，兼独立五师政委。两人原本熟悉，加上工作联系、合作，交往十分密切。他们一块扩红，一块肃反，一块拥军支前。有时，二人分头下到乡村发动群众，等到夜里贺怡还不回来，毛泽覃就步行十几里去接她。贺怡在生活上对毛泽覃细心照料，体贴关怀。两人年龄相邻，性格相近，志趣相投，情感日愈加深，谁也离不开谁了。

有一天晚饭后，二人登上了特委所在地旁边的山岗，漫步高大的杉木林间，微风徐来，双方突然一言不发，气氛显得有点异样。

"贺怡，有一句话我想了很久。"

贺怡的心一阵剧烈跳动，眼看着他："那你就说出来吧。"

"贺怡，你是个好同志。"毛泽覃的声音有点发抖，"我们从相知到相识，相处得一直是那么融洽，我想，我们能不能进一步成为伴侣呢？"

一阵晕眩，满面绯红，贺怡低首不语。毛泽覃有点着急："说话呀，你一向直来直去，有么子话就说嘛。"

贺怡抬起头平静地说："我和刘士奇的那段婚姻，你知道，我们还有一个孩子……"

"我知道，你和刘士奇已经解除了婚姻关系。孩子是革命的后代，我们都有抚养的责任，这个你放心。你知道，过去我也有过婚恋，也都脱离了婚姻关系。我们的命运相同，情趣相同，真心相爱，多么有意思呀……"

经组织批准，1931年7月20日，毛泽覃、贺怡结婚，距毛泽覃调入永吉泰特委任书记仅一月。婚后，二人心心相印，互敬互爱，感情甚笃。

随着红军的迅猛发展，红区也在不断扩大。成立中华苏维埃共和国的动议，经四次延期，终于确定了时间表。10月下旬，毛泽覃、贺怡率"一苏大会"代表团，双双来到瑞金。此时，二哥毛泽民、二嫂钱希钧也来到瑞金，参加"一苏大会"。

分别多年的毛家三兄弟不期而遇，与贺家三兄妹在"红都"瑞金大团圆，聚首沙洲坝，畅谈国事、家事。

这次，贺焕文、温吐秀也搬迁到瑞金，住在县城西南的塔下寺。

1931年11月，中华苏维埃临时中央政府成立，定都瑞金。毛泽东当选为中华苏维埃临时中央人民政府主席。

大会结束后，毛泽覃、贺怡高兴地返回吉安。

1932年9月，他们的第一个孩子出世了。

四、在重重打击下，贺怡努力工作被评为瑞金县的一面红旗

1932年10月，毛泽覃、贺怡奉调瑞金。毛泽覃任苏区中央局秘书长。贺怡生育不久，将刚刚满月的孩子交给母亲抚养，担任了中共瑞金县委组织部副部长。这个孩子，后来在战斗中失散。

　　不料，与当主席的大哥在一起，他们并没有得到预期的欢乐，反而遭受一连串无情打击、迫害。

　　那时候，苏区中央局宁都小源会议刚刚开过，解除了毛泽东的红一方面军总政委、前敌委员会书记的职务。初当主席的毛泽东，正在瑞金坐冷板凳，处于挨整的地位。

　　随即，博古率上海中央局来到苏区瑞金，矛头更是直接指向毛泽东。

　　投鼠忌器，当时的"左"倾领导人博古，要大整根深蒂固的毛泽东，也不那么简单。于是，敲山震虎，他寻隙先在福建搞了个"罗明路线"，大批特批，继而，又将毛泽覃等人打成了"邓、毛、谢、古"反党小集团，作为江西"罗明路线"的代表来批判。

　　其时，被打成"邓、毛、谢、古"小集团的几人，被罢免了职务，解除了武装，并下放到艰苦的环境中去劳动、工作。

　　毛泽东是个性情中人，十分注重亲情。而在所有的亲人当中，他最疼爱聪明过人、敢作敢为的小弟毛泽覃。但是，人在厄运中，一切都无能为力。

　　此事，贺怡多次到毛泽东处哭诉。毛泽东亦无可奈何，曾对贺怡、贺子珍说："王明他们已经摆开架势，要往死里整我了。"又道："他们整你们，是因为我，你们是受了我的牵累呀！"

　　一场声势浩大、反对以邓、毛、谢、古为代表的所谓"江西罗明路线"的斗争逐步深入，又连累了另一些人。

　　贺怡的哥哥贺敏学，红24师代师长的职务被撤销，送进红军大学接受审查。贺子珍与曾碧漪一直为总前委管理机要文件，后又兼管苏维埃政府文件。这时，连文件也不要她们管了。贺怡亦被撤职，送到中央党校洗脑子。

　　"邓毛谢古"反党小集团是先定性，后整材料。首先要求贺怡提供揭发材料，遭到严拒。贺怡则被指责为"邓毛谢古"的骨干，"帮助了小组织形成"，"参加反党小组活动"，成为中央党校的重点斗争对象，连续斗争达一个多月。

　　倔强的贺怡暗中以泪洗面，面对面却更倔强，不屈服、不畏缩，不承认参加"反党小组活动"，不写揭发材料，不写检查。她表现得十分泼辣，硬硬地顶撞，有时，甚至高喊起来："毛泽覃是个好同志，不是什么反党派别、小组织的领袖。我没有看到他同其他人搞过什么反党活动，更不可能担任什么领袖。他干的是革命，我完全同意，完全支持。我们之间没有什么界线要划清。"

其时，贺怡身怀重孕，不久便要生育，一些人对她的斗争只好草草结束。其间，她不能和毛泽覃见面。贺怡知道做爸爸的多么想看看自己的孩子啊！生下孩子之后，一天夜里，她避过耳目，偷偷地把孩子抱了出来，给毛泽覃看。毛泽覃凝视妻子——产后的面孔十分苍白，孩子也因缺乏营养而显消瘦，眼睛不由一阵酸涩。

中央党校校长博古，对贺怡的态度十分恼怒，下令开除其党籍。恰巧，出外巡视的副校长董必武返校，立即出面干涉，不同意开除贺怡党籍，并亲自担保，以半年时间对她进行考察。后来，以党内警告处分了结此事，保住了她的党籍。

身心受到这样的打击，贺怡当然想不通，向毛泽覃倾诉委屈。不意，年轻气盛的毛泽覃，在经受一系列残酷斗争和无情打击后，成熟多了，不但没有发火，反而劝导她："革命道路是坎坷曲折的，一个真正的革命者身处逆境，更要坚强些，要荣辱不惊，经受得住一切打击，继续做好工作。"贺怡默默点头，觉得毛泽覃说得对。

后来，贺怡回忆这段往事，曾说："好得董副校长及时回来，保住了我的政治生命，如果董老晚回来一天，我也完蛋了。"

1934年春，贺怡被"发配"到夏肖区，她带着一个小组在沙洲坝搞查田。

一天，柏树下村一个廖姓农民来哭诉："我两个儿子是红军，一个女儿是少先队员，一个是儿童团员，我也参加过打土豪分田地。现在，林金生怎么偏要把我划成地主……"说着说着，他就要下跪。

身受冤屈的贺怡见到别人也受冤屈，不由怒火中烧，她带着查田小组来到柏树下村做深入细致的调查，一家一家了解情况，核实数据。发现问题相当严重：苏区中央局派来的查田运动工作组长林金生，执行"左"倾政策"地主不分田，富农分坏田"，把查田变为查阶级，不但查地主、富农，而且查中农、贫农、工人，并且查到三代五代上去了。给大部分人进行成分升级，有8户中农、红军家属被划成地主、富农，抓起来进行打击。

掌握大量第一手材料，贺怡并没有蛮干，她一面向组上报告，一面派人把林金生找来。事关重大，董必武、何叔衡立即亲自来了，何叔衡授权贺怡处理此事。林金生一来，贺怡拍案而起，当众指责："你把柏树下搞得乌烟瘴气，贫农变中农，中农变富农，富农变地主，贫农也变地主……"接着，她一一列举了林金生弄虚作假的事例。

内心空虚的林金生，吓得额头冒冷汗，嗫嗫嚅嚅地承认了错误。

这件事的处理过程使董必武、何叔衡、邓发等领导同志对贺怡有了进一步的了解。邓发赞扬她说："贺怡工作过得硬，很适合搞地方工作。"

不久，贺怡担任了夏肖区委书记，她吃苦耐劳，身体力行，将各项工作都搞得有声有色，被评为瑞金县的一面红旗。

在诬陷中，她用红旗洗雪自己。

五、在三江，三条船财物遇劫，三船人安全抵达赣州

1934年10月，红军长征，"反党小集团"案不了了之，在基层改造的毛泽覃临危受命，被任命为中央苏区分局委员、红军独立师师长，留下来坚持打游击。

毛泽覃即将率红军游击队转战闽赣边界，党组织考虑贺怡身怀有孕，同时她的父母亲和孩子需要照顾，决定贺怡不随部队行动，让她携父母往赣州坚持地下工作。

明暗不定的早晨，厚重的铅云压迫着山岭，惨白色的光落在黝黑的贡水上。

三条带篷的大木船徐徐启航，划开一道道粼粼波纹。1934年12月的一个早晨，会昌县白鹅洲四码头，正进行着一场秘密的送别。

毛泽覃将两位老人扶上船，内心掠过一丝酸楚，安顿好老人，又送贺怡和孩子上船；毛泽覃与贺怡紧紧握着手，千言万语一时竟无从说起。

毛泽覃与贺怡依依惜别。

贺怡注视着毛泽覃：因日夜操劳，脸庞已明显消瘦，一双炯炯的眸子却仍透着刚毅、凝重的神情。"泽覃，今后一切要多保重。"贺怡那坚强的眼睛饱含依恋深情的目光，心头不禁一酸，哽咽着说，"别担心孩子、父母。"

毛泽覃点点头，说："贺怡，你以后的日子会更困难，但无论碰到什么情况都要坚持住！我会派人来看你们的。"

当时，怀着身孕的贺怡被任命为中共赣县县委副书记，与一家老老少少5口潜往白区赣县进行地下工作。

贺怡一行的隐蔽行动，由白区工作经验丰富、任全国总工会苏区中央执行局委员长的刘少奇亲自布置，由中央苏区分局书记项英亲自组织实施，作了周密细致的安排。

这次行程安排，由中央执行委员、中央苦力运输工会委员长王贤选及刘老大负责。王贤选原本是参加长征的，因其长期搞白区工作，熟悉本地情况，为此，毛泽覃提议，周恩来、刘少奇同意他留下。

船上装载着钨砂和谷子，准备运往赣州售出后作活动经费。

第一条船上乘着贺焕文，化名陈焕文，由刘老大开路；第二条船上是贺怡，化名为胡招娣，带着不满周岁的女儿小英子，与王贤选假扮为夫妻；第三条船是温吐秀和刘豹（刘伯坚之子，4岁）化名小三子，假扮成祖孙。

开航了，毛泽覃向着顺流而下的帆船，缓缓扬起了凝重的手，

这一挥手，永远凝固于苏区女人贺怡的脑际……

三江水，水深流急，一路凶险难测。

于都贡江，是红军长征第一渡。这里，成了白军阻击红军余部"流窜"的水路关隘。几条白军的汽轮船在江面上日夜游弋。过往船只，一律扣押。

贺怡一行三条船只，混杂在另外几条船中，驶入了白军的"口袋"。

"哪里来的船？是干什么的？到哪里去？"白军一窝蜂地涌上船，枪械拉得哗啦哗啦响，咋咋呼呼地嚷，"有没有红军在船上，把红军交出来，一律有赏！"

码头守卫都是驻军长官的嫡系，任务就是搜刮民脂，强征强罚，每天从关卡上收取的油水比税收还多。

"老总，我们是从会昌来的。"王贤选上前，笑嘻嘻地说。

"会昌，都有通行证吗？"白军扫了大肚婆贺怡一眼。

"当然有，怎么会没有。"他掏出证明，殷勤地应答。

白军并不看证明，一个个像老鼠钻进船舱，眼睛滴溜溜乱转。

"喂，船舱里装的是什么，这么重？"

"稻谷，吃的稻谷。"

"稻谷，这么重？"

"嘿嘿，还有点子钨砂。"

"钨砂，哈哈，有钨砂？"那个白军笑逐颜开，向岸上高声叫喊起来，"连长，这有一船钨砂。"

顷刻之间，三船稻谷、钨砂被洗劫一空。

作为今后的活动经费，没有了。经过王贤选周旋、交涉，老老少少三条船上的人倒是一个不少，渡过一劫，这是不幸中的万幸。在白军驱逐下，大家仓皇离岸，三船并发，如脱弦之箭向赣州而去。

翌日，烟雨空蒙，赣州已在一望之中。

为避嫌，船靠偏僻的城东磨角上码头。王贤选派船工刘家发上岸，与水西党支部书记何三苟取得联系。何三苟 1932 由王贤选亲自介绍入党，为人精明，人品十分可靠。

王贤选突然回归赣州，交代任务，何三苟知道此事非同小可。再一看贺怡，虽凸着肚子，一身农妇装饰，那双眼睛明亮如星，可知来头不小。

想了想，何三苟决定将贺怡一行隐蔽到石人前村寡居的叔母家。

石人前村，山上有块飞来石，形状似人，取名石人前村。

何三苟的叔母李金秀，虽孤身独居，却很爱清洁，三间土木瓦房收拾得干净利索，桌椅灶台，一尘不染。

贺怡一见此处，便有几分喜欢。

她长年搞妇女工作，经验丰富，开口便喊李金秀"契娘"。叫得李金秀连连答应，好生欢喜，从此，便认了这个契女（干女儿），以母女相待。

李金秀曾在九江一带做契娘（奶娘），走南闯北，见过世面。对外便说："胡招娣是我在九江带的契女，她老家湖口兵荒马乱，一家人逃到这里来避难。"

六、地下工作者频频被捕，地下党组织机智对敌

风雨如磐，突如其来的打击，一个紧接着一个。

1935 年春分之夜，是个无星无月的夜。赣州突然全城戒严，老字号福裕泰染布行被团团包围，如狼似虎的军警直扑后院，将何三苟迅速缉捕。

为了扩大线索，缉拿要犯——毛泽东的小姨子贺怡，严刑拷打连夜突击进行。

几天几夜的毒刑，何三苟被打得血肉模糊，遍体鳞伤，奄奄一息。可他不愧为一条汉子，豁出一条命，用硬顶软抗，对付软硬兼施。

何三苟究竟何许人也？

何三苟原名何斌，16岁入布行学徒，1926年参加工运，担任过染业工会纠察队长。多年间，秘密来往苏区，组织运送食盐、西药、布匹、汽油等物资。1934年，他化名何光绕，作为白区代表潜往红都瑞金，出席了"第二次全国苏维埃代表大会"……

如今，东窗事发，其被捕入狱，事出有因。

为了营救何三苟，贺怡亲自找到何三苟的老婆谢任风，派她去探监。谢任风胆小，说不知怎么个探法。贺怡便教她怎么样进门，怎么样说话。

第二天，谢任风背着女儿，哭哭啼啼探监，花了几块大洋，果然入门。在监狱里，她按照贺怡的交代哭骂："你个讨债鬼，到底犯了什么法？你要老实告诉我，我好请人保你出去，没犯什么法，也不要乱说！"

何三苟何等聪明，一听这话，知道是组织上派来，便气愤地回答："帮人家做伙计，犯得了什么法，天晓得怎么搞错了。你回去，告诉老人放心吧。"

贺怡放了半个心，又通过保安司令部的内线，探明了何三苟被捕的内幕。出卖何三苟的人，名叫李文堂，原系县苏维埃工会秘书长。李文堂逃往广东，在韶关被捕，关押于余汉谋的军法处。

李文堂是怕打的那种，鞭子、吊索、烙铁、辣椒水一侍候，他想不供却供了。说赣州老字号福裕泰染布行，有一个叫何光绕的共党。余汉谋的军法处，立即把线索电报给赣州保安司令赵廉。

"姓何的出来！"

那天夜里，军警们狐假虎威一吆喝，何三苟就出来了。因为，老字号福裕泰染布行仅一个姓何的。不过，他只承认是姓何的，叫何三苟，不知道什么何光绕、毛泽东的小姨子贺怡，死活不认账。

这案件，眼看没有什么油水。没有油水的案子，能榨出油水才算有本事的法官。

依照"连座"的规矩，法官又把老字号福裕泰染布行刘老板抓起来。

"连座"谁不懂？就是株连。若何三苟通共，他刘老板也是通共。

刘老板是广东人，外地人能在本地做生意，没有不懂规矩的。他不但懂规矩，而且有后台。后台就是赣州保安司令赵廉本人。

刘老板进了监狱，也不吭声，叫人送了500块大洋去，给赵司令"分红"。

赵司令有点纳闷：还不到分红时间，怎么提前分红呀？

原来，刘老板的染布行，赵司令也是股东。二人是同乡、同商关系，这下是大水冲了龙王庙，一家人不识一家人。

赵司令想了想，就拐了个弯，叫商会出面作保，自己再出面交代法官。

刘老板没通共，刘老板的伙计当然也没通共。刘老板出狱，又把何三苟保了出来。

何三苟不是省油灯，出狱时放了串鞭炮刹刹气，到处说自己如何清白，好像比没有坐牢的都清白似的，从此，再没人怀疑他了。

那天，何三苟、贺怡以及刚从战场回来的王贤选等人，相约在后山石人石下的菜园栽豆子。

脸上、身上伤痕累累，何三苟的伤痛还没痊愈，大家关切地嘘寒问暖。

"皮肉伤，皮肉伤。"何三苟满不在乎地说，"坐牢就那么回事：坦白从宽，牢底坐穿；抗拒从严，回家过年。"逗得大家哄然大笑。

"保安司令赵廉还问我……"何三苟想起了什么，汇报说，"有个贺怡从瑞金逃到了赣州，是毛泽东的小姨子，她躲藏在哪里？我说，毛泽东是哪个我都不认得，怎么认得他的小姨子。"

贺怡一听，又气又好笑，脸腾地红了。

何三苟一见，心里有数，也不等她解释，说："敌人既然对我产生怀疑，还得处处提防，我们要尽量减少接触。另外，他们捕捉的重点是贺怡，必然还会下大力气搜索，石人村离赣州太近，也不是久留之地。"

当下，大家商议决定，贺怡须立即转移。

翌日，贺怡一家搬迁到赣县陈坑，住在王贤选表嫂的娘家。此地距赣州30多里，人烟稀少，十分偏僻。同时，他们规定，短期内贺怡与何三苟不直接会面。

果然，危险随即而至，迁居不到半月，王贤选又突然被捕。

却说王贤选护送贺怡后，按陈毅的指示，返回赣南团团部工作。当时，留守赣南的中央分局已进入最危急境地。为便于打游击，所有中央分局领导都编入赣南团。三个大队的成员为：毛泽覃率领一个大队；刘伯坚率一个大队，其中有蔡会文、梁柏台、连德胜；王选贤及陈友生率一个大队。

3月初，项英、陈毅指挥三个大队分头突围。

蔡会文带部队在前，刘伯坚、梁柏台居中，王贤选、陈友生断后。王贤选率部队登上坪山，前面已经打响。王贤选亲眼见到刘伯坚、梁柏台、连德胜被捕。王贤选与敌人在上坪、禾丰一带转战一个星期，部队被打散后，他悄悄潜入赣州。

祸事引发于一件宿仇。

多年前，王贤选为了完成上级的筹款任务，在一个月黑风高之夜，率人潜入水西佛岭背，将大地主赖禄财父子绑架数日。经讨价还价，赖家凑了4000块银洋赎人。自此，王贤选便成了赖家的眼中钉，肉中刺，不共戴天的仇人。

红军主力长征，苏区铲平，赖禄财认为共产党大势已去，遂到处打听，四处寻访王贤选的踪影。功夫不负有心人。人海茫茫，竟然让他找到了王贤选的下落。

那一时期，红军留下的部队相继被击败，一些高级领导或牺牲或被捕。白军的胃口吊得很高。赖禄财告密时，也给王贤选加了一顶高帽子——共产党的中央高级领导。

于是，蒙在鼓里的王贤选被捕入狱，这位共产党的中央"要员"，被带上了两副脚镣、手铐。

监狱里，面对严刑拷打，王贤选接受何三苟的经验：坦白从宽，牢底坐穿，抗拒从严，回家过年。

"请坐请坐，你就是堂堂的共党中央委员王贤选。"

"什么王贤选，你们找错了人，我叫王中仁。"

"那你，一向在哪里发财呀？"

"我在外面流浪，到处打铁，挣口饭吃，发得了什么财哟。"

审问中，王贤选来了个一问三不知，口缝十分严密。他是吃大河水长大的人，见多识广，岂能被一群军警的咋呼吓倒。

"你在外面打铁也好，打仗也好，都要老老实实写交代材料，反省自首。"

狱警奉命送来一叠纸张、笔墨，要王贤选写自首书。

王贤选只接纸张，不接笔墨。说："这个纸蛮好，留给我以后慢慢揩屁股用。

那个笔我就拿不起，我这手只晓得拿铁锤，拿竹篙，一个字都不会写，拿不起笔……"

狱警目瞪口呆。对这么一位共党"高级"领导，白军军官恼怒极了，却又无可奈何。军警们正无计可施，这时传来好消息：坚持南方游击战争的刘伯坚，率部队向油山突围时被捕。

刘伯坚时任赣南省军区政治部主任，是党的高级领导。

赵廉得讯，喜出望外，有了主意：刘伯坚是共党的高级领导，王贤选也是共党的高级领导，立即安排这两位共党高级领导在大余狱中相认。

早春二月，乍暖还寒，大余梅岭的梅花正迎寒盛开。

朔风阵阵，监狱里更是凉风刺骨。刘伯坚经历了无数毒打，浑身上下没有一处无伤。

这一日（3月11日），刘伯坚在大庚县狱中连囚二日，被移囚绥署候审室与王贤选相认。押解途中，带镣长街行。铁镣叮当，满街回响，人群聚拢，争相观看。面对满街观众，刘伯坚豪气冲天，遂一边行走，一边长吟即兴诗《带镣行》：

> 带镣长街行，蹒跚复蹒跚。市人争瞩目，我心无愧怍。
> 带镣长街行，镣声何铿锵。市人皆惊讶，我心自安详。
> 带镣长街行，志气愈轩昂。拼作阶下囚，工农齐解放。

边行边吟，语音朗朗。刘伯坚壮志凌云步入绥署候审室，一眼就见到了王贤选，依然言不绝口地吟诗。吟毕又吟，长立不动，静观举止。

"好了好了，别乱叫啦！"

白军士兵不耐烦，打断了他。

"刘主任，请坐请坐。你看看，听说你被捕，你的老朋友王贤选特意从赣州赶来看望你！"

白军一军官上前，指着王贤选皮笑肉不笑地介绍。

刘伯坚转头望去，王贤选他怎么会不认识呢？自己的儿子刘豹正是托付给了他。自己被捕，必死无疑，儿子刘豹近况如何？不过，刘伯坚何等之人，岂能中敌人的圈套。

眼前：王贤选虽然换了一件半新衣服，但脸上的紫痕依然，双目中是漠然之光。

"要砍要杀，来个痛快的。什么王贤选，我不认识他。"

白军军官故作埋怨地说："刘主任，你们过去在一块儿共事，怎么会不认识呢？"

"他算什么东西，和我共事，你们少给我来这一套。"刘伯坚越加明白敌人的意图，说完把脸扭转一边，懒得搭理。

"不认识，那不可能。"白军军官还不死心，悻悻地说，"他怎么说认识你呢？"

"我才没有说认得他。"王贤选乘机接口，"我又不叫王贤选，我是王中仁。你们莫名其妙带我到这里，到底要干什么？"

谎言揭穿，白军军官又让他与梁柏台（中华苏维埃政府司法部长兼内务部长）、连德胜（中央政治保卫局科长）一一对证，他们均装作不认识。大庚相认，阴谋失败，军警们又把他押送到南昌，与被捕的方志敏相认，就更无结果了，于是，王贤选的案件搁了下来，不久被送到南昌感化院做苦工。

七、毛泽覃浴血红林，贺怡化悲为力坚持地下斗争

王贤选被捕，非同小可，他曾任中共赣县县委书记，对整个赣州党的地下工作了如指掌。万一出问题，赣州地下党就可能被一锅端。

贺怡立即组织召开紧急会议，何三苟、何光富、何光柱、胡由先等人聚拢一起，分析形势，研究办法，决定立即采取两条措施：第一，贺怡一家立即迁出陈坑村，转移到湖边乡岗边排村。第二，通过内线，积极组织营救王贤选。

岗边排距赣州10里多路，是个较大的村庄。村里有座庙，叫作三宝经堂。贺怡的父亲贺焕文早年当过道士，此时，又蓄起长须重操旧业，当起了三宝经堂的师傅。

十月怀胎，一朝分娩。经过了一系列风风雨雨，迁居岗边排村不久，1935年2月，贺怡分娩了，生下一个男孩，起名毛岸成，后改名为贺麓成。这是贺怡与毛泽覃生的第三个孩子。望着婴儿，朝思暮想，她多么盼望毛泽覃能如约而行，突然出现在面前，看望他们母子俩呀。

左盼右盼盼不来，盼来的却是噩耗。

有一天，一个拖着残腿、讨饭找来的失散红军，对她说："好嫂子，知会您一声，毛师长在战斗中牺牲了……"

那一会，天昏地旋。那位渐渐隐去的高大英俊的、充满血性的毛姓丈夫，一刹那，浑身血腥地撞上心口，双眼里，他出奇地清澈，如同近在咫尺。贺怡叫不出声，悲哀无助地倚着别人家的门框。这种人鬼殊途的感受，揪扯着她年轻的心……

与妻子贺怡的长久之疼不同，毛泽覃是一眨眼间，妻儿一闪，他便剧痛地死去。

毛泽覃之死，贺怡从好些人口里才得端详。

从赣南突围到闽西，又从闽西四都山区踅回瑞金的毛泽覃，已经衣不遮体，十几日无炊可餐，饥肠辘辘。他们陷入更加密实的包围圈。所以，他的结局是必然的，而他的死亡过程却充满巧合。1935 年 4 月 25 日，在瑞金黄膳口一座名叫红林的山上，他被敌毛炳文部的便衣队乱枪打死。那夜，夜宿一个破纸棚里，他叫战士何毛狗下山侦察。何毛狗走不远，心中害怕，抱着枪团着身躲入丝茅丛睡觉。天亮时，敌人便衣队路过，听得鼾声，捉住何毛狗，并且顺藤摘瓜。一时，坳地枪声大作……

夺路而出的几个战士，先后倒地。毛泽覃眼看突围无望，把文件销毁，率领部下英勇反击，拼死杀敌，不幸腿部着弹，接着胸部中弹……敌人从他上衣口袋里翻出了一张背后有毛泽东签名的照片，如获至宝，并取了他的首级……

毛泽覃的牺牲没有把贺怡击倒。她告诫自己，必须尽快从个人痛苦中解脱，揩干眼泪，独当一面，领导地下党对敌斗争。

月子里，贺怡便积极开展了营救王贤选的活动。一方面派人密切掌握王贤选的狱中情况，一方面找到王贤选的母亲、舅舅等人做工作，商讨营救办法。王贤选的舅舅名叫胡叔伦（又名胡子寿），是当地的联保主任，起初有些害怕，经贺怡做工作后，答应出面帮忙。他说："把人从感化院里救出来，关键是要用钱铺路。"

当时，地下党没有什么活动经费，贺怡一家过着清贫的生活。自己上山砍柴、开荒种菜，平日纳袜底、织纱线帽等换点油盐。为了拯救同志，贺怡把手头仅有的钱全部交给了胡叔伦，还远远不够。王母救子心切，又卖掉40担谷田做活动经费。

有了钱，胡叔伦以联保主任的名义四处活动，邀请了城乡十大姓氏，60多个保人联名俱保，又亲自为王贤选代办了"自新"手续。当年10月，久经考验的王贤选终于化险为夷，平安回家。

1936年，白军的"剿匪""剿共"集中在大庚、信丰一带，城镇相对平静下来。

正确分析形势后，贺怡、王贤选决定乘敌人松懈之机，抓紧恢复、发展党组织。

每天，她像本地妇女那样，背着孩子混在群众中，一边劳动，一边聊天，晚上则走家串户做工作。经一个时期的考查、考验，她亲自发展了10多名党员，逐步建立了龙庄上、佛岭背、桑芜下、黄沙桥、刘家坊、湖边、石人前、岗边排等党支部。

到1936年夏，恢复、发展了胡叔伦等140多名党员，成立了五个党的区委。经粤赣边特委批准，成立了中共赣县临时县委，贺怡担任了县委书记，领导整个赣南党的地下工作。为方便党的活动，王贤选与人合作，在水西街上开设了一家名为"三合顺"的水酒店；刘兴发开了一家服装店；李声洪则开设了一处茶摊，作为联络处。同时，胡叔伦利用"联保主任"的职权，使党员钟元素、谢华禄、吴继泉、李声洪、方世莹、何光旺等人，分别担任了保长、副保长、甲长。于无声处，赣州一带党的地下活动如星火燎原，向四处蔓延。

那一日，贺怡又接到陈毅密信，粤赣边游击司令部要求地下党迅速购一批药品。说到药品，贺怡不由双眉紧皱。入赣州城购买药品倒是不难，就是难以运出城门，头年冬，地下党组织给游击队运送物质，两名同志出城门口时被守卫识破，壮烈牺牲。

怎么办？山上游击队员生活异常艰苦，长年累月在饥寒交迫、缺医少药的环境中坚持战斗。许多伤病员因缺乏药品，被活活折磨而死。药品就是生命，无论如何，也得把药品送到游击队手里。但是，有什么好办法呢？

"可有尿卖——""可有尿卖——"

天已蒙蒙亮，一夜未眠的贺怡刚眯上眼睛，又被隔壁邻居相约进城买尿的声音吵醒。原来，本地农家多以种菜为生，每天都会到城里收集尿水、粪便。她烦躁不已，霍地把被子往头上一盖，哗地又将被子一掀，从床上坐了起来。灵机一动，破怒为笑，嘿，这不就是现成的办法吗！

赣州西津门雄伟、敦实，还是宋朝建筑。此门高三丈余，联结着一环一环的城堞、城堡、城垛，曾阻挡了红军六次攻打。如今，戒备森严，是出入赣州城的必经关卡。

旭日东升，城门内外人来人往，熙熙攘攘，一派喧闹，唯有三三二二挑大粪、挑尿水的经过，人们才捂着鼻子避让。也唯有这些菜农，大摇大摆，毫无顾忌地来到哨兵面前，接受检查。哨兵则憋着气，脸色憋得通红，例行检查的动作特别快。查完，也不说话，只是连连挥手让其快走。

神不知，鬼不觉，这时，药品已经运出城了。原来，贺怡早已安排将粪桶制为两层，大批药品就装入厚厚的夹层内，来来往往，蚂蚁搬家，从哨兵的眼皮底下出城。

几天后，药品运到了山上游击队手里。陈毅不由乐呵呵地夸赞："贺怡这鬼妹子，鬼点子就是多！"

八、国共合作，贺怡回到党的怀抱，在油山为陈毅开刀化险为夷

1937 年 7 月 7 日，"卢沟桥事变"爆发，7 月 15 日，国共两党达成合作协议。南方游击战争终于熬过了最艰难困苦的阶段。

1937 年 9 月 21 日上午，赣州中华大旅社。

一位村姑打扮的女人，由王贤选、何三苟等人陪同，穿厅而入，走进客房。她摘下花布头巾，竟然是贺怡。项英、陈毅眼睛一亮，赶紧上前，一人握住她一只手。此时，三人心潮汹涌，百感交集，贺怡喉头一哽，泪水涌流，随即放声痛哭，哭得双肩耸动，泣不成声。

项英、陈毅都是千辛万苦死里逃生出来的人，岂能不理解她的心情，想劝慰两句，却抑不住双泪进流。倒是一旁的王贤选、何三苟坐立不安，不停地干咳几声。

还是陈毅先反应过来，抚着贺怡颤抖的肩膀，说："贺怡，这三年你很不容

易呀，毛泽覃同志的牺牲对你打击很大，但是你挺住了。在对敌斗争中，你表现得很坚强，现在，我们都回到了党的怀抱，应该高兴……"

项英拉过来几把竹椅子："来来来，我们坐下来，好好谈谈。"

贺怡在中华大旅社住了两天，除汇报赣州地下党的工作外，还见到杨尚奎和方志敏的遗孀缪敏等人，交谈彼此别后情景。9月24日，项英前往南昌，会见八路军驻昌办事处代表顾建业；致电叶剑英、毛泽东，汇报了南方游击战争情况，恢复了党的直接领导；与国民党江西省政府谈判……贺怡则随陈毅前往油山，开展南方各游击队改编的工作。

没想到，在油山期间，竟发生了一件奇闻——"贺怡为陈毅开刀治病"，这奇闻在游击队广为传颂。

油山，是信丰县第一高山。山势雄峻，峰高林密。为红军南方三年游击战争根据地，是贺怡心仪已久的地方，正想乘此机会到处走走。

陈毅知道：贺怡好说好动，办事干脆利落，泼辣直爽。只是，油山毒蛇太多，万一让蛇咬一口就麻烦了。所以，一路上都讲述油山的故事。告诉贺怡：油山只有土屋、草棚，饮食、居住环境非常艰苦。还特别交代，晚上要小心，防止虫叮蛇咬。

贺怡胆大，却很怕蛇，不由吃了一惊，问："晚上，蛇也出来活动？"

"白天、晚上都有蛇，过去，我们经常晚上出去捉蛇。"陈毅见贺怡害怕，有点得意，并背诵了自己写的那首《赣南游击词》："天将午，饥肠响如鼓。粮食封锁已三月，囊中存米清可数。野菜和水煮。……叹缺粮，三月肉不尝。夏吃杨梅冬剥笋，猎取野猪遍山忙。捉蛇二更长……"

这一说，贺怡到了油山后，果然老实了许多，不敢乱跑乱窜。

没想到，陈毅自己睡觉时，却被山蚊咬了一口。

经年累月，野人般生活在穷山绝岭，蚊叮虫咬，是家常便饭的事，陈毅对此并不在意。但，气候已经转凉，活跃的山蚊都是又大又毒。果然，几天后，蚊叮处红肿化脓了，又数日，竟发展为一个大痛，陈毅的一条腿，肿得像个小水桶粗，火烧火燎，昼夜疼痛，身体也开始高烧不退。

三年游击战争，出生入死，什么考验都过来了，陈毅是何等坚强之人。可是，发高烧烧得迷迷糊糊时，他也时而发出呻吟。

卫生员被找来了，一见这病状就说："糟糕，糟糕，问题严重！"

原来，这种痈毒十分厉害，搞不好，痈毒会感染血液，引发败血症，就有生命危险。

同志们都很着急，叫卫生员："医生，你快点治疗呀！"

卫生员也慌了，说："怎么治，又不能挤压，搞不好更会感染。这肯定要动手术，哪来的刀？怎么消毒？什么设备都没有。再说，我也没学过开刀呀！"

如此一说，大家只有大眼瞪小眼。那时，油山哪有什么医生，卫生员经验不足，只知道问题严重，平时，给战士们涂抹点药水、贴块膏药，擦擦伤痛还可以，开刀的事，连见也没见过。

这时，陈毅被痛醒了。一听此言，也有点着急，说："开刀怎么会没有刀呢？就用杀人的匕首，在火上烤烤不就消毒了。"

大家一听，很有道理，你看看我，我看看你，却谁也不敢向前当这"二愣子"。

"那就我来试试。"贺怡一看，关键时刻，共产党员上，自己来当这二愣子吧。大家知道，她是毛泽东的小姨子，肯定身手不凡，便七手八脚帮忙生火、烧水，还找来了一把明晃晃的匕首。贺怡试了试匕首的口锋，很利，对着火苗上烤了起来，烤得有点发红，就直奔陈毅而来。

躺在床上的陈毅吓了一跳，忙坐起来问："哎哎，你会不会呀？"

"以前没搞过，不就是割一刀吗。"贺怡原先护理过毛泽覃，懂是懂一些医学常识，要说会开刀，那确实不会。她实打实地说："躺下吧！"

这下，满屋子人都傻了眼："原来，她也不会呀！"

陈毅略微犹豫，躺下。说："来吧，大不了是个死。"不过，后半句话没有说出口来。

由于化脓，痈疮上的皮肤已经很薄，匕首过处，一道轻烟，脓血涌出。不一会儿，竟流了一盆，又腥又臭。眼看刀口内还有脓，因为怕感染，却不敢挤压。

怎么办呢？贺怡看看大家，大家也正看着她。她又看看陈毅，因没有打麻药，陈毅双目紧闭，牙齿咬得格格响，汗如雨下，正凭着毅力与疼痛硬挺。

贺怡心中一热，来不及多想，端起身旁装着盐开水的竹筒子，猛喝一口，漱起口来。大家正莫名其妙，只见她俯下身子，嘴巴竟贴在伤口上了。人们没看懂怎么回事，贺怡转身吐了一大口脓血，又俯身对着痈疮吸起来，吐掉，又吸，又吐……大家都惊呆了：世上哪见过这样的医生！这样的疗法！

陈毅睁眼一看，也惊呆了，看着看着，又用力把眼睛闭上。这位枪林弹雨数十年、流血不流泪的名将，此时，止不住的泪水顺着面颊汩汩地流淌。战友情谊，山高水长呀。这时，挤满了游击队员的茅屋里，静得没有一点动响，只有贺怡的吸吮和泪水落地的"叭嗒"声。

数日后，伤势日愈痊愈，陈毅带领油山、北山的游击队来到池江集结，开始了集训、改编。

池江，是大余县一个重镇。分别三年之久，贺怡与哥哥贺敏学在这里相见。根据中央决定，贺敏学任抗日义勇军驻赣南办事处（地点设在池江）主任。整训期间，兄妹常聚汇一块，倾诉分别后的情形。

1938年1月6日，新四军军部从武汉迁移南昌。贺怡与缪敏一同经赣州、兴国，前往吉安，在兴国县梅家祠，秘密召开地下党的工作会议。布置工作，再次与蔡福兰见面，并派蔡福兰潜往小龙钨矿开裁缝店，作为地下党的秘密联络点，与贺怡单线联系。

到达吉安，贺怡与危秀英同住一屋，任新四军驻吉安通讯处统战部部长（后改任民运部部长）。危秀英由延安中央党校分配而来，任通讯处组织部部长。贺怡是风风火火的性格，吉安又是她的老根据地，一来就深入到吉安、吉水、永丰、东固等县发动群众，恢复、建立党组织，才几个月，就打开了工作局面。

3个月后，她被调往中共东南分局工作。翌年春，东南分局派她到广东省委，任妇女部部长。

行前，她往赣州看望父母，并将3岁的贺麓成接回，寄养在永新老家花河村贺调元家。贺调元是地主，家境较为富裕，贺麓成生活安定，在"爷爷""奶奶"的呵护中长大，对自己的身世浑然不知。5个月后，贺怡的父亲贺焕文，突然病故于赣州，享年68岁。其坟现在湖边乡岗边村黄土陂村小组。每年，由贺焕文生前所认契子方世信祭扫。

2002年清明时节，我专程拜谒了贺焕文之墓。

在一路气派华丽的坟茔间寻找，那最简陋、寒碜者，即属贺焕文。一块紫砂岩石代为碑，上刻有"永新县贺焕文老先生"。对比那些豪华的坟墓，愈发形成极大的反差。

这时，恰遇贺焕文生前所认契子方世信。当年方世信系10岁小雏，现已是 67 岁的白发人。方世信说："解放后，贺焕文的子女贺敏学（福建省副省长）、贺怡先后来过这里，并没有要求重建坟墓。1958 年人民公社平坟，我闻讯去捡'金'（尸骨等），用棕叶包骨，请了风水，重埋于此地，墓碑照旧。后贺敏学来过，给 130 元重结墓面，坟上打了土拱。"

我拔去坟面的野草，沉默哀悼、辞别，几十步外回望，坟墓已隐入一片苍茫大地。

当然，贺焕文并不知道，他死后不久，革命形势好转，温吐秀离开赣州，由组织上派人辗转送到延安。

九、召关被捕，吞金拒敌，生命垂危，手术台前毛泽东为其签单

高高的木棉树，婷婷而立，擎着火红火红的木棉花，映衬着南国广州，色彩绚烂，有种腐败的美丽。

广东省委的工作仍处于恢复、发展阶段，由于国民党顽固派推行"限共""防共"政策，局面很难打开。贺怡到达广东后，根据自己的斗争经验，提出了开辟农村抗日根据地的主张，并得到省委的赞成。

随即，贺怡便马不停蹄地行动起来。不料，广东省委的工作尽在敌人掌握之中。为了阻止中共势力向中、小城市及广大农村地区蔓延，敌人首先在广州动手，秘密逮捕了涂振农。涂振农当时任中共东南局组织部部长、中共广东省委宣传部部长。涂振农年轻有为，大学毕业，曾留学苏联；被捕后，却经不住严刑拷打，在老虎凳上叛变，招供了所知道的一切秘密。

奇怪，怎么自己的一切行踪似乎都在特务的监视之中呢？

长期从事党的地下工作，贺怡富有敏锐的观察力。来到韶关后，她总觉得背后有甩不脱的阴影。

1940 年 6 月 30 日清晨，她起了一个大早，乘着浓浓的雾气未散立即出门。神出鬼没，无人知晓，按说，这下该十分保险。不意，拐弯抹角一阵，雾气散尽，远离住地，身后反而跟踪了几个特务。

真是见鬼了！贺怡紧一阵慢一阵地走着。心里明白：自己早已被敌人监控，敌人不抓自己的原因，是在放长线钓大鱼，要通过跟踪顺藤摸瓜，发现、抓捕更多的革命同志。这么思忖着，她果断决定：采取特殊办法逃跑，即使逃脱不

了，被特务抓捕，也要让组织上和同志们知道自己的情况。

本是去学校的贺怡，慢慢腾腾地拐入菜市场，时行时停，突然拔腿就跑，狂奔起来。这时，身后的特务拼命追赶，前面亦有几个隐藏的特务围了过来。贺怡一见，反而停住，朝特务迎去大吵大嚷："你们这几个流氓不要脸，光天化日，想做什么？大家来救命呀！"

菜市场本来就人多，闻声团团围了上来，见几个男子追一个年轻女子，都以为是在调戏女人。就有几个青年工人、学生见义勇为，挺身而出，揪住了几个特务。旁边凑热闹的人群中有人高喊："打，打死这几个流氓去！"这时，人头攒动，挤挤挨挨，贺怡正要脚底抹油，乘着混乱撒丫子走人。前面的特务也赶到了，一个特务慌忙拔出手枪，"砰——"朝天开了一枪，喊道："我们是第四战区长官司令部的，大家赶快散开——"

在几支手枪逼使下，贺怡在数百上千人的注视下，坦然无畏，挺胸抬头，顺着人巷向外走去。此刻，她已与围观中一双熟悉的眸子交流。

因为贺怡身份重要，特务们对她施以严刑拷打，妄图敲开她的嘴巴。贺怡以死相抗，乘敌不备，将藏在内衣里的一枚金戒指吞入肚子，一时，痛如刀绞，汗流如雨，昏死过去。碰到这样的对手，特务们也毫无办法，只得放手不管，任其死活。谁知，性格倔强的贺怡命大，吞金竟然不死。

当时，中共中央副主席周恩来，兼任南方局书记，得知广东省委被破坏得严重，亲自出面向何应钦交涉。何应钦则提出，以交换战俘为条件。通过营救，贺怡出狱，来到延安。

很快，贺怡见到了毛泽东，向其讲述了毛泽覃在瑞金牺牲的消息、毛毛寄养的情况，以及自己的工作及被捕情况。毛泽东则讲述了岳母，即贺怡母亲温吐秀在延安生病、逝世及安葬的过程。他们还一起去看了坟墓。温吐秀病故后，是毛泽东亲自安排料理后事，并手书墓碑。（1946年，胡宗南向解放区进攻，占领延安后，有人报告：那座坟墓，是毛泽东、毛泽覃两兄弟的岳母之墓，胡宗南即下令把坟墓平掉。解放军收复延安后，毛泽东去坟墓前悼念，发现坟茔不见了。就自己出钱再请人收拾、重建坟墓。）

得知贺怡在狱中吞金，对敌以死抗争，虽未丧命，胃部却经常疼痛之事，毛泽东十分关心，要求她立即到延安中央医院找傅连暲院长，好好地治病，待康复后再考虑工作。为此，毛泽东还亲自给傅连暲打了招呼。

虽说是中央医院，当时也仅有一台 X 光透视机。傅连暲是毛泽东和贺子珍的老朋友，1932 年 11 月，在福建长汀的"福音医院"，曾亲自为贺子珍接生了毛毛，后又多次救护过毛泽东。傅连暲原与贺怡也认识，于是，他十分热情地接待了贺怡，当即为其做 X 光透视，发现贺怡胃里面果然有一金属状物品，已与胃粘膜壁粘连一体。这就是贺怡吞下的金戒指，也是她吞金未死的原因。

"你真是命大，但应该立即手术。"傅连暲笑着向贺怡讲解病情，告诉她："金戒指在胃壁上，随时都可能戳伤或戳穿胃壁，引起大出血，导致生命危险。"

"傅院长，你还是先给我开点止痛片吧。"贺怡还是那种泼辣爽朗、我行我素的性格，说，"既然大难不死，那我就不会死了。有危险，等危险来了再解决不迟！"

很快，危险果然来了。那天，贺怡在中央办公厅招待所，正抓紧手头的工作，胃部越来越痛，她浑身冒汗，仍硬挺着坚持，"咕咚——"一声摔倒，竟昏死过去。

当天，贺怡被急送到中央医院。医院决定：立即进行胃切除手术。这种手术，当时也算是大手术，按医院规定，手术前必须有亲属签字同意，承担责任。傅连暲将此事报告、请示了毛泽东。

亲人签字，哪还有什么亲人呀？！她的丈夫毛泽覃早已牺牲；姐姐贺子珍去了苏联治病；哥哥贺敏学随新四军在前线打仗；母亲温吐秀尸骨未寒……毛泽东心情十分沉重，亲自来到了中央医院，拿着手术报告单看了看，对傅连暲及医护人员说："她是贺子珍的妹妹，又是泽覃弟的爱人，我也算得是她的亲属吧，为了贺怡同志能够多活些年，为革命再做工作，这个字我来签吧！"于是，他提笔在手术报告单上一挥而就，写下："同意手术医治。毛泽东。"

毛泽东亲自来中央医院，为病人手术签字。这对于中央医院，对于毛泽东来说，都是罕事。医护人员在手术时特别认真，顺利地将贺怡的胃切除三分之二，取出了那枚金戒指。有些医护人员还没有见过金子，十分好奇，围着金戒指议论纷纷。在大家的要求下，傅连暲讲述了贺怡被捕入狱，宁死不屈，吞金抗争的故事。望着这枚金戒指，医护人员对贺怡不由肃然起敬，衷心赞叹。

术后，贺怡又一次起死回生。但是，由于禁忌多食，营养缺乏，体重一度下降到 40 多公斤。她却毫不在乎，仍与医护人员谈笑风生，谈及毛泽东对胞弟泽覃，对自己的情谊。能下地活动后，贺怡还特意找到傅连暲，索要了那张浸透亲情厚爱的《手术报告单》，一直珍藏了多年。

病情稍稍好转，贺怡便多次写信给组织上，写信给毛泽东，要求分配工作。

当组织上征求她自己的意愿时，贺怡立即提出：到新四军去。

贺怡原先就是新四军，在那里有许多生死与共的同志、朋友。"皖南事变"后，陈毅担任了新四军的军长，贺怡的兄长贺敏学也在新四军下属某部担任参谋长。

1942 年春，贺怡来到新四军军部工作，又回到了她日夜思念的战友中间，回到了她日夜思念的战斗前线。

十、奔走赣南寻找毛毛，遇车祸不幸途中罹难

1949 年 8 月，中共华东局分配贺怡到江西工作，任中共吉安地委组织部部长。

不久，永新县花河村出现了一辆吉普车，一位引人注目的女性下了车。她穿着当时最时髦的大翻领、束腰带列宁装，来到地主贺调元家，一见贺麓成，便泪流满腮，大声喊叫着"麓成，麓成——"将惊奇不已的贺麓成一把搂在怀里。

14 岁，已读初三的贺麓成被一个女人搂着，困惑不已。眼望"爷爷""奶奶"，不知如何是好。"爷爷""奶奶"在突然袭击中，惊喜交加，朝他挥手大声喊："这个女人就是你的亲妈妈——贺怡！"

这一天，村子里正召开大会，宣传土地改革。突然，贺怡牵着麓成的手步入会场，向全村父老乡亲说："这位大家熟悉的贺麓成，是我的亲生儿子。是贺调元夫妇在革命最艰难的岁月冒着生命危险收养了贺麓成，并把他带大，培养为学习优秀的初三学生……"对此，十几年间全村人一直被蒙在鼓里，顿时轰动了。

由此，地主贺调元家的处境得以改观。

同年 11 月，经组织同意，贺怡前往赣南，寻找毛毛。当时，毛毛由毛泽覃经手，寄养在警卫员家中，后来又多次转移。因毛泽覃牺牲，线索中断。同时，她还想寻找到，她与毛泽覃失散多年的长女。贺怡原本就是个急性子，寻人心切，马不停蹄，经四处奔波，多方努力，仍不见毛毛踪影。

　　11月21日，贺怡乘车返回吉安途中，在距泰和县城七八里路，名叫凤凰圩的地方翻车，不幸遇难，年仅37岁。同车者曾碧漪（古柏的妻子）身受重伤；其子古一民安然无恙；贺怡的儿子贺麓成左腿髌骨三处骨折。此后，贺麓成便由贺子珍抚养长大，学习成绩非常优秀，毕业于上海交大电力系，后又考取留苏研究生，却因中苏关系破裂未能成行，遂分配到国防部第五研究院，从事"地对地导弹"研究，成为我国优秀的导弹专家。

　　贺怡不幸遇难，猝然身亡。所有的亲人、战友，无不悲痛。

　　贺怡的亲属不敢怠慢，当即给毛泽东主席拍了唁电。据说，毛泽东看着唁电，心情异常沉重，瞪着眼睛半天没有说话。那天，警卫人员看见他面南而坐，端起饭碗三次，又三次放下了……

首席红军女歌手

1929 年，红军从井冈山辗转来江西兴国，听到田垅山野间时时飘荡出此起彼伏的山歌，颇觉得新奇。时间久了，红军不但爱听，而且爱唱兴国山歌，与兴国山歌难舍难分。欢迎唱，欢送唱，驻扎唱，行军也唱，唱遍了中央苏区，兴国山歌成为了红军歌。1934 年红军长征，山歌队在路边唱山歌欢送，唱了三天三夜。《长征组歌》、大型音乐舞蹈史诗《东方红》《长征》电视剧中《十送红军》的剧情，就是对当时真实情景的描述。若问当年山歌唱得最好者是谁，人们一致公认是红军山歌队队长、首席红军女歌手——曾子贞。

"天上星星数不清，兴国山歌唱不完。"

兴国县素称山歌之乡，山歌源远流长，驰名中外。自古以来，山歌在兴国人民生活中占有非常重要的地位，可以说是：人人唱山歌，家家练斗歌，许多人从小唱到老，一生唱山歌。

战争间隙，红军闲着没事时，官兵们也常常受邀听民间的歌会，以表示军民心连心。县、省以及中央苏维埃政府来的同志，都经常去参加歌会，红军将领陈毅特别爱热闹，亦是歌会上的常客。

有一次，县里又开赛歌会，毛泽东同志也闻讯去听山歌，听着听着，便在对山歌的认识上与陈毅发生分歧。由此引出了首席红军女山歌手和一串曲曲折折的故事。

一、万人赛歌会上，陈毅说"你这个妹子蛮唱得，真是个山歌大王"

唱山歌唱山歌，一个人唱也没有什么味道，唱山歌要过得硬见真功夫就要对歌。一问一答，一唱一和，最激烈最有味道的还是斗歌，互相"讥笑"，互相刺激，有时还含沙射影互相"辱骂"两句。当然，高手过招，还是绵里藏针的多。真正会唱山歌、靠唱山歌唱出名气来的人，都是在对歌、斗歌中打天下的。

那时，县里每年都有几次赛歌大会，赛歌大会一般是逢圩日，赛歌场上人山人海。

这么大的场面，嘴巴上没有功夫、肚子里没有货的人肯定会胆怯，根本不敢上台对歌，更不敢斗歌。有几次，曾子贞就是在台上斗歌时，把对手斗得结结巴巴，一时连口都开不了。大家就拼命地为她鼓掌、叫好。

陈毅很喜欢听山歌，见曾子贞唱歌又唱赢了，就跑到后台来，用两手摁一下曾子贞的脸蛋，说："你这个妹子蛮唱得，真是个'山歌大王'！"

摁得曾子贞赶忙低下头，脸色通红通红，像搽了胭脂。曾子贞"山歌大王"的名气从此叫开。

> 山歌唔(不)唱沤肚中，金子唔带变成铜；
> 年少唔做风流事，老哩唔值半厘铜。
>
> 昨夜连妹太慌张，摸到神台当是床；
> 摸到观音当是妹，观音莫怪探花郎。
>
> 连郎就要连老郎，连到老郎味道长；
> 昨日夜里亲个嘴，当得蓑衣盖酒缸。
> ......

每逢斗歌赛歌，省军区司令员陈毅大都在场听歌。这次赛歌，毛泽东也在兴国，正搞一个群众调查，陈毅就把毛泽东请来欣赏。

赛歌一开始就很激烈，陈毅是个性情中人，听得忘情，就站起来喊叫："大家静一静,曾子贞一连几次斗歌都斗赢了,我们请她这个'山歌大王'再来一支歌,好不好呀?"

那时,听歌听到好处,都是打吆喝,喊名字。群众一见,是江西省军区司令员陈毅说话,都跟着打吆喝叫好。

俗话说,听歌辩词。毛泽东是个"细人",边听山歌边琢磨歌词,琢磨了许久,感觉歌词中哥啊妹啊爱呀情的东西太多,主题思想不健康,与端正风气有点不合拍。他越琢磨越不是滋味,这么多红军官兵在听歌,长期听下去怕是会影响军心。唉,自己的调查研究八字还没一撇,怎么也坐在这听歌呢。于是立起来,说了一句:什么兴国山歌,就是性歌嘛。说完,拂袖而去。

毛泽东一走,随从人员都跟着走。其他人也站起来面面相觑,去留不定。陈毅一看,拍了拍凳子说:"走什么,走什么,走得去哪里?这兴国山歌不是很好听吗!"

大家觉得有理,顺水推舟,又乐得坐下来,津津有味地听歌,不知不觉也跟着哼哼几句。

传言过来,曾子贞等人心里一沉:当官人的看法在乡民眼里也就是政府的态度。他们担心苏维埃会禁唱山歌。悬悬地过了些日子,还好,并没有人禁唱。

在苏区,兴国山歌具有挡不住的诱惑。兴国山歌是口头创作,触景生情,因感而发,即兴而歌,和生活贴近,融叙述、感叹、呼唤为一体,内容一唱明白爽朗,因此,在生活十分单调的农村具有很大的感染力,容易流传、推广与普及。

> 我想唱歌我就唱,唔(不)怕别人来阻拦,
> 过去地主骂我穷开心,如今唱歌感谢共产党!

不但兴国人唱,外地人也跟着唱,红军战士唱,红军干部也唱。在实践工作中,许多革命领导也都十分喜爱学唱兴国山歌。胡耀邦就曾亲自为根据地人民编撰了许多山歌,如:

苏区农民分了田，快乐如神仙。

白区农民没饭吃，大小哭涟涟。

哭涟涟，哭涟涟，只有革命才能出头天。

1931 年秋，中共苏区中央局常委，曾任中共苏区中央局代理书记的任弼时，应少共兴国县委的邀请，来到兴国出席该县少共青年首届代表大会。

会议期间，青少年们歌声不断，还举行了盛大的山歌比赛。那生动活泼的场面和巨大的感染力，都给任弼时留下了深刻的印象。他听着听着，便跃跃欲试。他一边记录歌词一边请人教唱，顺手把一些词改成了革命歌曲。如情歌改成"南山松柏青又青，革命横下一条心；莫学杨柳半年绿，要学松柏四季青；莫学灯笼千只眼，要学蜡烛一条心"。

听说曾子贞是山歌大王，任弼时还特意找到曾子贞，作揖拜师，求她收自己当徒弟。曾子贞教得认真，他学得专心，进步很快，不到两天时间，竟然在大庭广众之间登台演唱起来。

哎呀嘞——当兵就要当红军，红军是工农子弟兵；

勇敢冲锋杀敌去，同志格，家中的事情妹担承。

他用刚刚学会的客家话模仿兴国乡音，"哎呀嘞"起兴开端，"啊嗬喂"刹板收尾，土味十足，跌宕变化，风韵别致，引得满堂哗然，掌声如雷。

兴国山歌迅速地在红军队伍、苏维埃干部中传唱、普及。在革命战争的背景下，由于许多知识分子的参与，兴国山歌的内容悄悄地发生变化，一些性歌变成了新歌。

据《中华苏维埃共和国史》载，"苏区军民唱山歌，产生了许多著名的'山歌大王'，如兴国县的曾子贞、谢水莲等。闽西的邓子恢、李坚贞和范乐春等人，被人们誉为'山歌部长'、'山歌书记'、'山歌主席'……"

二、她成了专业歌手，成了火线上第一名红军女山歌队员

曾子贞于 1904 年出生在兴国县长冈乡石燕村，父亲名叫曾衍福，是个教书

匠，收入不够养家糊口。一连生了四男三女，母亲因病无钱医疗，年纪轻轻就病故了。从此，这个贫苦的家庭更是雪上加霜。一家大小基本上是吃不饱，穿不暖。

曾子贞 15 岁那年，家乡遭灾荒，收成大减，家里三天两头不冒烟。迫于生计，父亲忍痛作价 120 块大洋，把她卖给了上社乡小坑村裁缝赖师傅当续弦。赖师傅名叫赖祥林，那年 45 岁，比曾子贞大 30 岁，他忠厚老实，有文化，写得一手好字。因为学得一门裁缝好手艺，人缘又好，所以城里的富户都请他上门制衣，收入颇丰。赖裁缝年龄较大，特会痛爱小妻子。为了讨曾子贞喜欢，经常把舍不得吃的果子、点心等悄悄带回来塞给曾子贞吃。

这些过去生活中的稀有物如今在她嘴里都变了味。一看见比自己父亲还老的老公，曾子贞心里就感到气愤，她是个心气高、血性强、脾气大的妹子，怒火上来，常把赖祥林硬塞在她兜里的果子拿出来当面甩掉，气得赖祥林跺脚。

曾子贞无法面对现实，更无法面对未来。她宁可死也不甘愿过老夫少妻的生活，几次寻死未成。

有一次，潋江涨春水，她跑去跳河，"扑通"一声卷入漩涡，灌了一肚子混浊的黄汤，被人拎着脖子救起，压了一阵肚皮，睁开眼睛一看，是一位看水的邻居救了她。看着水淋淋的曾子贞，赖祥林心痛得眼泪汪汪，长吁短叹却又无可奈何。

日子难过也得过呀！曾子贞 15 岁嫁人，19 岁开怀，生了二女一男。儿子很聪明，苏区时曾调去瑞金读会计学校，可惜不到 20 岁就死了。

1929 年，江西红军独立第二团再次攻占兴国县城，独立第四团及红三军、红四军相继来到兴国，正式成立了中共兴国县委，不久又成立了兴国县革命委员会。

大家都参加革命，赖祥林也参加了革命，并在革命委员会里当司务长。在蓬蓬勃勃的群众运动和土地改革中，赖祥林见多识广，思想觉悟有了很大提高。

有一天晚饭，赖祥林坐在桌前不动筷子，对着曾子贞久久不语，眼眶里充盈着泪水。见"老"老公这副样子，曾子贞心里又有几分厌烦，正待发作时，赖祥林开了口："子贞，我不再拖累你了，你年轻，生活道路还很长，我们离婚吧。"说完，泪水就扑簌簌地滚落下来。

11 年的婚姻就此瓦解，两人心平气和地办了离婚，当时，曾子贞 26 岁。

新制度下，曾子贞解除了与赖祥林的关系，有一种从牢笼中解脱出来的兴奋。因为是革命给了她新生，为了报答革命，她随即便投身参加了革命。

"唱歌不是考声音，总爱革命意义深；革命不是取人貌，总爱勇敢杀敌人。"

曾子贞爱唱山歌，成为一个专业歌手，却是一个偶然的机遇。

那时，曾子贞在县城东一区的农民协会工作，经常跟着大家去搞扩红工作。在动员青年参加红军时，有的青年就调皮地说："你要我去当红军，我不愿听你讲那么多大道理，要是你用山歌唱出红军的好处来，我才服服帖帖到红军里去。"

东一区农民协会主席马荣泮，年约 27 岁，是一个爱唱山歌的青年农民。适龄参军青年的要求难不倒他。略一思索，他张口就唱。

哎呀嘞——对河一兜幸福桃，要想摘桃先搭桥；受苦穷人要翻身，快当红军打土豪……

道理唱出来，青年人搔搔后脑勺，嘿嘿一笑，也只好去当兵了。山歌又轻松又愉快，省掉了许多扩红中的说服工作和麻烦。

农协秘书陈仿西，是个有文化的忠厚长者，也爱唱唱山歌。平常常开导曾子贞，动员她多练习唱山歌："你们妇娘子，不参加革命工作，一辈子都难翻身，世界上只有共产党才会看重妇女，反对买卖婚姻，让大家自由恋爱。"

在革命宣传活动中，马荣泮、陈仿西发现新山歌在群众中影响很好，很受喜爱，就萌发了在东一区成立一支山歌宣传队的念头。

当时，有些妇女，不习惯在大庭广众中唱山歌，于是，马荣泮采取了一个特殊的考试方法选歌手。他叫一些妹子在屋子里唱山歌。他怕大家磨不开脸，就躲在屋外面听，了解每个人的音色差异。对歌不对人，这样，理所当然把曾子贞选入山歌宣传队。

新鲜而美好的生活，像一股春风荡漾在曾子贞的生命中。

宣传队的主要任务是：演唱革命山歌、扩红、支前。

歌词都是事先琢磨好的，大家在一起，唱歌、编歌水平得到很大提高。时间久了，曾子贞也能够现编现唱，这很受群众欢迎。不管走到哪里，她们拿着红旗往台上一站，亮开嗓子就唱起来。

哎呀嘞——
竹笋出土尖又尖，工农团结不怕天；
天塌有我工农顶，地陷有我工农填。

四处的红军和群众一听见歌声，知道又是宣传队来了，立即相邀着从四面八方聚拢来。她们站在台上唱，台下的人点头拍手助威，听得入迷时，就跟着台上一起唱，台上台下一片歌声。不会唱的红军就在台下打吆喝：好哟、好哟！也有的红军会编歌，就站起来对歌。

有一个名叫陈远波的兴国籍红军就很喜欢对歌，每次听歌听到高潮时他都要站起来对一对歌。

哎呀嘞——
多谢阿妹情意深，
山歌曲曲送亲人；
来日上阵添勇气，
缴枪十万谢你们。

在繁忙的工作中，锻炼了能力，在歌声中，锻炼了胆量，曾子贞逐渐成长起来了。1930 年 2 月，兴国县成立苏维埃政府，曾子贞被推举为县苏维埃的委员，担任县苏维埃国民经济部部长。不久，她加入了共产党。她回忆说："是马荣海和马荣兰介绍我参加中国共产党。当时，我们称入党为'举拳头牯'，和我们一起'举拳头牯'的，有好几个山歌队的姐妹。"

战争日愈频繁，曾子贞的工作也更忙，但她并没有和山歌疏远，而是把唱山歌和工作结合到一起。动员参军，她用一支支富有鼓动性、号召力的山歌拨动人们的心弦；慰问支前，她带着山歌队活跃在前沿阵地，为红军搬运弹药，抢救伤员。

这一天，莲塘战役打响以后，来支前的曾子贞立在高地上看到红军顽强战斗，奋勇冲杀，吓得白军抱头鼠窜。她不由心花怒放，一支山歌脱口而出。

红军走路一阵风，

取得优势占高峰，

一个冲锋杀过去，

敌人好比倒柴筒……

高亢清脆的歌声在旷野格外嘹亮、醒耳，随着硝烟传到了隐蔽在竹林里的红军总指挥所。正在指挥所里的毛泽东听到了歌声，十分感兴趣，问身边的陈毅："哎，这是谁在唱歌？唱得这么好听？"

陈毅已经十分熟悉曾子贞的歌声，告诉他说："兴国来的山歌大王哩，叫曾子贞。"

"山歌大王，好好，唱得真好！"毛泽东连声赞赏。经过一段时间，毛泽东对兴国山歌有了新的认识：唱山歌，这可是火线上最好的思想政治工作。立即向陈毅建议说："兴国山歌很好听，又能随编随唱，不但要鼓励这位山歌大王多唱，还可以编些歌，组织兴国的山歌队到各个前沿阵地去唱，到各个地方去唱。"

毛主席的话正对陈毅的思路。

陈毅趁热打铁，赶紧对曾子贞的行动给予表扬，将毛主席的指示传达到部队及地方政府。

山歌大王曾子贞成为火线上第一名红军女山歌手。曾子贞是个争强好胜的性格，受到表扬，工作更积极。不久，她率领一些妹子，穿起了军装，成立了红军山歌队。

红军山歌队，过着战士一样的生活，不管刮风下雨，命令一下就要出发去各地慰问红军。

吃饭没有菜，饭也吃不饱，天寒没有衣服，晚上睡祠堂庙角也不嫌苦，只要一唱起山歌来，就欢欢喜喜，好像山歌能够抗饿、御寒、解乏似的。

在宣传工具十分贫乏的情况下，山歌队却越唱名气越大。

三、她唱山歌成了明星，有一次，一个人唱歌扩红一个连的新兵

1931 年，曾子贞等人调配到兴国独立团开展宣传工作。

　　这期间，她结识了一个传奇式的人物。此人名叫吕德贤，在兴国县革命史上大名鼎鼎，人们称其为中国的"夏伯阳"。

　　吕德贤是兴国早期革命鼎龙暴动的领导人，兴国县革命斗争的开拓者，时为兴国县独立团的团长。他中等身材，双目锐利，上唇蓄八字胡，下唇留一撮须，身穿广装褂，腰佩两支手枪。吕德贤既善骑马飞奔，又善疾走快跑，会左右开弓两只手打枪，是中央苏区有名的神枪手。

　　吕德贤不但枪打得准，人也生得白白净净，高高大大，一表人才，是当地红军中有名的美男子。不仅如此，吕德贤还天生一口好歌才。他的编唱能力强，看见什么就能够编什么唱什么，张口就来，闲时经常与曾子贞一块切磋如何编歌、对歌、斗歌。渐渐地，曾子贞口中的性歌也都变成了革命新歌。

　　有一次，队伍驻扎在一个叫筲箕窝的地方，吕德贤与曾子贞歇在一棵大树下编歌。

　　这时，一个名叫番薯婆、长得五大三粗的女人，手里拿着一根棍子，骂骂咧咧，追打着比她小4岁的小老公。那小老公才15岁，人虽灵活，却跑不赢番薯婆，逃来逃去，眼瞅着没法逃了，小老公就闪动灵敏的身子，围着大树打圈圈，逗得一圈看热闹的人哈哈大笑。

　　曾子贞在一旁见了，觉得影响不好，顺口就唱：

> 哎呀嘞——
> 大嫂管家要注意，肚里有气不要急，
> 小孩总会做错事，耐心教育讲道理。

　　大家一听又哈哈大笑。那番薯婆听了，用力横了曾子贞一眼。

　　有人就解释说，那个小孩不是她的小孩，而是她的小老公。曾子贞听了，就觉得有些尴尬，吕德贤哈哈笑完，立即接唱了起来。

> 哎呀嘞——
> 大嫂大嫂息口气，男女平等成夫妻，
> 以强欺弱都不对，有事商量多情义。

这一唱，番薯婆不好意思再追打小老公，把手中的棍子一扔，又用力剜了曾子贞、吕德贤一眼，气呼呼地走了。

那小老公累得气喘吁吁，这才坐下来歇息。听了大家的调笑，他也跟着嘻嘻嘻地乐。

谁知，队伍离开筲箕窝时，竟多了一个人。原来，那个挨打的小老公，执意不当小老公，要当小红军。就这样，曾子贞、吕德贤唱山歌，顺便就扩了一个红。

吕德贤有一件黑呢子大衣，当时是十分稀奇的宝贝了。天气冷披在身上，又挡风又威风，晚上睡觉当被子很御寒，这是他的心爱之物，别人只可摸不可借。不过，有时曾子贞很冷，还真借来穿、盖过几回。后来，这件黑呢子大衣在一次战斗中丢失了。

那一天，独立团一支队攀山越岭，前往高兴乡的箬坑村。吕德贤与曾子贞一路走，一路唱着山歌。

远远地，对面山上下来一支军队，队伍前面也打着一面红旗。曾子贞眼睛尖，看见那支队伍的服装与红军不一样，就说：

"团长，前面来了白军。"

吕团长说："你看错了，那是红军，不是白军。"

又走近了一段，前面来的果然是白军。

吕团长命令部队立即撤退，白军顺势就追了过来。人多路窄，队伍跑不快，情况陡然变得紧急。吕德贤、曾子贞因为开始走在队伍前面，一撤退就走在队伍后面了。

吕德贤穿一件呢子大衣，磕磕绊绊。

曾子贞见势不妙，叫起来："团长，牺牲大衣吧！"

吕德贤说："好。"曾子贞就帮他脱下大衣，丢在路边。

追来的白军一见那么好的呢子大衣，就扑过去抢大衣。吕团长见机一声令下，红军一起卧倒，一阵排枪，白军丢下几具尸体落荒而逃。红军倒转来追赶白军，那件大衣却从此遗失了。

因为有情才有山歌，情感是山歌的内在生命。

吕德贤是一个多么好的山歌手呀，共同的战斗、歌涯中，一点一点，他提高了曾子贞编歌的本领，与曾子贞建立了深厚的感情。

1932 年 5 月 19 日，吕德贤被诬为 AB 团，一夜间就没有了，终年 38 岁。吕德贤之死，是曾子贞心中永远唱不出的苦痛之歌。

山歌，是有灵魂的。唱山歌最痛快，也最痛苦，因为山歌也饱含热血和泪水。

曾子贞最难忘记的是第三次反"围剿"在老营盘战场的故事。

老营盘即古老的营盘，是太平天国曾经屯兵、打仗的营地。距兴国县城约 20 公里，此地山势险峻，易守难攻，是兵家必争之地。红军曾多次集结大批部队在此与白军作生死决战。

临行前夜，嫂子便过来，左嘱咐右叮咛，要曾子贞带两双草鞋，一竹筒罐腌菜炒辣椒鱼干子。

曾子贞一到老营盘，就去寻找、看望哥哥。哥哥的部队也在老营盘战场上参加战斗。

在战场上突然相见，兴奋异常，兄妹俩拉着手，互相诉说家里的情况及别后的经历。

曾子贞把嫂子捎带的草鞋、腌菜炒辣椒鱼干子，一一交给哥哥。

哥哥立即打开竹筒罐盖子，用黑乎乎的手拈了一块鱼干子入口，见妹妹羞自己，就又拈了一块鱼干子喂到妹妹嘴里。二人嚼着鱼干子，相觑一笑……有多少话要说呀，话还没说完，战斗就开始了，哥哥叫妹妹快回到安全地带去，他挥手笑着说：

"妹妹，你唱山歌唱得真好听，等一下你唱大点声音，我们大家都喜欢听你唱山歌！"

"好，我用力地唱山歌，给你们鼓劲，你们要勇敢作战啊！"

那天在战场上，曾子贞唱了许多山歌，红军也打了一个大胜仗。

打完仗，妹妹就去找哥哥，一个军营一个军营地问，怎么也找不到哥哥了。

一位老乡告诉她："你哥哥打仗很勇敢，不过，他被打死了！"

刹那间，天昏地暗，妹妹不相信自己的耳朵，不就是几个小时前的事吗，兄妹俩还笑着说话，话还没有说完呢。

泪水像河水般流下来。她趔趔趄趄，攀上山坡，跌跌撞撞，在一片片尸体中寻找。

哥哥的尸体上有几处窟窿，身体浸透了血水，已变得面目全非，是背袋里的竹筒罐、腌菜、草鞋证实了他的身份。

当天晚上，在庆祝胜利的大会上，唯独不见曾子贞的影子。战士们交头接耳，议论纷纷，晚会快结束时，战士们终于忍无可忍，左边一个战士立起来叫"曾子贞——"，右边两三个战士立起来喊"曾子贞"，就像发射出信号弹，站起来的战士越来越多。顷刻，成千上万的战士全部站起来了，叫喊声便成为排山倒海的浪潮。

"曾子贞，曾子贞——"

演出已经无法进行下去了，搞不好要出乱子。

万般无奈，领导只好向战士们诉以实情：曾子贞不在舞台上，她没回来吃晚饭，至今仍在后山送哥哥。

"曾子贞，曾子贞。"激动的战士们只闻其名，未见其人，听不清或不听那些解释。他们一定要见曾子贞——这位心仪已久的明星。

正当领导不知所措时，曾子贞突然回来，出现在舞台上。才半天，她似乎已瘦了一圈，眼睛红肿，一身风尘仆仆的军装上血迹斑斑。她弯腰，毕恭毕敬，向战士们敬了一个礼，掌声便雷鸣般响起。

"哥哥牺牲了，我刚刚掩埋了他的尸体。我的哥哥倒下了，你们全场的战士都是我的哥哥弟弟。"

沙哑着嗓子，曾子贞叙述了白天与哥哥相见的情形："哥哥，哥哥，你不是要听妹妹唱山歌吗，妹妹现在就唱给你听……"

她边讲边哭边唱：

> 哥哥死了妹来埋，一身血迹润心怀，
> 一笔仇恨不忘掉，连夜唱歌我登台。

沙哑的嗓音在夜空飘荡。在几盏雪亮的汽灯、马灯辉映下，曾子贞泪水涟涟，似一串串银珠滴落。唱着唱着，她失声痛哭起来……

台上台下一片唏嘘，老营盘夜风呜咽，号啕不息，那是个泪流成河之夜。

哪里打仗，山歌队就被调往哪里。与战争相处久了，曾子贞锻炼得从容不迫。数十年后还有人讲她的笑话，说她叫男人往她裙子下躲的故事。

那是 1932 年初，部队前往于都县围攻马鞍石上堡的土匪，消灭张修贤的靖卫团。

当时，白军的武器要数飞机最厉害，每次打仗都炸死不少红军。红军只知道飞机厉害，还不太懂飞机的道理，对其有点谈虎色变。

那天行军，来了一架白军的飞机，有位新参加战斗的同志胆怯，吓得要命，缩头乱钻，到处找地方躲避，却找不到，曾子贞见了又好笑又好气，就喊：

"喂，怕死的男子汉，躲到我的裙围下面来吧！"

一说完，大家都哈哈大笑，那位同志也跟着嘿嘿嘿笑，不好意思再躲了。其实，那是白军的运输机，不会丢炸弹。

在战争中，兴国山歌不但鼓舞红军的斗志，也确实起到了瓦解白军的作用。

1931 年春夏，国民党 60 师、61 师侵占了兴国县。

由于苏区人民坚壁清野，弄得白军被围困在城里，有钱买不到蔬菜、粮食，常常挨饿，完全靠飞机空投。有了粮食又缺少蔬菜，小股白军就偷偷出城来抢劫。

有一天，驻县城的白军劳排长率一班士兵，武装涉过潋江河出县城，到对岸的邯武、长冈一带抢粮食、蔬菜。

不料，他们刚要踏进村庄，就被曾子贞的山歌队发现了。一曲曲山歌，劈头盖脸地砸了过来。

> 白军官兵要听清，切莫来打自家人，
> 放下武器来归降，确保生命得安宁。
> 白军官兵要听清，欢迎你们投红军，
> 投红以后好待遇，红军说话唔骗人。
> 白军官兵要听清，由你投诚唔投诚，
> 你会投诚很欢迎，你唔投降唔留情。

听到这一阵阵山歌声，白军进退两难。进则怕遇上红军游击队打排枪，退则回城要挨长官的臭骂。因为他们折腾了半天，连根鸡毛都没有找到一根，谷壳也没有找到一颗。

又困又乏，白军们索性坐在树荫下歇息听山歌。

哎呀嘞——白军士兵好可怜，衫裤烂了没人连（补），

日里饿了没茶饭，想起父母夜难眠……

他们都是广东兵，熟悉客家口音。听着、想着，思念家中的老小，不由自主地都动了感情，一个个长吁短叹起来。

突然，劳排长一摔手："他妈的，反正回去也是死，走——"竟然带领着一班兄弟投奔了红军。

说到红军的政治攻心，前线的白军长官对唱山歌是恨之又恨。

1931年夏，国民党占领兴国后，一个白军团长，派部下专门捕捉红军的女山歌队员，他在兴国的牛坑塘亲自指挥杀害了毛伲俚等十来个女山歌手。

举世闻名的宁都兵暴胜利后，兴国县组织了一支声势浩大的慰劳队去瑞金、石城慰问，慰问品很多，光生猪就有100多头。红军山歌队去了23人，其中有谢昌宝、钟梅生等人，由于路远，大家是骑马去的。

临行前，领导单独叫开她们，悄悄地叮嘱：

"你们姑娘人家要小心一点，五军团是刚刚从白军那边改编过来，还有点军阀的野蛮习气，没有红军那么规矩，看见了妹崽子，抱住就走……"

姑娘们一听吓得要命，都说："既然这样，那我们就不去慰劳他们了。"那领导赶紧说，慰劳还是要慰劳，能注意的尽量注意一下，注意不到也没有办法，打仗还会有牺牲呢。

唱山歌也是打仗。没办法，她们带着牺牲的精神准备去了瑞金、石城。

宁都兵暴，国民党26路军1万多人，组成了红五军团，驻扎在石城秋溪整编。

红五军团都是北方人，身材高大，武器装备好，威风凛凛，当地群众戏称他们为"北牯佬"。

"北牯佬"也很喜欢看山歌队的演出。他们看戏与当地人不同。当地人看得高兴时，会站起来打吆喝叫喊喝彩；他们看戏，看得高兴时习惯鼓掌，声音很大，雷鸣一般。

初始，姑娘们看见"北牯佬"来了，心里就忐忐忑忑，可见人家"北牯佬"说话和悦，行为文明得很，也就放心了。

从石城回来又到瑞金，那里也有部分"北牯佬"。山歌队住在瑞金一个叫官仓下的祠堂里，前后共演出20多天才返回兴国。从来没有发生过"北牯佬"抱女人的事情。

后来，曾子贞还挂了省委巡视员的职务，带山歌队多次去那里演唱、慰问过。

有些歌曲，曾子贞一生都记得。

> 哎呀嘞——我们兴国模范县，扩大红军都自愿；
>
> 妇女学会犁耙田，二犁三耙都做到……

在采访中，曾子贞说："蔡畅大姐当时是江西省委的部长，也分管妇女工作，听了我唱歌，喜欢得很，跑到后台来，把我抱起来打旋。她的年纪比我大，跟我们很有话说，聊个不停。说到女人生孩子生不出，她说可以剖腹产。我们不懂什么是剖腹产，她解释说是医生用刀把女人的肚子破开来，取出小孩后再缝回去，就像补衣服那样缝补肚皮。当时我们都不相信，蔡大姐就撩起衣服把她开刀的伤痕给我们看。我们果然看到一条用针线缝补过的痕迹，大家想不透都不吭声，还是半信半疑。"

曾子贞唱山歌有两个最佳"搭档"。

其中一个名叫谢昌宝。谢昌宝个子不高，脸上有点麻子，一化装就看不见麻，漂亮得很。他口齿伶俐，擅长演说，煽动性特别强，唱起歌来就像小河流水，从来不嘶哑嗓子。他与曾子贞一上台常常下不了台，一支歌接一支歌地唱。

那天，二人在陈家祠堂的台上又被"粘"住了，唱山歌唱了一夜，天快亮了，战士们、群众们还不让他们下台。

在红军、群众心目中，曾子贞与谢昌宝的山歌对唱是最好听的节目。所以经常点名，要他们到前线去唱。一次，战斗正打得激烈，曾子贞与谢昌宝来到了火线，一见红军这边已经很有些吃紧，二人亮开嗓子就唱起了山歌。

> 炮火声来军号声，
> 打只山歌红军听，
> 快与敌人决死战，
> 十万草鞋送你们。

> 军号声来炮火声，
> 大举进攻已到临，
> 捏紧铁拳去粉碎，
> 军民一心杀敌人。

他们忘情地唱啊唱啊，谁知，这次唱山歌却不灵了。白军越打越多，越打越猛，继而发动了大规模的反冲锋。

曾子贞、谢昌宝冒着敌人的炮火，仍然唱啊唱啊。忽然，听得一阵刮风般的声音，几梭机枪子弹横扫过来。曾子贞觉得脸上、脖颈上一阵热乎乎地烫，顺手一摸，满头满脸是红的血白的脑浆。

"哇，我受伤了。"她活动了一下，手、脚还能动弹，再一看旁边，歌伴谢昌宝的脑袋开了花，倒在地上像小鸡一般抽搐着往土里钻，然后一动不动了。

红军吃了败仗，曾子贞一连几天都不开声。

战争中，牺牲与失败都是很正常的事，过几天她又唱起来了。第五次反"围剿"时，红军的兵员已经很枯竭了，征兵征到了难处。有的年青人去当红军就提条件，特别点名要曾子贞给他们唱山歌，他才肯爽快去当兵。

几十年后，曾子贞还记得："澄塘的李顺达等人就是这样。还有我的小弟弟也是这样。小弟弟刚结婚不久，舍不得新娘子，上级动员他当红军，他说要听姐姐唱山歌才去。我从外地慰劳回来，特地给他们唱歌。听了山歌，他们果然去了当红军。在我的歌声中，不知有多少人去当了红军，我的4个兄弟，都先后去当红军了，4个人，一去不复返，去了就再也没有任何音讯。"

那一次，她一个人扩红扩了一个连的新兵。

四、白军来了，她成了两边的仇人，躲在黑暗里生活

1933 年 11 月中旬，第二次全国苏维埃代表大会前夕，毛泽东为准备大会讲稿特意去长冈乡作调查。

哎呀嘞——
茶子开花满山香，
高山打锣响四方。
十字街口搭歌台，
同志哥，
赛出了兴国山歌王。

毛泽东带着秘书谢觉哉，警卫员陈昌奉、吴吉清一行数人，牵着马匹，驮着铺盖，暮宿朝行，行了 3 天，一路说说笑笑，来到兴国敛江河边。刚在古樟树下的渡口歇脚，贴着江面就飘来一支悠扬的山歌。大家噤声听歌，直到渡船靠岸。

船上下来一群姑娘，嘻嘻哈哈地跳上岸。谢觉哉兴致盎然地上前招呼："同志嫂，请问你们哪个是山歌大王？"

姑娘们又是一阵嘻嘻哈哈，推出了一位瓜子脸的秀丽姑娘，说："她，她就是山歌比赛第一名的山歌大王，名叫曾子贞。"

曾子贞站在谢觉哉面前，腼腆一笑，美丽的脸庞显出一对酒窝。她拢了拢乌黑的头发，亮开嗓子唱了起来。

哎呀嘞——
兴国山歌年久长，山满歌来歌满乡。
婴儿落地歌当奶，肚子饿了歌当粮；
有了病痛歌当药，唱歌当得人参汤；
郎恋老妹歌做媒，一路山歌是嫁妆；
兴国是个山歌国，哪个敢称山歌王？

谢觉哉刚到中央苏区不久，屡屡听到人们传唱兴国山歌，如今听到真传，乐不可支，连连啧叹："哎呀呀，这下总算听到了原汁原味的兴国山歌，果然名不虚传，名不虚传。"

几年耳闻目睹，毛泽东对兴国山歌感情颇深，情不自禁地说："唱起歌来像画眉子叫，难怪她们称你是山歌大王。"

毛泽东没有认出曾子贞，曾子贞却认出了毛泽东，她记得原先毛泽东对兴国山歌有误解的事，就故意唱道：

> 哎呀嘞——
> 山歌不是考声音，全靠革命感情深。
> 宣传扩红支前线，山歌大王找上门；
> 讲事实来摆道理，一首山歌一个兵。
> 山歌唱了半个月，同志哥，送走新兵一连人。

毛泽东哈哈大笑："好哇，山歌大王真有本事，用山歌做宣传，一下子就扩大了一个连的红军！"

曾子贞说："扩大一个连的红军没有假，表面上是我唱歌的本事，实际上是乡里干部平时工作做得好，关心群众周到，工作方法灵活，让当红军的人没有顾虑，放心去当红军，上前线打白狗子，保卫苏区，保卫土地革命果实。"

"你看看，你看看，"谢觉哉兴奋不已，"这位山歌大王确实不简单，唱得好听，说得比唱得还更好听，有当政治部主任的水平。"

毛泽东问："请问同志嫂，你们是哪个乡的？"

曾子贞："上社区长冈乡。"

毛泽东暗暗叫绝，真个是：来得早，不如来得巧，打瞌睡碰上了枕头。他不露声色地说："山歌大王，你说乡干部工作做得好，能不能用山歌唱出来？"

"这个有什么难。"曾子贞张口就唱：

> 哎呀嘞——
> 花篮里选花朵朵好，乡干部做事真周到：

动员妇女学犁耙，打破封建旧礼教；

优待军属搞代耕，帮助建房捐木料。

群众说共产党真正好，什么事情都替我想到了！

组织扫盲识字班，办起列宁小学校。

度夏荒，济米来；生了病，送草药；

油盐柴米都过问，样样事情都操劳。

报答干部一片心，当红军真心实意把国保……

毛泽东问："山歌大王，你唱的可都是真的事？"

曾子贞答："鼻子底下有嘴，不信你可以去问问。"

"好，"毛泽东道，"我们就是来问问的。"

"哎，"一位姑娘警惕起来了，问，"请问，你们几个同志哪里来的？"

陈昌奉抢着答："我们是瑞……"

毛泽东接过话头："我们是累了，能不能带我们去长冈乡休息一下？"

"要休息很方便，"那姑娘盯紧不放，"你们到底是哪个部门的？"

毛泽东："我们是《红色中华》报社的。报纸登了好多表扬兴国、长冈的文章，有的人不太相信，我们特地来查访、核实一下。"

"要核实也容易，我来带你们去吧。"曾子贞拦住那个姑娘的盘问，故意不揭穿其中奥妙，又跳到船上。

过河几里，远远地几个青年妇女在犁田，毛泽东一行看见挺奇怪，按赣南风俗，女子是不能下田的。这里的女子怎么下田，竟然还操犁呢？问："妇女犁田，人家不会笑话？"

曾子贞也不答话，朝田间喊："玉英姐，有人问你事。"

李玉英"吁——"一声，把牛吆住，过来答话："开始，女人犁田不但会有人笑，而且会指着后背骂，说妇娘子犁田遭雷打，播种不发芽。我们才不怕呢。晚上，几个人偷偷地到河边沙滩上学犁耙，犁头都打坏了好几个。现在，我们女子代耕队，天天为红军家属犁田，也不见雷公打哪个。"

人们都和着她笑了起来。毛泽东笑着问："你们代耕一亩田，要多少工钱？"

"要什么钱哟。"李玉英说，"红军在前线打仗，我们帮人家做点事还会收钱？连茶饭都是各人自己带得来。"

153

　　一行人进了村，来到火叉塘屋场，迎面一幢新房子。路过新屋时，毛泽东发现，新屋的梁椽间夹有火烧的旧料，驻足观看。屋主马海荣就说："不久前失火，烧了一间半屋。乡互济会救济我六吊钱，大家帮工、捐木料、捐砖瓦，几天工夫又把房子盖起来了。"

　　毛泽东边看屋子边问："有没有村干部来帮忙？"

　　马海荣笑容可掬："乡干部都来了，村干部更来了，村干部做了工都回自己家里吃饭。你看，那根大梁是村代表主任捐的，他会做木匠，量了尺寸，做好了扛过来直接上梁。"

　　隔壁不远，邻居是军属刘长秀，家里贴了好几张立功喜报。毛泽东等人就进屋去看，问刘长秀："当红军立功的是你家什么人呀？"

　　刘长秀一边端凳，一边答："一个是我老公，在一军团；一个是我儿子，在三军团。"

　　谢觉哉竖起大拇指："呱呱叫，呱呱叫，父子双双立大功！"

　　曾子贞趁机说："我山歌里唱的事，有几件是这家的。长秀婶，你把政府关心你们家的事讲给上面来的同志听一下……"

　　毛泽东边问边记，不久，写下了著名的《长冈乡调查》一文。毛泽东号召："每个乡苏维埃都要学习长冈乡的文化教育工作！"1934年1月27日，在"二苏大"会上，毛泽东赞扬说，"兴国的同志们创造了第一等的工作，值得我们称赞他们为模范工作者"，并发出号召"要造成几千个长冈乡，几十个兴国县"。

　　长冈乡的名气越来越大，兴国山歌越传越远。

　　日也唱，夜也唱。那些日子，山歌成为曾子贞生命的全部。她在山歌中咀嚼过悲痛，也在山歌中品尝了爱情和欢乐。

　　就像今日的明星，山歌大王曾子贞身边也有不少追星族。

　　有一个崇拜者，名叫赖明山。赖明山是个复员的红军伤兵。赖明山很年轻，比曾子贞还小两岁，是个打矮炉子的小铁匠。所谓打矮炉子的铁匠，就是那种挑着炉子四处游走，上户串门寻活干的铁匠。赖明山出生贫苦家庭，自小没有文化，却最喜欢听山歌，也喜欢唱山歌。

　　赖明山特别喜欢听曾子贞唱山歌，听得入迷，经常挑着矮炉子跟着红军山歌队这山转那山走。

　　到一个新地方，白天，他吆喝着打铁；晚上，占一个位子听歌看戏。有时，山歌队人手不够就到后台去，找机会上前，帮一把手或者帮一下腔。

　　当过红军，又不是外人。大家对他也像队里人看待，唤来唤去支使他。他叫唱就唱，叫演就演，一来二去，越唱越好，就能够顶一个角色唱山歌。

　　一个人，真正投注感情唱歌，歌声是会感动人的。

　　虽然，赖明山的声音不洪亮，但歌声很富有感情，给人一种特别的震撼。谢昌宝在战场上被打死后，赖明山丢掉了小矮炉子，正式成了曾子贞唱山歌的第二个搭档。

　　两个人都是全身心投入地唱山歌，唱来唱去，唱出了爱情。

　　1934年，二人唱成了一对山歌夫妻。

　　红军长征离开兴国的时候，曾子贞带着山歌队的同志在五塘桥头搭台子，流着泪水，唱了三天《十送红军》等歌曲。嗓子唱哑了，嘴巴唱出了血。

　　　　新做斗笠圆叮当，送给哥哥上前方，
　　　　保佑哥哥打胜仗；打败敌人回家乡。

　　　　送郎送到笤箕窝，眼睛流泪嘴唱歌，
　　　　愿郎革命革到底；等你十年不算多！

　　一步一流泪，三步一回头。朝夕相处的红军兄弟，一队队开走，她们唱着唱着，就唱不下去。红军战士也是无限眷恋，泪眼汪汪……

　　以后的日子里，千百次地，曾子贞回忆这送别的场面：只见红军千千万万列队而去，翘首盼望，却不见几人能够走回来……

　　红军长征离开兴国后，日子就苦了。曾子贞夫妻跟着县委打游击。当时，她已怀孕8个月，整天挺着个大肚子，在山上转悠，步履一天比一天艰难。

　　寒冬腊月，滴水成冰。

　　在均村乡大山上，一个无遮无拦的山洞里，曾子贞生下了一个女儿，取名荷英。

　　天寒地冻，衣衫单薄，冻得牙齿打架。可是，荒山上，除了呼啸的北风什么也没有。有一位游击队员，寻找了一天终于找到了一箩筐砻糠，他把砻糠撒在曾子贞和婴儿身上御寒。砻糠又怎么能够御寒呢！不几天，荷英就被冻死了。

坐月子，连饭也没得吃。每天，跟着游击队们一起吃野菜苦熬，硬撑着跟游击队翻山越岭转移。有一次，在桥头岗遇见了打游击的曾山。曾山当时是江西省委代理书记，领导全省的对敌斗争，但他们也没饭吃，没衣穿，斗争十分艰苦。

1935 年春，曾子贞等人在兴国县方太乡的方山岭休整时，整座山都被白军包围了。她与赖明山，还有一个叫柏翠的女干部，一起突围下山。

辗转的山道上，一伙白军冲上来，首先抓住了曾子贞。

"喂，你是红军吧？"

当时，曾子贞手里牵着一个男孩子。她连忙随机应变地说："我一个女人家，哪里是什么红军，我是一个富农婆，被逼得逃上山来的。"

白军就放掉了曾子贞，一会儿，又抓住赖明山，问他是不是红军。赖明山如顺口说自己是富农也就没事。可他太老实，说话不会转弯子，竟然说："是。"就被白军抓起来关进了监狱。

赖明山在监狱里，做了两个月的苦力才回家。

赖明山是个大老实人，他可以成为一个很好的山歌手，却不能成为一个很好的革命者。

提到赖明山，曾子贞说："老实人，就该老老实实地过活，没有那个本事，就不要去惹麻烦。"

出狱后平静了一年。就有一个人来叫赖明山去做地下党的工作。不久，那人叛变，把赖明山供出去，又被国民党抓到高兴乡的竹篙山集中营，打得皮开肉绽，差点儿送命。

好不容易，熬过那段流血的日子。"文化大革命"，赖明山又成了叛徒，被揪斗，整得死去活来，一辈子吃尽了苦头。

红军北上后，曾子贞夫妻像没娘的孩子一样，感觉低人一等。因为她原先到处唱歌，名气太大，认识她的人不知有多少，随时都可能有灾祸降临。

那段日子是曾子贞生命中最黑暗的时光。由于白军的搜捕，曾子贞有四五年不敢上街抛头露面。后来，风声不紧了，曾子贞曾悄悄地上过一次街。

她来到县城筲箕窝，这原是红军送兵的地方。

睹物思情，正怀念红军，冷不防，有个摆盐摊子的女人窜出来，一把揪住曾子贞的头发扭打起来。

原来，此人就是番薯婆，她的小老公被曾子贞唱歌扩了红。

番薯婆一边揪打，还一边哭骂："打死你去，打死你去。就是你，宣传我的老公去当红军，弄得我现在当寡妇婆，弄得我的小孩没有爸爸……"

此女人是个有名的泼辣婆，曾子贞挣扎着要走脱，不意，又有几个妇女闻声扑过来扭打曾子贞，有的用手指拧，有的用指甲掐，有的用牙齿咬。番薯婆脱下鞋子用鞋底打她的脸。片刻间，打得她鼻青脸肿，鲜血直流……

当街受辱给曾子贞带来极大的刺激。伴随着尖叫声，那拼命的掐、拧、咬凝聚多少暗怨、凤恨呀！如果是白军，或者地主还乡团打骂自己，理所当然，完全可以理解。但，却偏偏是自家姐妹、红军家属，用发自心灵深处的怨恨殴打自己，要与自己拼命。

无意之中，自己竟成了两边的仇人。

那些个无尽的朝朝暮暮，曾子贞生活在黑暗之中，时时反省自己的革命生涯：

一方面，曾子贞认为自己没有错。为了革命，她不但先后把自己的两个丈夫送上前线，还把自己四个兄弟都动员上前线，他们全部英勇牺牲。作为一个女人家，自己还拼命上前线，虽然没有阵亡（那是白军的炮火没有瞄准自己），但是，自己至今仍在承受着较大的牺牲。

另一方面，曾子贞又觉得，自己确实给别人带来了悲剧和痛苦。正是因为自己的动员，人家的丈夫才告妻别子，毅然走上前线，最后牺牲，留下了一群孤儿寡妇，在水深火热中挣扎。

所有射向她的目光都带着棘刺——充满了哀怨、责备、仇恨。

她陷入一种无法避免的凶残之中。在那社会现状的压迫下，她绝望了。一切希望都荡然无存，她心间唯有无声的山歌。

1937年10月3日，国共合作，陈毅从赣州往南昌谈判，途经兴国。曾子贞与陈毅见面，痛哭流涕，叙述了自己的不幸。陈毅告诉她："不管有多少艰难险阻，要相信革命一定会成功。"

默默地坚持，默默地等待。

由于沉重的内疚感压迫着，从此以后，曾子贞再也不敢上街了。担惊受怕，每天以泪洗面；提心吊胆，像老鼠一样活在黑暗里。

五、她的山歌唱进了北京，唱进了中南海怀仁堂

新中国成立初期，当年的红军陆续回乡，带回来一批又一批消息：某某人牺牲了，某某人当了大官，某某人……兴国县，经常洋溢着欢喜的泪水，也到处流淌着失声的痛哭。

那是些大喜大悲的日子。

当年的红军回来了，曾子贞重新获得自由和快乐。她从隐居的山村出来，终于又能放声歌唱。

似一只脱笼的百灵鸟，曾子贞一天到晚不停地唱呵唱呵。她的歌声在县广播站经常播放，并被省广播电台请去录音，成为中国音乐家协会会员。

1953年，当年的首席红军女歌手——曾子贞被选到北京去唱山歌。

穿一件赣南客家的石扣蓝大面襟衫，曾子贞来到省会南昌集中。一到南昌，组织上马上给她换了一套时髦的新衣服。曾子贞出席了全国民间文艺会演，受到了与会音乐家们的高度评价。会后，曾子贞等人还被专门请到中南海怀仁堂里，演唱兴国山歌。

站在昔日皇帝的宫殿里，曾子贞感受到一生最大的荣誉。面对一大片中央首长和老红军，她不由得悲喜交集热泪盈眶。这是曾子贞一生中最幸福的时刻，50岁的曾子贞，用凝聚了一生的深情纵声放歌。当时正是抗美援朝时期，她唱道：

哎呀嘞——
中国人民志愿军，联合朝鲜人民军；
打倒走狗李承晚，拥护将军金日成，最后胜利属人民。

每唱完一段，台下就鼓掌。

如此亲切，如此熟悉的歌声，漫卷着赣南的山岚，携带着昔日硝烟。

台下，那些曾经在中央苏区战斗过的老革命们，思绪又回到戎马倥偬的年

月。当时的中央最高领导毛泽东主席、朱德总司令、刘少奇主席、周恩来总理等人，都观赏了这次演出。那动人的兴国山歌，令领袖们激动不已，他们眼噙泪花，一个劲地鼓掌。

演出结束，中央领导们接见了曾子贞等人，与他们一一握手。

六、山歌是她生命中的火焰

新中国成立后，在审干运动中，也有人对曾子贞的历史提出怀疑。为此，曾子贞又寻了陈毅，当年的山歌大王在陈毅脑海里还是有印象的，他亲自写了书面证明材料，使其免遭新一轮磨难。

陈毅证明还她公正。后来，她担任了兴国县城关镇副镇长。

"文革"期间，她一方面是红军山歌手，受过毛泽东等国家领导人接见；一方面又是走资派、叛徒的老婆，不可避免地要遭受种种冲击。

1968年，曾子贞退休。

她与孙子住在一起，颐养天年。每天，步行在潋江河边的菜市场，与二道贩子讨价还价，买菜、做饭、带孩子、散步。没事，也经常与愁苦零仃的番薯婆，与鳏寡孤独的烈属们，凑在一起，一把鼻涕一把泪地怀念亡灵；也常见到当年唱山歌扩红扩到的红军战士，如今做了将军，威风凛凛地荣归故里……

山歌是她生命中的火焰，也使她发出耀眼之光。回想起那火红的年代，恍如隔世，便生发出对人生的无限感叹。

1992年中秋节这天，子孙们团聚一堂，为曾子贞做了九十大寿。1993年元月1日，距春节仅21天。90岁高龄的曾子贞老人，告别了她钟情一生的兴国山歌，静静地病故在兴国县城。

被卖 5 次的女"中执"委员

一、毛泽东拿过一支毛笔，一笔一画教她写字

银盘似的月亮，如天灯挂在树梢，很大很亮。月光投在地上，像蒙了一层翳，那字迹却不甚明显。

她点燃一根篾子火，插在地上，地上的字迹一下子清晰起来。火光摇曳，"黄长娇"三个字，歪歪扭扭，伸胳膊缩腿，像在跳舞。

"毛主席说这是我的名字。写好了，就能当红色的'小知识分子'；写不好，就永远是睁眼瞎。"

她握着一根小棍，嘴里念念有词，一笔一画，又拙笨地在地上画。画得那么专注，那么投入，满心要当个红色"小知"的劲头势不可当。

说来，真是毛泽东主席一笔一画教她写字，鼓励她学文化，当个红色的"小知识分子"。

可别小看黄长娇，虽然才 23 岁，却身居要职。不久前，她出席了第二次全国苏维埃代表大会，并当选为中华苏维埃共和国第二届中央执行委员会委员，兼任中央工农检察委员会委员。

普通人眼里，黄长娇，一个年少的靓妹子，当了大官哩！

二、长征出发时被留下，她被告知怀孕 3 个月了

黄长娇，是作为江西省工人代表参加"二苏大"的。

严格说，她一天也没有进过工厂做工。不过，她确实又是自小打工，这种"打工"的苦相比那种"做工"的苦，有过之而无不及。

1911 年，她出生在赣县田村一户雇农的茅棚里。家里没有一寸土地，父母靠为地主铲茶山做长工糊口。为了减少一张吃饭的口，黄长娇从小就被抱养出去，给一户姓林的人家做童养媳。

婆家也苦不堪言，让 13 岁的她到地主家打工。洗衣、做饭，干了 3 年，只糊了一张嘴，没有得到半分工钱。

16 岁的黄长娇长得高高大大，觉得继续给地主白干划不来，就跟着父亲回家。

田村是个大镇，主产稻米，但河流较小，交通不便，粮食运出，食盐、日用品运入，全靠肩挑手提。农闲时，许多农民就出来挑担，用脚力换点盐钱，天长日久，镇子里就有了一帮专业挑夫。

挑担虽苦，但一天能赚几毛钱，是作田收入的 10 倍。反正做什么都脱不了苦，人生就是吃苦的，黄长娇一咬牙，干起了挑夫。天下大苦，赚钱的事，再苦再累，也有人愿干，挑肩担的人愈来愈多，脚力钱下跌，市面物价却上涨。为了活命，她还是整日整月去挑。

3 年挑担，历尽坎坷，她吃尽苦头，也增长了不少见识。

担重、肩痛、路远，过了一山又一山，无边的山岭无边的苦难。那么长的路，挑夫们就爱说些下流话打发时间。一个妹子夹在众挑夫间，十分惹眼。她总是埋头疾走，有时整天一言不发。毕竟肩膀还嫩，有时跟不上阵。这时，就有一位姓赖的大哥，有意无意停下脚，在不远处等她。

原来，大革命失败后，共产党员逃避乡村，隐蔽活动。挑夫中，也混有共产党员，赖大哥就是一个。长途跋涉中，他常找人聊天，困难时帮人一把，团结了不少人，建立了地下党组织。

1928 年，黄长娇加入少年共产主义青年团，生活中有了信仰，不显山不露水，秘密参加了党的地下工作。

1929 年，红军来到了赣县。共产党领导群众打土豪，分田地，她一家分到了土地，伸直了腰杆。

红军天天开会，宣传革命道理。当时她 19 岁，3 年的挑担生活，走南闯北，添了不少胆。地下党团组织公开身份，带领群众造反，她同男人一起，打土豪分田地。呼呼喊喊，劲头十足！

没有文化，道理懂得不多。但黄长娇爱说，懂一点就到处去说，影响也不小。

乡里人胆小，被长期的苦难浸得木呆呆，特别缺少敢出头、会宣传的妇女干部。很快，黄长娇调到江西省妇委工作。

江西省妇女部部长蔡畅，待人和蔼，平易近人，特别善于在实践中培养干部。黄长娇奉调不久，进步很快，入了党。介绍人是李富春、蔡畅。

1933 年 3 月间，黄长娇被调到江西省总工会，担任了女工部部长。这年冬天，她出席了全省职工代表大会。这次大会的目的之一，就是筹备召开全国职工代表大会。黄长娇又当选为代表，出席了全国职工代表大会。翌年 1 月，她以江西省工人代表的身份出席"二苏大"。"二苏大"的中央执行委员会委员 175 人，妇女委员不到 10 人，她则是其中之一。

"二苏大"，是在沙洲坝新茶亭新建的中央大礼堂召开。会后，黄长娇兼了中央工农检察委员会委员，就留在工农检察委员会工作。

检察委员会办公地就设在沙洲坝的新茶亭，距离苏维埃中央的住地很近，工作、生活在一起。各部门人员，来来往往，日日与共和国的首脑们见面。不久，黄长娇熟识了毛泽东。那时，毛泽东已失去对红军的指挥权，专职从事政府工作，对人态度特别和蔼。

工农检察委员会的主席是项英，主要工作是检察、处理各地的案子。有一次，委员会里派黄长娇、朱招娣二人去于都县巡视。临行前一天，她去办事，又见到了毛泽东，毛泽东便前来与她握手，听说黄长娇要去于都巡视，热情地招呼她到自己办公室坐一坐。得知她是第一次去于都，第一次巡视，便主动地介绍于都县的一些情况，详细地交代工作方法。

"去之前，把要办的事记在一个本子上，分清主次前后，一样一样办好。办的过程中，遇到什么情况，存在什么问题，也要记在本子上，回来就能一样一样汇报，不至于遗漏什么。时间久了，本子上记的东西多了，也可以找到工作中的规律性……"

说了许久，见黄长娇坐着发痴，他就问："怎么样，小黄，有什么困难呀？"

"我是穷苦出身，从小当挑夫，只认得扁担，不认得字。"黄长娇说，"我们田村，都是地主家的人才学文化。贫雇农民都不学文化。"

"二苏大"的中央执行委员会委员175人，都是资深的老革命，绝大部分文化很高，有许多还到国外留学。真正一字不识的，也许仅黄长娇一个。

毛泽东笑了："没有文化，就要学嘛！地主学文化是为了剥削，穷人学文化是为了革命，文化越高越好，要争取做个红色知识分子……"

"红色知识分子？"黄长娇说，"我连自己名字都不认识，还能学什么呢？"

"不要紧，我们的工农干部，大部分都没有文化或者文化不高。只要有决心，有恒心，就能学得到文化。你就从写自己的名字开始吧！"说着，他从桌上拿过一张纸和一支毛笔，一笔一画，端端正正地写给她看。"黄长娇"三个字就摆在她面前了。

"这就是你的名字。"毛泽东把纸递给她。

黄长娇左看右看，觉得很有意思，兴趣高涨，赶紧把纸张收起来，连说："谢谢，谢谢，我今天回去就开始学写字。不懂的字，我就来问你。"

毛泽东很高兴，握着她的手说："学文化，不要不好意思，学好文化，要做到两条：一要多问，二要不怕条件差。现在条件差点，将来就会好的……"

揣着自己的名字，黄长娇很高兴，平生第一次对一张纸有了感情。不时掏出来看一看，看着看着，就拿根树枝在地上比画。花了九牛二虎之力，却总画得不直，不像。这时，旁边探出个人头来，是检察部的同事朱招娣。她看了一会儿，莫名其妙地说："黄长娇，你老在地上写你的名字干什么？"

黄长娇一听，乐得跳起来："啊，我会写自己的名字了。"

一晃数月，黄长娇从于都回到瑞金，已是6月初夏。她连忙跑到毛泽东办公室，演示自己的识字成果。几个月来，她不但会写自己的名字，而且还会写"毛泽东""红色知识分子""苏维埃""工农检察部""中央人民政府"等。黄长娇还汇报了几个月中奔走于赣县、兴国、于都等地农村，在于都检察一桩贪污案的情况。

毛泽东仔细地听着，然后说："你们经常做巡视工作，一要态度好，二要方法对头，多发动群众。群众发动起来，什么事情都好办。你们到基层不光是去处理群众控告的案件，还可以顺便了解土地法、劳动法、婚姻法等各种法令执行情况。"

谈完了话，毛泽东一直把黄长娇送到院子外面。院外一棵巨大的古樟下，有几匹马低着头在吃草。毛泽东说："你一个女同志经常下乡，有时一天要走100多里，应该配一匹马，我来帮你说说。"

说说也就是说说，配马的事，黄长娇没在意。

过了不久，她与同事邓兴国结了婚。邓兴国是兴国人，也是中央政府工作人员。婚礼进行得既隆重又简单，在新茶亭的中央大礼堂搞了个茶话会，毛泽东、项英等许多中央政府的领导人都来参加，说了些祝贺的话。

那时结婚，没有什么度蜜月之说，第二天去下乡，没想到，管理处的人叫她去领马，毛泽东说话算数，果然拨了一匹马来给她。

下乡回来，又是几月，人们行色匆匆，一副撤退的架势。

前线形势不好，红军准备大转移了。项英征求黄长娇的去留意见，她立即要求随主力红军走，那时，大家都想随主力转移。

红军一批一批出发了。

因为黄长娇身体好，当过挑夫，善挑善走，正合适长征，上级决定让她随卫生部队行动，路上可挑可扛，帮医师帮护士都行，有什么干什么。出发头一天，她高兴地去检查身体，回来后，立即收拾好行装。第二天，分到各部门的同志陆续走光了，剩她一人一边在地上画字，一边等人来通知。左等右等等不来人，正等得心急火燎时，有个同志小跑着赶来。

黄长娇将木棍一扔，背上背包，迎了上去："快走吧，我等半天了，队伍是不是早都出发了？"

那人却说："黄长娇，领导喊你不要去了。"

"做什么不要我去？"黄长娇十分惊奇。

"说是你怀了孕，已经3个月了。"

三、挨饿受冻，身怀六甲仍奔走突围坚持游击

"轰——"头上如同炸了个响雷，黄长娇顿时呆若木鸡。

沙洲坝四周静悄悄，没有一个人，所有的机关人员几天前都撤光了。留下坚持地方斗争的中央分局，早已转移，不知去向。

　　许久，她才醒悟：丈夫随红军主力走了，不知道自己怀孕，更不知道自己留下。

　　事情来得太突兀，上级领导既没对自己的留下作个安排指示，也没有交代与地方组织如何联系。

　　枪炮声，雷阵般在远方响起，白军的队伍正迅速向瑞金推进。

　　再不走，只能是坐以待毙。走，又往哪里走呢？！

　　她拎着背包，背包里没有一分钱，只有几双草鞋，是给红军打的，只好自己穿上，赶往邻近的部队驻地，希望能遇上还没离去的队伍。可是，瑞金变成了"真空"，所有部队无影无踪。院子门口倒是坐着两个女同志，一问，也是临时留下的。其中一人怀抱小孩，还带着个保姆。

　　怎么办？三人面面相觑。走，肯定要走。

　　去哪里？去找留下的红军。去哪里找？武夷山。

　　三个人都知道，武夷山脉有地方红军，但是，武夷山脉那么大，横跨两省，怎么找呢？商量的结果是向瑞金与福建长汀的交界地寻找。

　　白军已经占领瑞金，白色恐怖四处笼罩。几个邂逅的女人装扮成走娘家的样子，懵懵懂懂，向武夷山走去。

　　方向是清楚，但谁也不认识路，她们进入错综复杂的山道。逶迤连绵的武夷山，山高峰峻，古木参天。为了躲避敌人，几个女人白天不敢走，只好晚上走，大路不敢走就走小路，走着走着，无路可走，攀着树枝藤葛往山上爬。山道有时在高耸的岩石形成窄小的峡谷中蜿蜒，有时穿过连土匪和樵夫都足迹罕至的崎岖陡峭的山谷，时而看见一群猴子警惕地呼喊着。黄长娇过去挑担时熟悉猴子，就作猴鸣，一答一问，倒很聊得来。

　　渴了喝山泉，饿了吃野果，像猴子一样生活，没有野果就干饿着。因为不认识路，也无所谓迷路不迷路。有一回，走得实在走不动，就地歇息，白日一看：吓一跳，大家竟然睡在一座孤峰悬崖旁，白云悠悠，一不小心摔下去就会粉身碎骨。找来找去，无路可走，没有下山的路。从原路退回，试了几次，谁都不敢走。偏偏那小孩又屙了一泡屎，臭气熏天。捱到晚上，山雾漫上来，月亮白蒙蒙，看不清危险，她们才小心翼翼顺原路下山。

　　没头没脑，转了几天，大家的体力在无形的拼搏中消耗光了。一个个饿得头昏眼花，躺在地上出大气。一阵樵歌传来，黄长娇挣扎着爬起，向樵夫问路，这才找到了方向和路径。

又是数日猛走，她们到达福建省长汀县境。战争的消息不少，不过，这边没听说什么红军，倒是听说：有一个还乡团大刀会，正张着网捕人。凡是没有路条、证明者，格杀勿论。当然，对付女人，大刀会还有更加残酷、卑鄙下流的办法。

三个女人听见，惊出一身冷汗，赶紧扭头，跌跌爬爬往回走。

数日后，回到了瑞金县武阳区江下村，她们听着远方的枪声直打颤。没有主见，没有核心的团体只会添乱。三个女人一合计：这么乱闯也不行，目标太大，还是分散行动吧。三人分手，各奔西东，永无再见。

去哪里呢？

黄长娇坐下来静思，往日的辉煌恍若隔世。离开了政权，自己什么也不是。家也不能回，回去干什么？自己什么也不会，还挑担子？担子也挑不成了，家里还积着一堆仇恨，地主富农会要自己的命。无路可走，还得找红军。听说，白竹寨那边还是红区，黄长娇晓居夜行往那边赶。四五天后，来到白竹寨一看，嘿，真是老天不负有心人。不但游击队在此，特委书记赖昌祚，以及瑞金县委会也在这里。

许多都是熟人，她向地方党汇报情况后，县委任命她担任白竹寨区委书记。过了一段时间，妊娠反应渐大，她又改任区委组织部部长，率领一支游击队与敌人周旋。

很快，白竹寨成为白军的"清剿"重点。

几万白军上山，把安海乡几百里绵延的大山围住，开始拉网式地"清剿"游击队。

白军虽有几万，在苍苍茫茫的大山林里，又算得了什么！"围剿"了一段时间，徒劳无益，白军遂改变战术为：围困和突袭。

围困，是较毒辣的一招。游击队在大山里，断粮一个多月后，连四周山地的野菜，以及能吃的树叶都吃光了，只得派人到别的山谷去采野菜、树叶。野菜、树叶很难吃，吃后肚子又胀又痛，脸庞浮肿，脸色发黄发青，然后就发病，病人日愈多，病情日愈重，游击队的战斗力日愈下降。

突袭，有盲目性，但因为是以逸待劳，且有大概的方向，也给游击队造成诸多麻烦。只要发现对面的山岭似乎有炊烟，白军就用机枪扫射，并发射炮弹。枪炮弹不断地飞溅，游击队隐居的溪畔、崖洞四周常常发生爆炸，弹片及溅起的石片落在身边。敌人白天射击，晚上则放火烧山。火借风势，四下蔓延，顿时，游击队藏身之处变成了火焰山，大火把溪水都烧得发烫。病人被烧倒在地乱爬乱抓，嗷嗷乱叫。

白军的围困和突袭逐渐奏效。

区委书记邱许堂开始动摇，觉得长期下去一定会苦死。游击队中引发争论，邱许堂等一部分人，为了强调理由，用了当时流行的说法：我们像这样拖下去，壮的会拖瘦，瘦的会拖病，病的会拖死。大敌当前，在山上硬拼只有死路一条，下山是为了分散目标，保存革命实力，是为了长远的利益。

黄长娇等人坚决反对下山，认为此时盲目下山，就是对革命丧失信心，就是投降、叛变。

争论不休，各执一词。结果，游击队一分为二，大部分人随邱许堂下山。黄长娇带着另一部分人立即转移，突破敌人的包围圈。

不久，邱许堂等人果然投敌自首。

白军通过叛变者的供词，掌握了游击队的情况后，派出几支精锐部队，天天盯着游击队，前堵后打，把游击队搞得七零八散，黄长娇身边只剩下3个人。

经过这一段折腾，吃没吃，喝没喝，黄长娇的身体更加虚弱。那天，她行走时冷汗淋淋，头昏目眩，好不容易捱到休息，她身体软若无骨，倒在地上就难以支撑起来了。

这时，敌人的枪声响了，她一激灵，求生的本能支撑着她勉强站起来，又领着队员们奔走。走着走着，肚子一阵剧痛，眼睛一黑，她跌倒在地，同志们便抬起她走。过了一会，她醒转来，耳畔是越来越近的枪声。为了抬她，本身已气力不济的同志，好似背负生壳爬行的蜗牛。黄长娇鼻子发酸，心似火烧，立即做了一个决定。她摔脱同志们的手，说："你们快走吧，不要管我。"

"我们不能丢下你不管，要死，也死在一起。"

"为我一个人死，有什么价值呢！"黄长娇急得嚷嚷，"我代表党，命令你们快走！"那几人终于流着热泪撤离了。

枪声越响越近，隐隐传来白军的吆喝。黄长娇四面观察了一下地形，身旁有一条小溪，就顺势往小溪里一滚。真是天无绝人之路，溪畔竟有一个岩洞，她缩身往岩洞里一挤，肚子一阵剧痛又昏了过去。

不知过了多久，她被一阵枪声搅醒。白军就站在她头顶上不远处，一边乱咋呼，一边向四下开枪射击，子弹嗖嗖地落到溪水里，溅起一串串水花。折腾了一个多小时，白军终于咋咋呼呼收兵，回营交差去了。

暮色降临，又饥又渴的黄长娇拽了一把树叶塞入口里，却咽不下去，挣扎着爬到溪边喝了一肚子水。这时，北风呼号，她鹑衣百结且早已浸湿，在北风中像流苏般飘荡，一丝一丝，抽走了身上的所有热量。她真想那么躺着不要起来。

肚子里的孩子拳打脚踢，又在抗议了。顽强的求生欲催促她继续爬行。上路了，沿着同志们走去的路爬行。不知道从哪里来，不知道要去哪里，但却要爬行，爬行才有希望。

上山、下山、又上山。

肚子里的小生命不停地在呐喊，在催促。衰竭之中的黄长娇会顿生一股力量。

第6天，天刚蒙蒙亮，她爬上了一座高高的山峰。呼哧呼哧，吃了一肚子树叶、野菜，吃得难受极了。靠着一块岩石四处眺望，透过云海，在茫茫绿海之中，竟看到了两座茅屋。黄长娇心中一阵狂喜，犹如溺水之人看到了一块救生的木板。她不顾一切，向这块木板奋力走去。

大林莽中，无路无沿，她朝着那个方向跌跌撞撞地挪过去。望山跑死马，好不容易到了那山坡上，对着茅屋看了许久，就是无力下去。也顾不得那么多了，她眼睛一闭，顺着山坡往下滚，滚着滚着，就失去了知觉。

睁开眼睛，身子已到了山下。周围围着几个人，一个个衣衫褴褛的样子，一看就知道是游击队。

"你是谁？"其中一个游击队员问。

她又四下看了看，确信他们是刘国兴的游击队。答："我叫黄长娇，是白竹区委会的组织部长。"

"你认识谁呢？"

"我认识刘国兴同志。"

果然，刘国兴一会儿就来了。他招呼大家把黄长娇扶到屋里，关心地询问情况。同志们手忙脚乱地给她熬姜汤喝，又煮了一碗山药水，还给她吃了一碗米饭。重回了人间，吃到了久违的米饭，她激动得泪水长流，把自己知道的情况介绍了一遍。

根据上级指示，为了开展深入持久的游击战争，游击队决定安排一些人到群众中去，进行党的地下工作，考虑到黄长娇重孕在身，党组织决定，把她安排在安治乡下新塘村。1935 年 5 月，她平安地生下了一个男孩。

四、儿子吹子弹壳发出哨音，从另一条路引开白军

地下党的工作逐步发展，如同游击队的眼睛。在地下党组织配合下，游击队杀了 10 多个伪保长，打掉了几个伪联保办事处，杀了 8 个联保办事处主任，闹得安治乡连保长都没人敢当。

安治这一带成为白军的"清剿"重点，实行移民并村，把许多偏僻、分散的小村的村民拆散，移并到另几个大村后，警戒更严，村民不能擅自上山，否则作通匪论处。白军蓄意把游击队困死、饿死在山上。

可还是没人敢当保长啊。联保办事处头天发的催捐公事，转了一个大圈，第二天又送回了办事处。新联保主任上蹿下跳，急得抓耳挠腮。

并村后，人多村子更大，原桃阳区区委书记刘辉山，也并过来了。黄长娇假作串门，把刘辉山、罗家和等党员组织起来，成立了党支部，与游击队保持联系。上级党组织决定：乘机派刘辉山、罗家和等同志，出头担任"红色保长"。

联保办事处的"公事"有人接了，党的地下活动更加频繁。

正是青黄不接时，游击队又没吃的了。群众家里也是瓜菜代，聚不了多少粮食。要粮，只有保仓里有。保仓是积谷防饥，各家各户凑的公益粮，保仓委员却大都是地主担任。明要是要不到，只能暗取。大村子人多眼杂，不敢动，小村子粮少不济事，他们瞄准了竹山坑的保仓。

那天晚上，月黑风高，竹山坑保仓突然失火，火焰熊熊，把保仓的屋梁烧塌。

翌日一早，地主刘玉洪派人向保长刘辉山报告：竹山坑保仓失火。

刘辉山立即派人向联保主任报告。联保主任在保长刘辉山陪同下，亲自带着几个兵丁前往察看。保仓只剩下四堵墙壁，屋当中余火未烬，用棍子拨一拨，烧焦的谷壳噼啪作响。

联保主任大怒，追查责任，将地主刘玉洪按"失责处理"，赔偿全部粮食。刘玉洪吓得面如土色，跪地求饶，才将赔偿额降为30担稻谷。

80担谷子，也只能解决一时之饥。不久，山上游击队又断了粮，病号增多，频频送来催粮的信讯。

黄长娇是挨过饿、饿怕了的人。她接到情报，十分焦急，立即召开了秘密支部会。

运送粮食，支援游击队是老话题。游击队有百十号人，粮送少了不够吃，送多了会被发现。商量了许久，有了一个办法：集体砍柴。

翌日，刘辉山带几个村民，去向驻守的白军提出要求：柴火烧光了，要上山砍柴。

白军一听，果然答应了。提了两个条件：一是砍的柴草交一半给白军，因为他们也没有柴火烧了。二是要派兵"保护"大家，大家不要乱跑。

砍柴的队伍熙熙攘攘上山了。人人都带一根作扁担的竹竿，大部分群众的竹竿内部凿空了，装着大米、咸菜、白盐。

到了深山，大家分散砍柴，便把物资倒入草丛中早已预备的缸内。明修栈道，暗度陈仓。就这样，一条秘密运输线畅通了。

时间长久，事情终于露出马脚。一次，几个村民去砍柴，有个竹竿口未塞紧，漏出了几把米，就被白军发现了。白军追问他们是不是送给游击队的，并把全村人抓起来，一个个威胁拷问。问到一个妇女，鞭子、老虎凳一拍，把她的尿都吓出来了，招供说："这个事，要问黄长娇才知道。"

黄长娇被捕入狱，她寄居的人家被抄，房子被烧。作为外地人，黄长娇先前被捕过两次，因为没有什么证据，拷打一番即放了。这次，证据确凿，插翅难逃。审问几天没有结果，由刽子手动刑，先是灌辣椒水。

黄长娇自小爱吃辣椒，家里只有辣椒拌饭、辣椒打汤，是个辣椒王，饥渴了几天，一看辣椒水来了，心想正好。她张开喉咙，任辣椒水咕嘟咕嘟往肚子里去，一大壶辣椒水，竟只灌了个半饱，味道不错，缺点盐，跟辣椒汤也差不多。

折腾了一阵，打手们喘息着，等着看她的反应。

她却没有什么反应，连声咳嗽都没打。扭动脖子，看看地上还有一壶，便说："再来，有本事，你给我再来一壶辣椒水。"

旁边一个小官模样的见了，气得要命，说："再灌再灌，不信就辣不死她！"

于是，黄长娇又喝了一壶辣椒水，这下过了瘾，肚子胀胀的也有点饱。她眼睛四下瞄了瞄，没有了，不知隔壁屋里可有，说："还有没有辣椒水，再来一壶！"

那口气，像是叫跑堂的点菜似的。

小官一听，操一条竹鞭朝她劈头盖脸打去，打得他自己喘不过气为止。

"上，你上。"那小官满头大汗，叫刽子手动手。刽子手拿来一把点燃的蚊香，一根一根用蚊香烧她。因为她被捆得太结实，全身早已麻木，挨打，火烧，并不觉痛，所以，脸上没有痛色。几个白军却都捂着鼻子，受不了那浓浓的人肉焦糊味。

那小官忍不住，疯了似的跳起来，握着一把大刀向黄长娇狠狠砍去。咯——刀刃卡在她左肩膀骨头上，顿时，皮开肉绽，血流如注，后来缝了 30 多针，刀疤达 14 寸长，她竟是毫无感觉，平静无碍，直至昏死过去。

严刑拷打，对她来说，简直是瞎子点灯白费蜡，倒把白军自己累得够呛。

刽子手什么人物没见过，还从没见过这种受刑者，此后，对她也懒得用刑了。

三天后，白军小官又传她过堂："你坐过三次牢了，你的情况我们全部清楚，政府决定对你宽大为怀，既往不咎。只要你请 4 个保人来，今天就可以放你回去。"

"请保人，我一个外地人，去哪里请保人？"黄长娇知道，白军是想在保人问题上找突破，一口拒绝。

那小官抓了抓头皮，皱了皱眉说："找不到就算了，那你回去吧！"

黄长娇牵着小孩回家，拐弯时一回头，后面有个人，鬼鬼祟祟，在远处一闪。夜里，屋周围老是传来狗吠，她从梦中惊醒，以为游击队来接头，悄悄潜出屋子，却又了无声息，这时她明白了白军是在放长线钓大鱼。心里十分着急，怕游击队不明真相，踏入陷阱。她想：不能与刘辉山等党员联系，也不能让游击队来和自己联系。自己的身份暴露，还在村子里搞"地下"工作不可能了。

数日后，瞅准个没人监视的机会，她带着孩子悄悄离村，又一次投奔游击队。

游击队的处境更加艰难，经常被白军撵得像野兔一样，满山乱跑。

有一次，游击小队又被敌人追赶了一天，游击队员们没吃没喝，体质下降，眼看跑不脱了。为了掩护战友，黄长娇准备牺牲自己，提出带小孩走另外一条路引开白军。战友们死活不答应，她走哪条路，队员们也走哪条路。敌人的咋呼声时时传来，游击队面临全军覆灭的危险。又来到一条岔路口，黄长娇走在前面，告诉儿子来玩捉迷藏，要他向小路跑去。儿子信以为真，果然用力跑了过去，游击队则走向另一条山径。

矍矍矍——儿子吹响了唯一的玩具，那个子弹壳，发出尖啸的哨音。

黄长娇的心揪起来，泪水流满面颊。

矍矍矍的哨音变得急促，突然，传来儿子的喊叫："妈妈，我在这里——"

"妈妈，我在这里——"儿子的呼喊夹杂在枪声中渐渐变得焦急，充满绝望，揪人心魄地在山谷里回响……

一钩残月，遍野寒霜，脱险的游击队员们入睡了。黄长娇在月色中，磕磕撞撞原路返回，在路边一条小溪畔，她寻找到儿子的尸体。

皎皎月光下，小小尸体洗得特别白洁，可爱的儿子脸上凝固着惊愕，手中仍紧紧握着那只弹壳。

五、被卖 5 次，5 次逃跑，革命信念不动摇

"西安事变"后，在项英、陈毅的领导下，瑞金游击队开始下山，与国民党当局谈判。1937 年底，汀瑞游击支队在瑞金石水湾点验，改番号为"汀瑞边抗日游击支队"。后奉命开往福建省龙岩的白土，正式编入新四军第 2 支队 3 团 2 营。

黄长娇等不适宜随军者，又一次留在瑞金，坚持地下党的工作。实际上，她的身份早已公开，无法隐蔽，游击队开拔不久，她在武阳区再次被捕入狱。

那时，国共合作，国民党再以"共匪"的名义治其罪，摆不上桌面，何况，游击队大大方方地开往了抗日前线。但天高皇帝远，乡村里抓人，从来就管不得那么多理由。

她被关押在联保主任刘立生家做工，实际上成了一名不花钱的保姆。

武阳区有一个姓王的农户，农闲时上山打猎，是个独臂猎人，常到圩上卖猎物。

联保主任刘立生，患有偏头痛的毛病，医生给他一个方子，需要活猫头鹰作药引子。活猫头鹰哪那么好找，他就找王猎户帮忙，一连吃了人家 16 个活猫头鹰。他吃人家的猫头鹰，却不愿给钱。

王猎人收不着钱，一点办法没有，但他不再去捕猫头鹰总行吧。

刘主任的头痛病又犯了。只有再去求王猎人帮忙，王猎人还会再帮他的忙么？当联保主任的人，自有调整情感的法子。他上门不谈猫头鹰，先给王猎人做媒。

一说到讨老婆，王猎人脸上由阴转晴，再谈下去，便有几分笑意。

王猎人年近 40 尚未婚娶。在联保主任家，他见过王长娇，高高大大，是副很会生育的相，不免喜出望外，一口答应。那 16 个活猫头鹰也不要钱了，又四处张罗，倒借了一笔钱，送给刘主任作"保费"，把黄长娇保回家。

杉皮墙壁杉皮瓦，尖尖的屋脊，倒映在水草飘舞的小溪。王猎人的家在大山深处，很美，也很穷，犹如另一个世界。

黄长娇是共产党的干部，岂能随便与人作妻，一连数日不上床。后见王猎人一贫如洗，确实是受苦人，人又老实，娶妻不易。花费那么多钱财，自己跟他斗，不肯嫁他，他将终生无妻，不就害了他？天下穷人是一家，穷不帮穷谁帮穷！想来想去，只得委屈自己将就与他生活。一年后，生了一个女儿。

那年冬，王猎人上山打猎还债，不意，让一群饿狼围困。经过殊死搏斗，他重伤逃回家中，医治无效，一命呜呼。第二年春，贫病交加，女儿也夭折了。

孤身一人的黄长娇经常以借赴圩为名，到各乡镇、县城，寻找地下党组织，党组织早被破坏，一次次心怀希望而去，一次次空余失望而归。

不久，她被另一个联保主任抓住，又卖了一回，给人作妻。一年后，又生了一个女孩，并在贫病交加中再次夭折。

1941 年皖南事变，国民党掀起了新的反共高潮。联保主任脑子一转，又把黄长娇作为共产党员抓了起来，拘在家里"服役"。

过了一个时期，国共合作的局面依然，刘主任又打主意拿黄长娇卖钱。武阳附近的人，大都知道底细，不易上当。刘立生便到偏远山区物色对象。

新塘村是武阳乡最偏僻的村庄，有个农户名叫陈殆兴，近 50 岁年纪，还没闻过女人味，听说有便宜女人，就借了几十块银洋作"保费"，娶黄长娇回家。

从此，黄长娇隐姓埋名，在大山深处耕作，日出而作，日落而息，过着与世隔绝的生活。这期间，别说学文化，即是先前识得的字也全部忘光了。在陈殆兴家，她先后生养了三个女儿，因生活困难，二女儿抱给别人作童养媳。

六、当了副县长，学会了跳舞，仍保持红色本质不变

山太高太深，隔断了天，解放的讯息隔了近一年才透进去。地方政府一直在寻找黄长娇，因其改名为王水秀，找了一年多，才把她从深山里找到。党组织认为，黄长娇在对敌斗争中坚强不屈，也有人认为：她嫁给穷人是可以，但一次次按敌人的安排去嫁，也是一种妥协。属于资产阶级、小资产阶级情调。

革命成功，唤醒了她对"红色小知"的久远梦想。黄长娇多次要求去学习。1951 年，她被派往北京，在中央党校学习 2 年。学习毕业，分配工作。本可留在北京，但想到一字不识的农民丈夫和望眼欲穿的 3 个孩子，她又志愿回到瑞金。

毕业于中央党校，可算圆了"红色小知识分子"的梦。从北京，她不仅带回来一张毕业证书，还带回来一点点属于女人的东西——半支口红，半瓶香水。爱美，这是女性本能，这本能却给她带来祸事。

她担任了瑞金县副县长，主管文教卫生工作。那一阵，赣州有外援项目，县里也接待外宾，就传染了跳舞的"毛病"。当时，在内地，跳舞算奢侈的活动。可是，国际形象十分重要，上级要求，不但要把舞跳好，还要尽量注意仪表。黄长娇身材高挑，正好与牛高马大的外国人配对跳舞。她就涂了口红，搽了香水。舞场上飘浮着一缕缕香味，许多人经过她身边，都情不自禁做深呼吸。渐渐地，有人私下议论，说她跳舞，还打扮，是典型的"红色小资"。

"红色小资"即红色的小资产阶级。流言蜚语传到黄长娇耳朵里，她警惕起来，知道"红色小资"搞不好会变成"白色小资"，所以首先要保持红色本质不变。为此，黄长娇特别注意严格要求自己，留下了两个故事。

她 40 来岁，当了副县长，仍把长她 20 多岁、年近 70 的农民丈夫陈殆兴从大山里接出来，扛着锄头尿勺种点小菜。陈殆兴是个地道的农民，长年劳作，背已有点弯曲，沟沟坎坎的皱纹，布满黝黑的老脸。二人坐行在一起，常被人错认为父女俩，闹出不少笑话、传说。对此，她毫不在乎并且暗暗高兴，认为：

革命者就是能够委屈自己。人生在世，吃苦头不是坏事，吃亏或许是好事。

黄长娇还有个弟弟，在赣县老家种田，生活很苦，多次到瑞金探亲。黄长娇当县官，要为其安排个工作，并不是难事。但她姐弟双方都没有那样做，其弟至今仍在赣县老家种田，过着十分艰苦的生活。非但是弟弟，黄长娇连自己的几个亲生女儿，也没有安排工作，到她离休后，一个女儿才自己报名进了县水泥厂，当了大集体编制的工人。

"文革"期间，她被打倒，定为走资本主义道路的当权派。有人搜查时看见口红、香水，认为是典型的小资产阶级情调。说她是小资产阶级，也有人看在她没有抛弃农民丈夫，没有以权谋私的事实上，认为其没有忘本，没有腐化堕落，仍属于"红色小资"。

随着运动深入，刷颜色与命名的游戏不断变化翻新，她由红色又转为白色，白色转为黑色，被命名为瑞金县的"三把大黑伞"之一。每次游街示众，"叛徒""特务""走资派"长长的队伍，打头的往往就是"三把大黑伞"。

所谓的"三把黑伞"，是指县长与两个副县长。其实，这三个县长却是一家人。

县长名叫刘辉山，即原地下党的区委书记，有名的"红色保长"。另一名丁副县长，也是老干部，现在二人均为黄长娇的儿女亲家。

"三把大黑伞"，挨打、批斗最多，伤情也最重。挨了打还不准服药。疼痛中想起，过去打游击时有的战友受伤，缺医少药，曾用过一个治伤的偏方：吃尿。于是，"三把大黑伞"便暗暗喝尿疗伤。

初时是吃童子尿。但有些伤痛吃童子尿不管用，就吃尿垢。当时，县里许多屋角门后，楼梯下面搁置一口大缸或尿桶，作为小便处。"三把大黑伞"便悄悄地去倒尿垢吃。所谓尿垢，即将一缸尿水倒去，沉底的那点浓渣，当地人又叫尿膏。三个人不知"偷"吃了多少尿垢。

伤势重、吃尿膏最多的是刘辉山。有一次他想不开，在菜地里劳动时对黄长娇说："死了算了，以死来证明自己历史的清白。"

面对冤屈、死亡、历史和清白，她自有见解，神情自若地说："死，只能证明罪过。历史，是人写的，你不在了，他想怎么写就怎么写，什么罪过都往你头上套。命长才吃得饭久，活得越久说得越久，总有一天，什么都说得清楚！"

"是呵，我们不能死，一死就是畏罪自杀，一起搞地下工作的同志，就更讲不清楚，要牵连更多人受苦。"刘辉山到底是"红色保长"，过去，白色恐怖中受的苦少，如今命运让他重新补课，却也挺了过来。

挺过来了就是铁汉。

熬过"文革"最艰苦的日月，"红色小资"黄长娇离休在家，守着老街几间小屋，随儿子生活，默默度日。

细雨霏霏，1993年清明节前，黄长娇因心脏病住院，治疗数月，病情好转，出院。

那天，在家歇息，忽闻电视里哀声大作，屏幕上出现一位中央首长追悼会。追忆逝水年华，此公风华正茂，恰是当年并肩战友，中华苏维埃共和国，"二苏大"中央执行委员会委员，曾在一块开会，下乡调查……别来沧海事，思罢暮天钟。

夕阳斜辉，晚风拂面，追忆悼念中，她悲伤过度，竟乘一缕轻风悄悄地滑向了永远，终年84岁。

重然诺轻生死的"红军尼"

青樟庵是一座小有名气的尼姑庵，矗立在上犹县高高的青樟山上，那儿长年住着一位美丽的尼姑——弘菁法师。青樟庵，本是专住和尚的青樟寺，只因为弘菁法师来，念经做道场，后来又担任主持，人们才逐渐改叫青樟庵。

一、青樟山上来了一位面若桃花的红军学徒

墨绿转黛的红豆杉，钻天拂云，在那条山道旁，立有千年。

人们记得，1934年仲夏，低着头，羞羞答答，面若桃花的弘菁跟在慧远法师身后，伴随一副担架抬着重伤员踏进山门。原来，她是经慧远法师挑选，由红军派入青樟寺，向慧远法师学习秘传中草药。那年，她17岁。

那时，上犹县属中央苏区边缘，虽然建立了苏维埃政权，却经常受白军袭击、骚扰，战斗频频，红军时有伤亡。由于远离苏区中央，地方红军的后勤条件十分简陋，每个团只有一个卫生队，卫生队只有一二名医生，六七个卫生员。每次战斗后，都得请土郎中帮忙救护。医术高超的慧远法师也是经常被请来帮忙。

这种忙一帮，时间就不短。慧远法师年过76，医术虽高，精力不足，动作就迟缓，每次帮忙都累得腰酸背痛，龇牙咧嘴地呻吟。红军团长就有些不忍，说："不要急，慢慢干！"可是，伤员在流血，怎么慢得了呢。

"慧远法师，你能不能带个红军学徒？"有一天，红军团长与其商量："你年纪大了，带个徒弟可以减轻劳累，也免得一手医术失传。"见慧远没有吭声，

估计他在犹豫,团长知道他喜欢一个女卫生员,说过她有慧根,进而说,"徒弟的人选,就随便你在卫生队的女卫生员中挑。"

于是,弘菁成了慧远法师的关门弟子。不仅因为她年轻、漂亮、勤快,还因为她读过几年私塾,粗通文墨。

"去吧,好好学习,学习回来你就是红军的医官了。"团长当众握着她的手说。

四下投来一片羡慕的目光。她却有些惴惴不安:"可我,什么时候下山呢?"

大家一愣,团长立即说:"你自己不能随便下山,到时候,我们会来接你。"

"那……"她没敢问,这一带红白拉锯,红军流动性很大。到时候没来接呢?

团长猜到了她的心思,又强调补充了一句:"你放心,红军说话是作数的,迟早一定来接你。"后一句话,团长讲得很重。

二、我是红军,说话作数,那就要坚忍、付出

青樟山是一座古木参天的大山,终年云雾缭绕,流泉淙淙。青樟山是一座百草园,在慧远法师的手中,经过加工的百草能治百病,长年累月都有人沿着蜿蜒的山道,跋山涉水前来求医问药。

经慧远法师指点,她每日上山采药,加工药材,精心护理那位同来的重伤员……医术果然大长。

青樟寺地偏人稀,冷寂异常,日里夜里,几个人形影相吊。3个月一晃而过,战士逐渐痊愈,打点行程时,她竟然陡生几分恋恋不舍之情。不是有什么非分之想,确是山高、寺静、人稀。另外,一个年青女子久居寺院也极不方便。日日与慧远在一起,虽然是一老一少,一僧一俗,却也免不了几分戒备。

由于她的挽留,战士勉强留住了几天。简直是非人的冷寂,置人于死地的冷寂,战士对她说:"你放心,一回去我就报告团长,要他立即来接你回去,我还要同他一起来接你!"

多住了一周,那战士逃也似的离开了青樟山,泥牛入海般走得无影无踪,无讯无息。

日子更加单调、孤寂。寒来暑往,不知不觉,6个月过去了,8个月过去了,

1年过去了。有时，走着路，或干着活，她会突然停住，心有所系，向山下那条蜿蜒的山道张望。

有时，路上有个黑点，她会看着那黑点变成人一直走进寺院。有时，路上有个黑点，她会看着那黑点变成苍鹰插入蓝天……

她心里从发毛、发慌，转入了更遥遥无期的痴望。寺前那一围红豆杉下成了她静默眺望的地方。她把红豆作为记年数的物件，藏在内衣口袋，一颗、二颗、三颗……

约期已过，团长没有来接她，红军也杳无音讯。

19岁、20岁、21岁，她已经到了婚嫁的年龄，难道就这么等待下去？她越来越频繁地朝山下张望，望着望着，有时泪流满面，她会抱着树干拼命流泪，泪珠顺着树干一次次打湿地面。

"红军说话是作数的！"现在，接触了佛经，她已经明白"作数"另外的意思，就是坚忍、付出。自己是红军，要说话作数，那就要坚忍、付出！

三、慧远为她取法号"弘菁"，弘菁与红军谐音，香客都喊她红军法师

慧远医道高超的一个秘诀：采草药必须掐准季节，季节准了，草就是药，季节不准，药也是草。只要她愿意学，他就把自己的全部本事教给她。

有一天，他正给她讲一种草药，忽见她手拈药草，眼蕴泪水，心不在焉地望着山下。阿弥陀佛，教医术还需医心病，慧远停止讲述，长长地叹了一口气。

过去，他严禁她沾染佛事，为了拯救这个伶俐的女弟子，他决心破戒。

"这两本经书，你读一读。"当晚，慧远给她下了一剂心药，那是《金刚经》和《般若波罗密多心经》。他说："以后出道场人手不够，你也可以凑个角。"

从此，庙里有佛事，她就凑个角色，闲下来，就读读经书。她是有文化的人，口诵心读《般若波罗密多心经》《金刚经》，读着读着，就读进心里，目光一寸一寸从山下那条小道收了回来，变得不烦不躁，心定神闲。

慧远法师为她取法号"弘菁"。当地，弘菁与红军二字谐音。于是，知情不知情的居士、香客都喊她"红军"，或喊她红军法师、红军尼。从此，释弘菁成了慧远法师双重的徒弟，剃度后，着无领尼服，愈显得白嫩红艳、美丽绝伦。

四、生死历练中，她只是个秘而不宣的"红军尼"

这一年山下大旱，青黄不接，由弘菁作主，在寺外红豆杉下的道口搭了一个杉皮棚。平日里，弘菁师徒摆点草药，熬上几桶药茶，搞些小伤科，接济过往人等。山民也很朴实，常捎些米豆接济他们。

有一天，一个拄根竹棍的汉子路过，趔趔趄趄，走着走着，歪倒在地，不省人事。弘菁过去一看，汉子像是挂花身中子弹，他翻转过来，果然腰间有个枪窟窿。这时，慧远过来，指指那伤者头上的疱，说此人不是善类，拉了弘菁要走。弘菁不动。以往悄声细语的弘菁，竟然高诵阿弥陀佛，慧远一愣，索性由她了。

弘菁找来金枪药，替那人疗伤敷药，又撬开牙齿，灌了汤药。半支香后，那人才醒。弘菁递上一块番薯，那人也不道谢，反瞪她一眼，蹒跚而去。弘菁并不介意，只是高声一偈，看他走远。

也是这年立罢秋，山下大黄屋黄宗万家中拾金（客家人捡骨重葬的一种风俗），因为黄家从广东囤积海盐发了财，大肆张罗，要给先人厚柩重葬。

一个道士说：方有上好金木，大吉也；何为金木，红豆杉也！黄宗万信了，择日率众扑上青樟寺。

听得斧响，师徒丢了佛事，忙出来看。弘菁一下冲过去，把身子护住红豆杉。

黄家人下不得手，黄宗万要慧远作主，叫开弘菁。他没想到，慧远也铁了心，说："此乃神树，要伐此树，万万不可！施主，得过且过罢。"

黄宗万无奈，率人怏怏下山，却在半山上驻足，向手下人吩咐："天一黑，你们上去，刀也好火也罢，送他们归西。"

几个家人衔命而行，乘夜色撬开寺门，摸进屋里，要刀刃正在诵经的一僧一尼。不寻想，螳螂捕蝉黄雀在后，外边骤然枪响，火光四起。一班强人围了寺，生擒了几个黄家人。一个黄家人吓出了尿："不好不好，是邹疱佬来啦……"

其中一头上生疱的人，哈哈大笑："好双狗招子，认得我大疱佬！"

弘菁师徒这才明白，碰巧的事，过去救过的那人果然不是善良之辈，却是土匪头子邹疱佬。不善之辈有善举，反是他救了青樟寺。

匪类终归是匪类。把自家带上的酒菜吃了，邹疱佬一手扯了弘菁，啰唆了一大堆屁话，说什么兵荒马乱的，不如跟他去做山头花娘，吃香喝辣！

弘菁不冷不热，并不搭腔，听得烦了，把桌上的木鱼一敲，当当几声鼓响，师徒两人闭了双目，不慌不忙，接着诵经……

寺内外，一片死寂。

天亮一看，阒无人迹。

事实上，这件事并没完。传说，阴沟沉船，黄宗万不服，想到了入主赣南不久的"蒋太子"——蒋经国专员。

这个小老子可是天下出名，骂过大老子的人，手腕硬得很，不顾自己当过共产党，现在却一是励政，二是排共，何不借他之手，一箭双雕呢？！

于是，黄宗万找到会昌保安团主事的亲戚欧阳岗，要他上禀蒋专员，就说十万火急，青樟寺窝藏了一个"红军尼"，非得杀一儆百，以平乡患。

一个朗朗晴天，青樟山云雾缭绕。上犹县王县长在几条人枪的陪同下，确实气喘吁吁地爬上了青樟山顶峰，特意弯路进入了青樟寺。王县长嘱咐随行在寺外稍等，他要单独入寺烧一炷香，抽一支签。

随行警卫提醒他带上枪，王县长笑了笑："红军在北边，都国共合作了，用不着自己吓自己。"

寺内，青烟袅袅，弘菁正埋头帮两个山民拔火罐，对寺外的人嘶马蹄声充耳不闻。许久，一位穿长袍不戴礼帽的人徒步走了进来。两人照面，不由一愣。

王县长突然想起，"闹红"那年，村里出走、一去不返的表妹，望族人家，仍然唉声叹气的老舅……

弘菁并不这么想，一惊一乍之后，镇定下来。她知道她谁也不能认，她只是个秘而不宣的"红军尼"……

这一个时辰之内情，无从考究。几年后，年轻未婚的王县长积劳成疾，死于任上，连铁石心肠的蒋专员也扶柩大恸。记得这件事的随行警卫后来对人说，王县长从青樟寺走出来，脸色不太好，说："大家可以回去了，蒋专员那里我会交待。仅仅一个漂亮尼姑，什么共产党、'红军尼'，纯属刁民讹传！"

五、大限到来，她焚香沐浴，着红军装，坐化于青樟庵红豆杉下

慧远法师 90 岁圆寂。弥留之际，他一反常态要释弘菁下山还俗。释弘菁既

然姓释，只听信释迦牟尼。她想起了"作数"一词，摇摇头："阿弥陀佛，出家人不打诳语，我答应过团长，没人来接，不能下山。"

从此，高高的青樟寺佛事陡增，香火大旺。一日一日，早诵晚课，唱经唱得如歌如曲，如梦如幻，韵味深长。听她唱经，人们觉得迷迷惘惘，生命似风中飞雪，水底幻莲。

心无旁骛，一意向佛，久而久之，20多岁的释弘菁似60岁般心如止水。流年不漏痕迹，青灯黄卷中万物更替。

数年后，一场人瘟肆虐，死了不少人，也救了不少人。生老病死，纠纠缠缠，继而，世间兴破除迷信之风，善男信女断绝。粮草不继，无药疗饥，弘菁法师遂练"辟谷"功。一日，只觉头昏脑热，顿悟大限到来，焚香沐浴，着红军装，戴八角帽，手执11颗红豆，口占一偈："生是红军，死也红军，来日转世，法号红军。"言毕，百脉俱息，坐化于青樟庵红豆杉下。

越日，人们将其草草葬于青樟庵后，墓碑上刻着"红军尼"。"文革"期间，墓碑被铲除军字，模糊余得"红尼"二迹。

40 多年的"红军隐身人"

去红军长征出发地——江西于都县采访。县党史办副主任刘熙鹏，素不相识，一见面，就讲述起红军女战士华可英。她悲惨曲折、缠绵离奇的爱情故事，深深地打动了我。

于是，我的采访突然拐了一个急弯，转而追寻华可英。

一、参加"二苏大"，新婚燕尔的一对代表从此劳燕分飞

华可英，1909 年生于湖南省平江县，1932 年参加革命。

1933 年，华可英被调到湘鄂赣省团委工作。其时，苏维埃中央政府决定于1933 年 12 月 11 日（广州暴动纪念日），在赤色首都瑞金召集第二次全国苏维埃代表大会。湘鄂赣省苏维埃为了积极响应、筹备参预大会，进行了一系列紧张工作。同年 10 月，在全省第三次工农兵代表大会中，华可英当选为第二次全国苏维埃代表大会的代表，随同湘鄂赣代表团团长张金楼、副团长冷宇宙等 30 名代表，于 1934 年 1 月去瑞金，参加了第二次全国苏维埃代表大会。

这次大会，有来自全国各地苏维埃政府，以及红军、地方武装、白区等方面的 14 个代表团，正式代表 693 人，候补代表 83 人，此外还有台湾的代表，以及高丽（今朝鲜）、安南、爪哇等地来宾，以及旁听人员约 1500 人。会议于1934 年 1 月 21 日至 2 月 1 日，在中华苏维埃共和国临时中央政府的红都——瑞金沙洲坝召开。

会期安排紧张，食宿条件艰苦，代表们挤睡在农户家，地上铺些稻草就是床。但是，因为人多热闹、新鲜，人们除讨论会议内容，还能听中央的情况和各地苏区的消息，觉得很有意思。

白军的第五次"围剿"，时紧时缓地进行着，战火硝烟始终笼罩着这次大会。大会第9天，"因得紧急敌情消息"，蒋介石镇压了福建事变后，将兵分三路，向苏区大举进攻。会议改变了议程，主席团立即提议"大会会期缩短5天，以使代表早些回去动员群众对付敌人"。

由于军情变化，会议闭幕后，许多代表已无法回去。战争需要人手，正可就地消化代表，华可英被分配到中央反帝拥苏大同盟工作。湘鄂赣省代表团副团长冷宇宙，则留在中央检察委员会工作。

华可英与冷宇宙原来就熟识，羁留他乡，人地两生，平日常凑在一块聊天、思念家乡，渐渐地产生了爱情。1934年5月间，两人在瑞金县苏维埃政府登记结婚。

反帝拥苏大同盟是继工会、贫农团之后，与合作社、革命互济会、女工农妇代表会、儿童团陆续成立的群众团体。反帝拥苏大同盟的架子搭起来了，却无法正常开展实际活动，华可英就协助做第五次反"围剿"的工作。

不料，白军的第五次"围剿"，越反"剿"得越厉害，一直"剿"到身边来了。

红军主力被迫实行战略转移，离开了中央苏区。华可英、冷宇宙却都留在中央苏区，坚持打游击。

1935年二三月间，刚刚怀孕的华可英，在于都县小溪区参加了区上的游击队，出没在小溪一带的山林间，日行夜宿，活动甚为频繁。

也许是太年轻，也许是惊慌失措。虽然知道形势紧张，但对命运并没有思考。万没想到，没有任何告别，没有任何安排，连话都没有说一句，新婚燕尔的一对从此劳燕分飞。冷宇宙随独立团突然跳到外县打游击战，这一分手就是数十年，竟成永远不能重圆的破镜。

1935年春末夏初，国民党军队在于都山区大肆搜山，如篦头发一般在山上篦来篦去。战斗中，华可英所在的游击队伤亡巨大，人员四分五散。

华可英在丛山密林中独自闯荡了一个月，或许是一个半月甚至更长的时间，她已经记不清。在那些黑白颠倒的日子里，白天躲在山上，晚上悄悄活动，穿棘蓬，钻山洞，以竹笋、草根充饥，根本尝不到油盐味，她坚持着野人般的生活，希望能找到组织、战友。

一天，在山林中遇到一个姓杨的女同志，瑞金人，她在此地工作过，比较熟悉地形。二人聊了各自的遭遇，分析眼前形势，认为主力部队已经走远。她建议华可英渡过于都河，继续寻找。第二天，又遇见了游击队的同伴陈某某等 7 人。9 个人相见又惊又喜，聚在一起聊了许久，谁也没有吃的东西，就地采了些野菜、菇菌，煮熟了果腹。

饱尝饥饿折磨的滋味，大家知道，像这样在山上待着并非长久之计。大家很快统一意见，渡过于都河寻找大部队。还好，9 个人中有几个是于都县本地人，熟悉道路，沿着大部队撤退的脚印，一行人径直往于都河而去。

滔滔的于都河有 400 多米宽，河水冰凉。昔日，红军大部队就是搭浮桥，渡河突围出去的。翌日，她们从小溪刁子窝出发，日宿夜行，走了四个晚上终于走到芦山乡。望见江阔水急的于都河畔，大家松了口气。但是，她们沿河上上下下寻了许久，河边无船过渡。

徘徊良久，大家只好拖着疲惫不堪的身子，跟随陈某某到卜三寿生家中暂宿一夜。不料，虽是黑夜，由于人多动静太大，伪甲长卜顺福得知消息，连夜把她们押送到联保处关押起来。

9 个女人，对于联保处，这可是一笔飞来横财。

第二天，联保处主任肖斋寿、秘书肖贵生等人，对牢狱中的 9 个女人一一审讯，分别处置。本村的女人取保，卖个面子就放了。外村的女人，把话传出去，让人带钱来赎回去。最后，只剩下华可英一人无保无赎。她在牢房里关了几天，也就饿了几天，饿得皮包骨头连话都说不清。在多次的盘问和审讯中，她始终冒称是"兴国人，路过此地"。

华可英面黄肌瘦，破衣烂衫，怎么瞧都是一副穷酸相。联保主任肖斋寿信佛，见她身上实在榨不出什么油水，如果再饿下去真饿死了人，就算作了恶，连自己下辈子的运气都会倒掉。他眼睛骨碌一转，想出了一个修善的主意。

那天，肖斋寿把他房下的侄儿肖建顺叫到联保处。

"侄子呀，你年纪也有 30 多岁，讨老婆的事情怎么样了？"

"讨老婆，没有钱，讨狗婆都要不到！"说到讨老婆，肖建顺心里就有气。

肖建顺家里两条光棍，父子都是木匠，按道理生活也不会苦。可是帮人家做事往往白做，拿不到钱。头年，他父子俩帮联保主任家做房子做了一年，一分钱都没得到。

"侄子，肝火不要那么旺，你讨老婆的狗屎运来了。"

"叔子，你这话是什么意思？是不是有工钱结给我们。"肖建顺一听可以讨老婆，口气好起来。

"钱钱钱，你就知道钱。几多钱到你手里也会花光。跟着叔子我，还会亏待你么！现在，叔子给你花大力气找到一个现成的女人，标标致致的靓妹子做老婆。"

说着，他叫人把华可英带出来给肖建顺看。

肖建顺一见华可英，眼睛就直了。30多岁没有结婚的男人，见到老母猪也当仙女。那华可英虽然面黄肌瘦，却是要身材有身材，要长相有长相，如果用米饭养几天，那还不滋润得鲜花一样。

"叔子，这个女人是哪里来的？"肖建顺还有点不放心，如果真是迷路人，明天人家家人寻来，那就是竹篮打水一场空。

"红军女俘。"肖贴近他耳朵悄悄说。

"红军女俘。"肖建顺知道，红军女俘都是又标致，又聪明，给穷人做老婆最划算。他不由得笑逐颜开："嘿嘿嘿，叔子，你对我这么好，叫我怎么说呢！"

"叔子又不是外人，你帮我做房子，我帮你找老婆也应该……"见肖建顺眼睛都不会打弯了，联保主任就立即连介绍带表白，"这个妹子是个兴国人，很老实，路过这里迷了路，回不去。算你老鼠跌到白米箩，一辈子有福享。你们这些人呀，就知道钱钱钱，钱有什么用，可以当老婆？！"

"是是是，我们眼皮薄，目光短。"肖建顺果然开通了，不但父子建房的工钱不要了，还乐颠颠地回家，倾其所有，把家里十几块大洋恭恭敬敬捧给肖斋寿。

华可英来到肖建顺家，几餐饱饭，精神恢复过来。想寻机逃走，却不知冷宇宙和红军部队在哪里，外面到处在捉拿红军，人地生疏，蒙头乱窜，肯定被捉，情况就会更糟。一想到肚里怀着孩子，她就更举棋不定了。

去亦难，留亦难，万般无奈，只得边走边看，与肖建顺共同生活，等待时机。

二、夫妻间的战争，是人世间最长的战争，能打一辈子

进入肖家后，已怀孕数月的华可英肚子明显大了起来。

这有些不对呀？

肖建顺进进出出，眼睛不时朝她投去疑惑的一瞥。他怀疑华可英肚子里并非自己的种。这怀疑持续数月，华可英竟生下一个儿子，那儿子白白胖胖，眉清目秀，人见人爱。

黑黝黝的肖建顺并不喜爱白娃，而且看着就生厌。私下里，他对白娃的来历盘问过几次，华可英支支吾吾，矢口否认。从此，两人心照不宣地打起了肚皮官司。

夫妻间的战争，是人世间最长的战争，能打一辈子。

数年后，华可英又接二连三为肖建顺生了几个儿女，她的地位在家庭中得以巩固，家庭战争却从来没有停息。因为，后生的几个子女比白娃黑，也不如白娃灵气，鹤立鸡群的白娃，始终是战争导火线。

华可英，这位平凡的女战士，默默地经受着不平常的苦难，她在挣扎中又还原为一个百姓，唯有对红军和前夫的思念还留在心中。

望着白娃就想到冷宇宙，是呵，白娃太像冷宇宙了。乖巧的白娃，坚定了华可英的期盼，是她苦难煎熬的一线希望。她的希望，就是老肖的失望，他瞅准了空子就下手，千方百计要灭亡她这一线希望。俗话说：不怕贼偷，就怕贼惦记。她知道老肖对白娃没安好心眼，像防老虎一样防着肖建顺。

天有不测风云，许多事是防不胜防的。白娃9岁那年，不知怎的，突然患急性肠炎，上吐下泻，一天屙几次，这在当时算得重病。有病要治，可哪有钱呢！华可英向肖建顺要钱。肖建顺借口有事，早躲了起来，连影子都不见。

"妈妈，妈妈——不要哭，不要难过……"白娃躺在床上，一动不动仍在体贴妈妈，"我长大了以后，会孝敬你。"

"老肖，你是穷人，穷人怎么也这么狠呢？！"华可英的泪水把被子都浸湿了。9岁呀，那么聪明伶俐一个孩子，活生生的白娃竟如此不抗病，第3天便一命呜呼。

白娃的死结束了旷日持久的战争，也泯灭了华可英长明不熄的心念。

"白娃死了，又不是我害死他的！"不露面的肖建顺回来了，扛一把锄头，理直气壮，去挖坑埋白娃。他终于去了一块心病，不意却患了一场恶症。白娃死后第二年，肖建顺也于1947年撒手人寰。

苦难，一茬又一茬；于都河水，瘦了一圈又一圈。

平滑如镜的于都河水，年复一年映照着世事。华可英日日来河边捶衣，也把长恨短痛，和泪挥洒河中。"家战"结束，并非好事，也许是更坏的事。原本她有两个男人，如今一个也没有了。默默地，她挑起了一个穷家的担子。

过去，她望着于都河水流泪；如今，泪水流尽，繁重的家庭重负压得她抬不起头。

三、"文革"揭开历史的真相，她竟是隐藏的红军、共产党员

华可英像蜗牛一样，日日驮着一个隐私，一块隐痛，默默地爬行。

1949年，新中国建立，土地改革及一系列政治运动，似一股股巨大的旋风搅动着华可英的生活。由于她对共产党的认识基础，她在普选中担任了芦山乡选区代表，1958年曾任高级农业合作社妇女主任，后任西郊公社芦山大队妇女主任。她隐瞒历史，竟然躲过了严格的"政审"关，并被批准为中共候补党员。"文化大革命"期间，大揭发、大批判、大斗争，各级组织瘫痪，她安然无恙，在家中带小孩。

小心翼翼的华可英，躲过了种种政治流弹、运动扫荡。然而，她终究没有躲过伴随冷宇宙而来的令人啼笑皆非的那场"揭"难。

当年与新婚妻子离散的冷宇宙，解放后担任了江西省龙门县县长，在"清理阶级队伍""三查"中作为叛徒、特务被揪出来了。在他漫长的革命生涯中，有一段历史没有证人。没有证人就是不清白，就是"叛徒""特务"。

其实，那段历史他是有证人的，证人就是他的前妻华可英。为了寻找华可英，解放前、解放后，他曾数次前往赣南瑞金、于都，通过组织查询，所有的努力全都付诸东流。

华可英在哪里呢？找不到华可英，就等于没有证人。"清查"小组不远千

里，一次次向于都县巡回调查。经数十次排查，终于，"清查"的触角伸向了华可英。华可英的"兴国人"身份被揭去了。

凌厉的责问下，被剥去外衣的华可英亦非等闲之辈，面对逼迫，她守口如瓶，漠然置之。

终于，两名外调人员耐不住长久的冷遇，吐露了真情："老实告诉你，冷宇宙还活着，过去是龙门县县长。现在揪出来了，可能是特务、叛徒，你的证明材料就决定他是不是'叛徒''特务'，决定他的生死……"

"冷宇宙——"她呻吟一声，泪雨滂沱。

"冷宇宙很怪，解放后当了官却不肯结婚，"外调人员十分感叹，"他总说等一等，等一等，一直把自己等老了才结婚，这也是个疑点……"

华可英全身都在战栗。

"妈妈，有什么你就说吧，这也是救人家的命。"她"兴国人"的身份也"骗"了子女数十年，孩子们都万分震惊，感觉到妈妈身上一定蕴藏着巨大隐情，他们参加了劝导："爸爸已经死去多年，有什么话都可以说。我们做晚辈的思想开通，不会怪你什么。"

"冷宇宙，他是我的前夫呀！"积压数十年的隐情，在亲人的疏导下如河决堤，奔涌倾泻。她痛哭失声，向后人，向调查组一吐胸臆。她道出实情，在那个年代，可说是拯救了冷宇宙的政治生命。

……

华可英的证明，使冷宇宙得以清白。更使他感叹，众里寻她千百度，无觅处。却是自己落难时，她从冥冥之中伸手搭救自己。后来，冷宇宙从牛棚中解放出来，专程来赣南与华可英见了一面。

华可英陪他去看当年的山林、离别时的小溪乡、渡口及那条于都河，一连看了三天。河还在，青春、亲情已经流逝得很远很远。冷宇宙觉得这条于都河似乎更小更窄，不是原来那条河。

冷宇宙的到来，对于华可英来说太晚了。若早些年，什么都还有，现在什么都没有了。她指的是白娃，又不仅仅是白娃。

人生，是经不起"太晚"的。

没有的自然没有了，有了的却挥之不去。自此以后，华可英的真实身份浮出水面，再不是"兴国人"，而是个"二度梅"者。当地旧风俗认为，二度结婚又死丈夫的人很"背时""晦气",这是旧风俗,绝大多数人早已不信了。善良的她却很在乎这点,从此,便自动减少与人交往,绝不出现在别人婚礼、寿诞等庄重场合。

一条思念又续上了弦。

电话、通信,成为他们最主要的交往。断断续续,华可英知道了冷宇宙更详细的情况。

冷宇宙,几十年间历尽坎坷,几度生死寻找华可英,均失之交臂;他数十年独守,等待夫妻团圆;二度结婚后,他一直没有生育,早就与妻子商量要过继一个儿子。现在,他郑重提出:要过继华可英第二个儿子……华可英真真切切地感受到了他纯如水、明如月、深如海的爱情。

太多太多的遗憾、歉疚,还能弥补么?

儿子是心头的肉,她舍不得送人。但是,过继给冷宇宙却另当别论,她什么都舍得。20世纪80年代,她带着二儿子,前往龙门县,要当面把儿子交付给老冷。

冷宇宙热情接待了母子俩,都是上了年纪的人,表面的冷静却遮不住心底的波澜。双方都能感到,重燃的爱情犹如坚冰之下的火焰。相聚十分融洽,但是,这"融洽"之中,却有那么一点不融洽。这不融洽来自冷宇宙的新妻,她表面上也很热情,但却让华可英感到了内里的冷淡,这冷淡犹如火焰下的坚冰。

晚饭菜好,花样多,色香味俱全,华可英的二儿子主动为冷宇宙的新妻添饭。饭碗,稳稳地递到了她手上,不知怎的,"咣当——"一声摔落地下。那一刻,大家呆了。有半分钟没人说话,一层阴影哗地在每个人心上铺漫……这一刻,华可英想起了白娃,想起了前夫老肖,她打了个寒战,无论如何,不能让老二再变成白娃。

毕竟各有一个家庭,要有所顾忌。冷宇宙确实要过继一个儿子,但这个人若是华可英的儿子,他现在的妻子宁可不要。这件事,成为双方心头不可逾越的新埂。因为这新埂,他们连畅谈一回也免了。唉,寻找不到苦,寻找到了也苦,苦不堪言,苦不能言,许多世事都教人无可奈何呀!

华可英的历史"曝光",曾引起"三查"人员的兴奋,以为挖到了一个隐藏很深的坏蛋,内查外调忙碌一番,才知道找到了一个隐藏很深的"好蛋",他们对"好蛋"不感兴趣，撒手不管她了。

后来，为落实政策，恢复华可英失散红军的待遇。重新担任县长的冷宇宙，1985 年 2 月 17 日主动写出了证明材料。

华可英的红军历史很快得到组织的认定。作为失散红军，华可英的生活环境有所改善，得以享受一月数十元的"定补"。

……

四、93 岁的冷宇宙，带着蓄积了一个世纪的故事，擦肩而去

这一段奇缘，深深地感动了我。凭直觉，我知道冷宇宙那边的情况，另是一个宇宙。很自然地，我把采访的触须，延伸往鄱阳湖畔的龙门县。

采访那一段经历，对生病住院的冷宇宙是个惊喜。他精神一振，病情好了一半，非常痛快地答应接受采访。他甚至主动提出，等一个阳光充足的天气，到某一个安静的场所，痛痛快快地讲个三天三夜。

90 多岁，憋闷于心中 60 多个春秋的隐情，在生命的最后阶段，才等到了这最后的，也许是唯一的倾吐机会。他非常认真、庄严的态度使我明显感觉到：这将是他对自己一生的淋漓尽致的表露。

人生是那样漫长，而真正相知、相交的机会，甚至真正能倾吐的机会却如此地缺少。

为了这次采访，我急切而又耐心地筹备着、等待着……十几天后，人类就跨世纪了。当一切准备就绪，我来到了医院。那是个暖洋洋的冬日，我来接触冷宇宙，倾听上个世纪的故事。

病区长长的走廊里，一乘蒙着白床单洁白刺眼的推床迎面而来，医生低声告诉我："冷县长刚刚去世！"

冷宇宙，倒在了新世纪的门槛上。

那天是 2001 年 1 月 14 日，冷宇宙高龄 93 岁。他跨越了战争，跨越了运动，甚至于已经跨越了旧世纪，却仍与我擦肩而过。带着一世的悲欢，带着蓄积了一个世纪的故事，带着深藏心中的不了情去了……

这，不知是他的遗憾还是我的遗憾，或者说，是我们一代人的遗憾。

寻亲寻情　亲伤情殇

解放初期，宁都专区民政局经常接待来寻亲的人。

几十年的战争，妻离子散、家破人亡的事太多了。如今局势终于安定下来，寻亲的人也就特别多，更多的是寻亲的信件，像雪片一样从各个部门转到民政局郭科长这里。寻亲的信件不但特别多，而且一个个寻亲的愿望还都特别恳切、急迫，但是，寻亲的线索却都不予提供，无头无绪，寻亲，哪那么容易！

大海捞针的事，有时就能遇上，那也许是一段情缘、情贞、情憾，也许是一段情疑、情伤、情仇。在亲情、情感的河流漩涡边处久了，郭科长虽然旁观者清，却也常常因别人的憾情、悲情而叹息不已。他说寻亲寻情，寻不到遗恨绵绵，寻得到皆大欢喜，却也有寻到了也亲伤情殇的，并讲了一个亲身经历的故事。

盲缘

这天，郭科长拆开一封上级转来的信件，是黄明生军长致信行署，要求帮助寻找妹妹，郭科长不由皱紧眉头。他派人到乡村一打听，都说黄军长的妹妹可能是瞎女，郭科长反倒松了口气，说：有明显特征，就好找。

瞎女并非天生的瞎，而是被人挖了眼睛。这瞎，事出有因，也与黄军长有关。

192

一、黄妹当不了诱饵，就成了地地道道的瞎女

那年，黄明生随红军长征一走，还乡团就回来了。有一个还乡团的宋队长来寻仇，家里两条人命死于苏维埃，以牙还牙，他把这笔账记在黄明生头上。黄明生走了，他怎么找得到？还是那个株连的办法，"逃得了和尚逃不了庙"，黄明生家恰好有两条人命可还账。先枪毙了黄母，再枪毙黄妹。那年，黄妹才七八岁。宋队长想：他杀了我家两个大人，我用他一个大人一个小人抵数，划不来。就把黄妹的眼睛弄瞎，让她作诱饵，要诱捉了黄明生来偿命。

宋队长原以为红军是仓皇溃逃。黄明生逃来逃去，无处逃遁，就会逃回家乡来送死。不成想，一等再等三等，竟等出个"二万五千里长征"的说法。黄明生一去不归，黄妹当不了诱饵，就成了地地道道的瞎女。

没死就算活着，她沉浸在黑暗中日日受苦。

俗话说：蛇有蛇路，蟹有蟹路，蛤蟆没路，一跳三步。为了求活路，黄妹手捧着一根竹筒制的渔鼓，跟随一个大她30多岁的男瞎子，沿街卖唱。这一唱，就是十几年，她进州过府，用清亮的嗓音一路唱过去。

> 笛子唔吹弹三弦，没钱还爱恋娇莲。
>
> 只爱两人情义好，没油苦瓜食得甜。

渔鼓、山歌，就是当时的流行歌曲，只要嗓音好又真心爱唱就能唱红，瞎女唱成了当地闻名的歌手。

提起瞎女，许多人都知道。

那个时候，乡里没有电话，通信主要靠步行。经过数月寻找，人们终于在一个山洞里找到了这对瞎子。他们已病魔缠身，仍断断续续到村子里去卖唱，讨米讨菜。

所谓的卖唱，就是在枯涩的生活中，给贫苦单调的人们取点乐子，演唱的剧目大都是些口口相传下来的《十八摸》《钓拐》等黄色段子。偶尔也唱些即兴山歌，这就是二人对生活的自述。

高山做屋盖杉皮，有心有意来恋你；

只爱二人情义好，清水当粥也乐意。

老瞎子拉二胡，整个身心都沉浸在曲子里，他的专注化作深沉、深情的旋律。"嘭嘭嘭，嘭嘭嘭——"瞎女手中的渔鼓突然响起，鼓声急骤，震荡人心，又戛然而止。

瞎女与瞎子对唱。

木梓树来开白花，哥爱老妹妹爱他；

妹爱哥哥殷勤好，哥爱老妹会当家。

高山崇脑桂花多，老妹人好性情和；

左手攀了桂花树，右手攀着我亲哥。

今日日头嘿蛮熊，晒得我哥汗淋淋，

保护天上起朵云，遮我亲哥一个人。

过了一垅又一垅，垅上长满映山红；

摘了一朵老妹戴，人又标致花又红。

嘭嘭嘭嘭嘭嘭，嘭嘭嘭嘭嘭嘭——

"喂喂，喂……瞎女，"乡干部由村干部陪同，在一家屋场找到她，听了一段曲子，跟她说话。本来想叫她名字，可这么多年，她的名字无人提及，渐渐遗失，无法打听，怕是连她自己也完全忘记了。所以，乡干部喂了几句喂不应，只好随声附和叫她瞎女："瞎女，是真的，你哥哥当了大官回来寻你，你赶快跟我们去县城吧！"

类似的调笑，瞎子经得多了。有时，那些浪人、无赖嫌瞎子的演唱没味，就拿瞎子来戏弄，想方设法调戏或虐待他们，瞎子只能沉默以对。

"瞎女，跟你说话的是乡长，他本身就是一个大官。"

村干部和村民见瞎女不吭声，十分热情，争先恐后地上前劝说。他们的解说，断断续续进行了几个小时……

犹如置身无人之境，瞎女、瞎子聋了哑了一般，始终一声不吭。二人只是握紧手中的二胡、渔鼓，雕塑般安安静静地待着，一动不动。

十几年过去了，对这一套雷同、相似或更加诱人的骗局，他们经历得太多，可说是身经百战。那些残忍的恶作剧，凡是能被人们想到的，都经历过了。经验告诉自己：不要理睬他们，不予任何解释，不做任何反抗，否则，只会挑起他们更大的兴趣，招来更大更多更惨痛的打击。一切都必须隐忍，最好、最有力、最奏效的武器，就是沉默。

时间一分一秒地过去，围劝的乡人热情耗尽，纷纷散去，终于走得一个不剩。

"我们回吧。"如同经历了一场全神贯注、高度紧张的演出，老瞎子松了一口气，背起了二胡和空瘪的米袋子，平平淡淡地说。

笃笃笃——笃笃笃——

两支竹棍交相敲打大地，发出清脆的声音。

"你说，大地会痛么？"瞎女千百次提出这种只能思想、无法回答的问题。所以，他们的竹棍落地时，不会太重，也不能太轻，因为他们需要大地的回声，反馈安全信息。老瞎子与瞎女用一根棍子相互搀扶，踏过卵石路。

无人之地，瞎子们开始说话了，主要是老瞎子在说。他告诉瞎女："人世间从来就是不公平的，也永远不会公平。我们遇到不公平是正常的，不公平就是公平……"瞎女心中的痛苦渐渐地被抚平了，面对现实，心如止水。

瞎女自小跟着老瞎子长大，对这个世界的认识，几乎都从老瞎子那儿得来。老瞎子不仅是她的丈夫，实际上也是她的父亲和教师。他的发言，常在沉默与寂静中过滤："世上哪里会有什么平路，只是你以为路平，行走才会跌倒；把平路当作坎坷，就不会跌倒了。"

瞎子不说瞎话。

他的话也不多，更多的是让她去想。想，才能把道理想透，想透了的道理，日积月累，生生死死，将伴随她一辈子。

"这是个黑暗的世界，别人怎么生活不知道，大概和我们瞎子一样。有一些人在充当受气包，成为一种供人虐待折磨的笑料、小丑。另外一些人则经常寻找别人当小丑，惨无人道地取乐，发泄他们的兽性。就像我们瞎子刚被人取笑，就用竹棍敲打大地一样。换个时候，那些取笑别人的人，又会被别人取笑，成为人家的乐子……"

老瞎子见多识广，说话也很放肆。

没想到，背后有一人远远地跟踪，一直跟到瞎子栖身的洞穴。

二、两个盲人住进医院，从人间地狱进入人间天堂

洞穴前有一片不宽的草地，踏过草地，拐过一簇簇荆棘才是瞎子居住的岩洞。

"小英妹子——小英妹子——"

将军试探着踏进黑乎乎的洞穴，声音便在洞穴石壁间回荡。洞穴不大，拐了个小弯。潮湿的地上拼着几张破席子，席子上一动不动坐着两个瞎子，手电光照去，他们的脸上分明写着大难临头的恐惧。

"小英妹子，我是你小明哥哥呀，你真的听不出声音吗？！"将军去搀扶瞎女，哽咽的声音很急很响。"你可记得，小时候我带你去山里摘椰包、草莓、美美莎吃，撑得很饱很饱，肚子痛，走不动，还是我背着你回来。"

三节手电，明晃晃的光柱照在瞎女惨白的脸上，若有一丝热意。早已漠然的瞎女，无动于衷，任山洞里的回声一遍遍在身上、脸上扫荡……终于，她在记忆深处寻找到了什么，猛一把攥紧将军的手臂。

"小明哥哥，你真是小明哥哥，你什么时候回来的？你怎么现在才回来呀？"

"小英妹子，你怎么会受这样的苦呀！"

将军拥抱着蓬头垢面、浑身散发熏人臭气的瞎眼妹子，号啕大哭。山洞经不起如此号啕，打雷般轰鸣，整座大山都在撼动。

真是天塌下来又撑上去，受尽磨难、欺骗的两个瞎子，面前开一片新天的感觉。这回真的被接出山洞，而且是坐着那种竹制滑竿凉轿，被人抬进县城。

洗了一个澡像蜕了一层皮，从头发根到脚指甲，擦了三遍香皂，换上全新的衣服到街上理发、剪发。两个瞎子全身干净整洁得让人别别扭扭，很不习惯，很不舒服。吃饱喝足，将军又亲自牵着两个瞎子上医院住院检查。

明明没有病，检查什么？在瞎子的观念中，只要身体不会痛，就不算有病。

两个瞎子幸福地顺从，在应接不暇中戒备。毕竟岁月不饶人，检查结果是：老瞎子有严重的气管炎、胃病、肾盂肾炎等病，瞎女也有胃病、阴道炎。

医院真好，是人间天堂。饭来张口，茶来伸手，瞎子们在医院，天天都能发现新奇东西：这里的药丸子叫西药，很小，一口就吞掉了，不像中草药要生炭炉子煎药；这里打针很痛，有个玻璃管子装了药水往屁股上打，不像打银针很麻很胀，要打很久……瞎子都换了一个人，也换了一种生活。对此，瞎子吃饺子，心里有数。这不是人类突然变好，而是在沾将军的光。将军是一个很大的官，这么大一个县里都放不下的官，他在过去皇帝住的地方当官。有将军在，瞎子就能跟着在医院里享福。

不过，瞎子知道，这天堂生活只是暂时的。

两个瞎子摆在医院里，将军心里在盘算，民政局郭科长心里也在盘算。那天，将军在妹子病房里说着笑着，就说到回北京的事。

"小英，北京比这还大还好得多呢！"

"都一样。"妹子说。

确实是，将军想，对于瞎子来说，哪里还不一样，就小心地问："过几天我们一起回北京，好吗。"

"我们两个一起去吗？"妹子立即很警戒地问。

将军不吭声，他知道"我们两个"指的是她和老瞎子。过了一会，将军说："小英，他年纪太大。"

瞎女许久不说话，想起了十几年来风风雨雨，出生入死，瞎子对自己的照顾，要不是瞎子，自己早就没命了。瞎女脸部没有任何表情，冷冷地说："不带他去，我也不去。哥哥，你不要把我们分开。"

将军负疚甚重的心被刺了一下，知道他们不仅是夫妻，而且是风雨同舟十几年的战友。瞎女与瞎子情投意合，心领神会，瞎女怜瞎子呀。

"好吧，你们两个一起去吧。"将军为难了许久，答应了妹子的要求。

瞎女像没有听到，一点高兴的表情也没有，妹妹也心痛哥哥，她知道，哥哥在以前皇帝住的地方做官，做官不易，哥哥必有哥哥的难处。

三、天上起了吊脚云，命里只有半世运

将军与妹子商量回北京，那是家事，陪坐一旁的郭科长不好插嘴，心里却在替将军解难分忧，第二天便亲自做瞎子的工作。

瞎子的工作好做，因为道理都是明摆着的硬道理。

"老瞎呀，过几天，将军兄妹回北京，你怎么办？"郭科长问瞎子。

担心的事终于发生了。瞎子脸上没有一点血色，两只白色的大眼睛凝固着朝向天空，那永恒黑暗的天空，究竟隐藏了什么秘密。

"昨日，将军两兄妹商量回北京的事。瞎女提出不带你去，她宁可不去。将军答应了带你一起去。不过，看得出，将军有将军的难处，你想想，他又不是皇帝……你不去北京，留在家乡，也不会让你回去讨米。我们准备成立一个盲人茶社，集中一批瞎子开茶馆，每天唱曲子卖茶。自食其力，发财是发不了，政府一定会保证你们不饿肚。"都说瞎子见钱眼开，他赶紧又补了一句："每月发两块零用钱。"

郭科长知道，这世上，残疾的人最聪明，俗话说：一瘸二瞎，三麻四癞，五……和老瞎子说话，与其兜圈子，不如实实在在。说完了，他就等瞎子的态度。

瞎子始终没有改变朝向天空的姿势，面对黑暗无边的天空，他是那么专注，那么寂静，那样深沉。

郭科长莫名其妙，也看了看天空，天空确实有变幻莫测的云彩。他突然想，这瞎子肯定会算命，不知他算到了什么。

"老瞎，"郭科长开口了，"你知道瞎女长得怎么样吗？漂亮，脸色又红又白又嫩，是个美女，一双眼睛活动活动，跟没瞎一样，到北京一医也许就医好了，人家二十零几岁，正当花红柳绿……老瞎呀老瞎，你都 50 多岁了，比人家将军的爸爸还老，一身的病。今天人家请你去北京，你到北京能做什么，你能到皇帝面前去唱曲吗？！不能，你只能坐在家里白吃，人家也养得起你，吃十天半月不要紧，一年两年也勉强，三年五载呢，你还吃得下去，你当真是人家的爸爸？将军心肠好，一句话都不说你，明日，万一人家将军的老婆嫌你的时候，老瞎，你怎么回得来？！"

时间似乎凝固了，郭科长走出房间，脚步愈渐远去，消失在黑暗之中。

哦，老瞎呻吟了一声，似被子弹击中，咚的一声倒在床上一动不动。入情入理的话比什么都残酷，像子弹一样击中目标，把老瞎的心打瞎了。

瞎子，来自黑暗，去之黑暗，怎么能走出永恒的黑暗！

　　一切都安排妥当，那天，将军搀扶着妹子邀请老瞎动身去北京。

　　老瞎仍然一言不发，却停止了寂静。他睁着大大的白眼睛，朝向漆黑漆黑的天空，唱起哀婉的断情歌。那嗓音苍老、枯涩、嘶哑，犹如一条受伤的老狼，在悠远的旷野哭喊，逼迫听者接受其强劲的压力，其间有一种苍劲、苍白、苍凉之美。

　　　　樟树老了会空心，想起老妹蛮伤情；
　　　　天上起了吊脚云，命里只有半世运。

巾帼英雄　马前托孤

松柏常青，鲜花簇拥。

1999 年秋，江泽民总书记来到兴国县革命烈士陵园，于李美群烈士《马前托孤》的雕像前，默哀长立。

马前托孤者——李美群，一位山村女子，山岚林风，她出落得很美很美。25 岁，最美最美的年华，却如落红紫陌，溘然飘逝。生前，她任中华苏维埃共和国临时中央政府候补中央执行委员、中共江西省委妇女部部长。

一、马蹄声声，李美群的心早已飞走，连嗷嗷待哺的女儿也拴不住她

一丛丛黄竹在绿意盎然的树木间点缀着，将溪畔的干打垒红土屋掩映得幽雅、古朴。

早先，溪畔的黄竹连成片，护着小溪，形成了一道坚实堤坝。李美群的娘家人，年届八十的钟老汉告诉我们：这儿就叫竹坝村。李美群在此生育了唯一的女儿，然后，在此马前托孤。

这件事曾经震撼整个苏区。钟老汉絮絮叨叨，讲述了那段流传很广的故事。

"哇，哇，"未满月的全列饿了，啼哭了两声。由于奶水不足，她瘦得皮包骨，哭泣也有气无力。

23 岁、刚做母亲的李美群，笨拙地解怀，把奶嘴塞到全列口里。全列吸了几口，奶水空了，使劲吸，却吸出淡淡的血水。美群痛得抽搐了一下。

哪有奶呀。生产后，她饭量大增，却没吃一点营养品，每餐连饭都不能管饱。全列歪歪小嘴，又啼哭两声。

李美群急得没有办法，只好学农村妇人，用米汤和米糊哺喂小全列。全列被呛，咳了起来……李美群求助的目光投向一旁白发萧萧已显苍老的婆婆。

婆婆视而不见，目光游移向庭院中那棵苦楝树。苦楝树，又开花了，渗出一股苦味。婆婆的心，比苦楝籽还苦呀。她知道，这个媳妇的心早就野了，巴不得插上翅膀去外面"疯"哩！

婆婆没想错。李美群的心早已飞走了，连嗷嗷待哺的亲生女儿也拴不住她。

其时，正值1934年1月下旬，是第二次全国苏维埃代表大会开幕之日。

本来，李美群无论如何也会去红都瑞金参加这次规格极高的会议。作为一个农民的女儿，她被选为中华苏维埃共和国第二次全国代表大会正式代表。因为生产，她不得不缺席。万万没有想到，在这次代表大会上，缺席的她竟然被授予"扩红模范"的光荣称号，并被选为中央候补执委。恰恰在这个重要的日子里，李美群生下了心爱的宝宝，真可说是双喜临门，喜上加喜。为此，李美群竟给女儿取名为中全列。

可是，女儿与革命，两者似乎不能兼顾。

痛苦的抉择愈来愈近。

一场家庭矛盾终于爆发了。

那天，李美群正在将零星布料拼凑起来，为中全列做件小衣服。

"美群，你真的要走？"婆婆隔窗瞧见，怂怂地问道。

李美群点点头说："妈妈，你知道，我坐月子，部里的同志们来看望了几次，那么多工作等我，我不去怎么行呢！"

"可孩子刚满月，你的身体这样虚弱……再说，你把小孩给我带，我自己都要死的人，风湿病时不时发作，又酸又痛，走路都要人家照顾，连孩子也抱不动！美群，你留在兴国，也可以革命呀！"婆婆极力劝说。

"妈，你说得不错，我留在家里也可以做一些工作，可我是省委妇女部部长，中华苏维埃共和国中央执行委员会候补委员，有更重要的任务呀！"李美群把声音放得特别柔和，耐心解释。

"重要重要，自己的女儿不重要。"婆婆忍无可忍，冲进屋子，"美群，你的心是真的蛮恶。美群，你想想你是哪年嫁给延章的？为了革命，你动员他一定

红色岁月　红色历程　红色史诗　红色经典

要去当兵，连延章的命都在反'围剿'中丢掉了。延章死了，你又嫁了个新老公，帮新老公生孩子，害得我一个孤老婆子侍候你坐月子……"婆婆一边淌泪，一边哭诉，不知不觉，把李美群的底揭穿了。"以前的事，我不说你也就算了。如今，全列总是你一根独苗，是你自己身上掉下来的肉，你也想不管？！母亲你都当不了，你还当什么部长、委员，不晓你是怎么活的，真正是活了几十年，当得几十天哟！你如果一定要走，就带着她一起走吧……"

婆婆的话，声声是针，句句刺骨。

伶牙俐齿的李美群，此刻哑口无言。因为，婆婆的话没错，勾起了李美群的无尽思绪……

二、以货易货，油烧米果换子弹，久而久之，厨房就变成了兵工厂

李美群，1911 年出生在江西省兴国县城南郊李屋塘头村的一户贫苦农民家。父母亲一连养了 9 个女孩，美群排行老四。

那是个重男轻女的时代。贫困家庭，男孩是劳动力，女孩是赔钱货。所以，美群奶奶每见儿媳妇生一个女孩，就破口大骂一顿"绝代婆！"

除去老大外，8 个女儿，分别被送往别人家做"招花女"（养女）。母亲则去做奶妈，用卖人奶的收入养家糊口。

老四李美群，还没满月，就被送给了长冈乡郎木村的一户人家。

养父母刚生养的婴儿夭折。接受李美群，这个家庭希望一举数得：一曰"保奶"，二曰"招弟"，三曰"招郎"。招郎就是将一个同族人订婚给她当上门夫婿。

三重希望系一身，给李美群带来幸运，她被送去念了三年私塾。

任重道远。希望太多太重，却缺少恒力，养父母竟在生命的半途相继病故。李美群生活无着，被迫辍学，返回娘家，与生父生母团聚。

1928 年 12 月 20 日，红军独立二团、红军独立 15 纵队，发动了兴国武装暴动，兴国县城第一次飘荡红旗。

汹涌澎湃的革命浪潮席卷城乡，"打土豪，分田地""婚姻自由"，各种革命思想被炒得沸沸扬扬。

年方 17 岁的李美群，早有解除封建包办婚姻的意念，革命给了她勇气和机

会，借此，她摆脱了养父母那边的家族羁绊，冲破世俗，同坝南乡的青年裁缝钟延章自由恋爱，不久结婚。

婚后，夫妻双双投入革命活动，成为革命伴侣。此年，映山红开得最盛的季节，夫妇双双站在镰刀斧头红旗下，举拳头宣誓入党。钟延章当选为坝南乡雇农工会委员长，领导农民自卫队的工作。李美群则成为一名赤卫队骨干。

1929 年 4 月，毛泽东率红四军三纵队，在兴国分兵发动群众。

大风起兮云飞扬。作为一个基层妇女干部，李美群自觉不自觉地被卷入，不顾流言蜚语，带头卸下首饰，剪掉辫子，冲破封建阻力，挨家挨户宣传革命道理。革命推动着她，她又带动着别人，乡里一批批姑娘也照样干起来。兴国县的革命烈火熊熊燃烧。

年轻的剪辫子，年长的剪发髻，抛头露面，佩戴袖章，手持梭镖，捉土豪，斗劣绅。李美群满腔热情，不知什么叫苦和累，带领群众，走在斗争的最前头。

1929 年 6 月，国民党张与仁师窜犯兴国，占领了县城。

刚刚成立的兴国县革命委员会转移至城冈圩。全县各地的赤卫队集中起来，编成二十五纵队，与白军展开了拉锯式的游击战。

大敌当前，李美群和女伴们也撤到乡间躲避。不久，她们接受新的任务：做白军士兵工作。很快，她便组织坝南、洪门一带的妇女赤卫队员，成立了白军士兵运动委员会。

那时，女人胆小，见了当兵的就躲避，哪敢倒回去，主动找白军做工作呢！

她们你推我搡，对李美群说："你不怕，你先去。做个样子给我们看。"

李美群无言了，她心里面也害怕得厉害。

谁叫自己是中队长呢！为了消除姑娘们，也消除自己对白军士兵的恐惧心理，她一个人硬着头皮出发了。穿得破破烂烂，她挎着一只畚箕，假装采猪菜、捡柴火，小心翼翼靠近了白军岗位。

并没有发生什么强奸、打人的事情，她一根指头也没少地回来了。从此，女伴们经常三五成群在白军驻地附近贴标语、散传单，想方设法与白军士兵接近谈话。

一来二去，女伴们胆大起来。你一言我一语，逗弄白军士兵："你讨老婆没有？""你出来当兵有钱寄回家里用吗？""你们官长克扣不克扣你们的饷银？""你们当兵到底有什么好处呢？"

问得白军士兵无言以对。

"既然没有钱挣，又没有好处，还当什么兵呢？"

口齿伶俐的妇女们见机行事，启发他们觉悟，不要再替军阀送死。李美群有点文化，编了许多山歌，让大家唱起来劝降。

> 白军士兵哇你听，
> 自己阶级要认清，
> 穷人莫要打穷人，
> 赶快过来当红军。

> 白军士兵要认清，
> 工农本是一家人，
> 不给军阀来卖命，
> 打倒土豪和劣绅。

> 欢迎白军当红军，
> 红军纪律最严明，
> 官长士兵都一样，
> 没有人来压迫人。

兴国山歌调子美，感情真挚。李美群带着姐妹唱起一腔声，唱得白军士兵点头称道，人人唉声叹气，有的竟然偷偷地开小差回家，有的拖枪投降当了红军。

李美群家住坝南村，与县城隔河相望。时间一长，索性带领"兵运"小组进城。她们装成做小买卖，一手提着酒壶，一手提着盛满油烧薯包鱼、包子、油炸花生、米果子的竹篮，款款地跨过木桥，大大方方地穿街过巷，高声叫卖。

浓郁醇厚的酒香和炸果的油香在大街小巷飘浮，挥之不去，驱之不散。白军士兵都很饿，因为当官的克扣军饷，伙食极差，在美味佳醪前，个个馋涎欲滴。

"喂——酒酿好甜，米果新鲜，先生想吃，会让价钱！"

　　李美群她们故意围着白军士兵打转，挑逗撩拨，火上添油，高声叫卖。

　　士兵只能沮丧地回答："吃是想吃，可惜没钱！"

　　"用东西换也可以。"

　　白军士兵觉得奇怪，你瞧我，我瞧你，除了枪和子弹，身上哪有一点值钱的东西？这时，食胆包天，哪顾得了许多，他们试探着问："表嫂子，我们只有子弹，你们要不要？"

　　女赤卫队员们要的正是子弹，却装作无可奈何地说："子弹有什么用？也好，我们拿子弹壳做废铜烂铁卖，拿火药作花炮子给伢子玩耍。"

　　就这样，他们经常与白军士兵暗地里做这种"果弹交换，两不吃亏"的生意。只要能换取子弹，女赤卫队员们赚钱亏本全不计较。

　　来来去去，以货易货，油烧米果的厨房无形中变成了兵工厂。游击队得到充足的弹药补充，白军却被她们掏虚了，掏空了。

　　游击队弹药充足，四处出击。

　　女赤卫队员，在县城来来往往，将白军的兵力、武器和布防等情况摸得一清二楚，入夜即向隐蔽于县城附近各山头与潋江河岸丛林中的红军、游击队发出预定信号。

　　那些预设的土枪土炮、"油桶机枪"（洋油桶内点燃千响鞭炮）、鸟枪鸟铳一起向白军轰击。驻守在城墙上的白军，面对远处迷蒙月色下的"千军万马"惊慌失措，胡乱放枪。隔河的红军，在枪林弹雨中，却像"不倒翁"。

　　这"不倒翁"又是一计。红军在莲塘筹办了一个兵工厂，造子弹缺少原料。李美群听过"诸葛亮草船借箭"的故事，依葫芦画瓢，就来了个"不倒翁"借弹头。"不倒翁"是浸了水的稻草人，自然不畏枪弹。一夜下来，"不倒翁"身上也能中弹几颗，白天把弹抖落，也有一桶，积少成多，正可给兵工厂回炉翻造子弹。

　　真枪、假枪，白军、红军，喊杀声、哀叹声混成一片，响彻夜空。白军弄得昼夜不宁，提心吊胆，人疲马乏，整日龟缩城内，不敢贸然出动。

　　就在这一年底，红军把白军赶出了县城。李美群与她的"兵运"小组因此受到江西省委、江西省苏维埃政府的嘉奖。李美群当选为坝南乡妇女赤卫队中队长。

　　1930 年冬至 1931 年春，蒋介石对江西苏区先后发动了两次大规模的"围剿"，即第一次和第二次"围剿"。

为配合红军，阻击白军的入侵，支援作战。李美群领导乡妇女赤卫队，组成运输队，为红军运送弹药和干粮前往红白交界的赣县江口、茅店一带。同时，组织妇女群众，站岗放哨，充当秘密交通员、侦察员。

不断的战争，需要不断的金钱供给。筹款历来是个难题。各级苏维埃政权发布了一道道命令，要求在筹款筹粮中开展竞赛、评比。筹款筹粮支援战争的乡干部会上，李美群首先发言，代表女同志向男同志提出挑战。

会后，她召集全乡妇女，进行宣传鼓动，只用了五六天时间，就筹集了银圆五六百元，果然走在男同志前头。

1931 年 6 月，李美群调任中共兴国县委妇女部部长。

上任不久，县苏维埃政府接到红军前线"十万火急"的运粮通知，李美群二话没说，立即组织长冈、上社、新圩、坝南等乡的妇女赤卫队员，火速地把粮食运往前线。任务完成得很出色，她们得到前线指挥部的通令嘉奖。

9 月初，国内局势发生突变。4 日，粤军入湘，汪精卫联合粤、桂军通电倒蒋。蒋介石急忙从赣调出军队入湘防堵，"剿总"何应钦奉命全线撤退。

天赐良机，红一方面军总司令部决定：兵分三路，追歼由兴国后撤的白军。

7 日至 8 日，红一方面军主力，在高兴圩至老营盘、黄土坳长达 70 里的战线上，向退却之敌发起猛攻，毙敌 4000 余人，俘虏 2000 余人，缴枪 2000 余支。红军亦有重大伤亡。

红军大捷，李美群带领慰问队，挑着鸡蛋、花生、果物和草鞋，步行数十里，到高兴圩战场红军驻地慰问。她冒着隆隆炮火，在坎坷的石子路上，飞快地来回送茶送水，抢救伤员，缝补洗晒衣服。

每遇见一个人，李美群都要打听一个名字——钟延章。

她的丈夫钟延章，也参加了这次堵击仗。队伍开拔前，夫妻俩小聚片刻，又一次谈及那个温馨的老话题：要一个孩子，一个长大了可以当红军的男孩儿。

这次是胜仗，是大捷，她一个部队挨一个部队打听。数万红军集结，素不相识，打听一个人多么难呀。可是，沉醉在胜利喜悦中的人们都很热情，竟然就帮她打听到了丈夫的消息——却是个晴天霹雳的噩耗：1931 年 9 月 7 日，钟延章在老营盘战斗中壮烈牺牲。

霎时，禁不住的泪水倾流而下。痛苦像网，笼罩着这位年轻美丽的新寡妇。

三、她记住了：有所追求的人生，历来就是这样坎坷

刚刚握别的大活人，手心余温尚在，转眼阴阳两隔，这怎么能使人相信？

李美群深感后悔，觉得对不起丈夫，结婚几年，竟然没有给钟家留下一个儿子。

思念、懊悔，缠绕着李美群。丈夫的身影，时时在脑海萦绕。

1931 年初，蔡畅同志来到兴国，担任中共江西省委妇女部部长和省监委主席。

蔡畅，是中共妇女运动德高望重的创始人。一到中央苏区，她便着手培养了十几个重要的妇女干部，李美群是其中之一。

蔡畅年纪不大，却像朴素、贴心的大姐，聊着家常就与人融洽了。她经常同李美群在一起，同路下乡访贫问苦，调查研究，手把手地教李美群如何发动、组织妇女，如何开展各项活动。

不久，蔡畅发现李美群有文化，工作积极，上进心强，是棵很好的干部苗子。便积极培养教育，严格要求。蔡畅还搬到李美群家住了二三个月，夜夜与她同床而眠，无所不谈。闲暇时，讲得最多的是人生境遇，讲述自己在法国、苏联留学时，听到、见到的革命斗争情况、妇女运动道理，还给她讲自己"一家三代，祖孙同学"的故事。

对于一个土生土长的农村妇女，这简直是另一片天地、另一个世界。李美群闻所未闻，百听不厌。她由衷地对蔡畅崇敬、爱戴，将其当作大姐、知音和行动的榜样。

有一次，蔡大姐针对性地讲了一件真实的故事：在白色恐怖中，她曾目睹无数革命者被杀害的情景，她的两个哥哥、一个嫂嫂（向警予）在这场血雨腥风中相继被杀……她承受着失去亲人的巨大痛苦。但反动派的暴行，非但未能吓倒她，反而使她锻炼得更加坚强。

有所追求的人生，历来就是这样坎坷。

平实的蔡大姐，一次次引发她心灵的震撼。李美群深感内疚，意识到自己因为失去亲人，痛苦的情绪持续得太久了，是一种柔弱表现。从此，她精神振奋，思想更加成熟，对敌斗争更加坚强勇敢。

1932年4月，江西省委命令，调李美群担任少共江西省委组织部部长。

接到调令，李美群有些茫然，深感自己经验少、能力差、不胜任。她知道，蔡大姐的爱人李富春是中共江西省委书记，就央求蔡大姐出面，给李富春说说，把调令拿回去。

蔡畅忍俊不禁笑了起来，嘱告李美群：这可不是夫妻间的事，而是组织与个人的事。革命，首先要正确处理好组织与个人的关系，共产党员要不讲价钱地服从组织的决定……听着听着，李美群的认识又提高了一步：对党组织的决定，要百分之百地执行，执行中思想不能打任何折扣。于是，她收拾行李出发，前往博生县的少共江西省委工作。

几个月后，她又被调任江西省妇女部部长。这一次是随调随动，毫无难色。

春风化雨。在蔡大姐的直接培育下，李美群经风雨，见世面。在复杂的斗争中茁壮成长，她的工作能力有了很大提高，还时而发表文章指导全面的工作。1931年4月《青年实话》第三卷第21号，发表了她的文章《如何建立青年妇女工作》。

火热的生活中，她对革命、对工作、对人生有了更成熟的认识……后来，她在工作中与省委组织部干部倪志善恋爱，征得原家婆同意后，与倪志善结婚。

1933年春，中央发出了扩大100万红军的号召。那时，由于旷日持久的战争消耗，兵源相对紧张。设身处地，李美群深知妇女在扩红运动中的作用和地位。在一次省委干部会上，她第一个站起来，动员自己的新婚丈夫倪志善参加红军。这一行动感动了在场的每个人。

不久，大规模的扩红运动开始，省委派李美群到兴国巡视并指导扩红工作。

那时，李美群已经怀孕，妊娠反应时时骚扰，她没有吭声，打好背包立即出发前往兴国。

回到阔别的故乡，李美群首先动员前夫的弟弟钟延输，自己唯一的弟弟、也是父母最疼爱的独苗苗李启焕（后编入红三军团第六师十六团团部特务连，作战牺牲）去参军。然后，组织妇女，特别是红军的家属，成立扩红宣传队，进行鼓动宣传。

她是本地人，熟悉情况，工作周密细致，又能以身作则，尤其善于团结干部、依靠群众，因而，兴国县迅速掀起了扩红热潮。

"当红军最光荣"，父送子、妻送郎，兄弟争相上前方的动人情景处处可见。

这年"红五月",5161 名青年集体报名,著名的"兴国模范师"加入了主力红军,在整个中央苏区引起了轰动,成为中国工农红军发展史上最壮观的纪录。

随着时日流淌,扩红工作深入开展,李美群的肚子也一天天凸了起来。抚摸着日渐凸大的肚子,细读丈夫从前线寄来的家信,是她解除疲惫的最好办法。

那天,她又得到了丈夫的来信,工工整整,仅一行字:"要照料好孩子。"

这是一封早已写好的书信,搁置着就变成了遗书。泪水默默流淌,濡湿了衣襟,透润着未出世的遗腹子……她把噩耗埋藏心里,仍然起早摸黑,翻山越岭,去区、乡、村布置扩红。有时,开一次会要呕吐两次,她跑到屋外呕吐,吐完了再回去讲话。

由于"兴国模范师"的表率作用,这一年,兴国县 80% 的青壮年加入红军,人数达 2 万余,成为中央苏区扩大红军的模范县,获江西全省第一次女工农妇代表大会(1933 年 12 月 6 日)评定的"妇女工作模范县"称号,在江西省第二次工农兵代表大会上,被授予"全省第一模范"奖旗,并受到江西省委、少共中央、中央政府、苏区中央局、红一、三、五军团及毛泽东、朱德、周恩来、王家祥等领导同志的通电嘉奖。李美群也因此被评为江西省模范工作者,选为江西省苏维埃政府第二届执行委员会委员,及中华苏维埃共和国第二次全国代表大会正式代表。

在 1934 年初召开的第二次全国苏维埃代表大会上,她被授予"扩红模范"的光荣称号和奖章,并被选为中央候补执委。1934 年 2 月 3 日,中华苏维埃共和国临时中央政府机关报《红色中华》,《第二次全苏大会特刊》第七期第一版,公布大会选举产生了 170 名正式中央执行委员会和 36 名中央候补执委名单。在候补执委中,李美群和罗荣桓、邓子恢、康克清、张爱萍、李克农、李一氓等人的名字排列在一起。

20 世纪 60 年代,蔡畅回忆当年的扩红工作,对李美群的贡献,依然如数家珍,赞赏有加。

四、李美群"扑通"跪在婆婆面前,磕了三个响头,对得起

革命就会对不起自己对不起家庭。

小全列的啼哭,把李美群从回忆中唤醒。

她汲取教训，克服极大的困难，终于为第二个丈夫倪志善传了一个"后"，现在却感到大谬不然。多了一个人，就多了一串串新的麻烦、新的痛苦。

作为一个农村女人，李美群完全可以理解婆婆的责备，知道婆婆的责备是对自己好。然而，正因为从一个农村女人，脱颖成为苏区干部，李美群更对比出两者的生活意义。

这是不同的人生呀！她几次要开口辩论几句，却欲言又止。

这个世界上，李美群可以从容面对任何人，却无法从容面对婆婆。她的伶牙俐齿可以说服许多人，面对婆婆，她却无法说服自己。

她给婆婆造成的灾难太重了。

婆婆是寡妇带子，经历了千辛万苦。她的两个儿子都被自己动员当兵，相继牺牲。眨眼间，婆婆变成了孤寡人。李美群再婚怀孕，按本地习俗，不能回娘家生育。倪志善是外地人。尴尬之际，又是年老体弱的婆婆接纳了她，日里夜里，汤汤水水，照料她生产、坐月子。婆婆的辛苦还没告一段落，自己又怎么开口，请她带孩子呢！

婆婆骂自己是应该的，只要她想骂，她就有权骂。她骂，也是为了自己好，为了孩子好呀！

即便如此，李美群却不能回头了。如婆婆所说，她已经被"迷"了心窍。

许多天来，她都在审视自己，审视这块土地。

一个农民，一旦参加了革命，就无法回到从前。

突然，一阵急促的马蹄声由远而近，好不容易睡着的孩子被吓醒，又"哇哇"哭起来。李美群解开衣襟，把奶头塞进孩子的口中，走出屋来。

省委通信员牵着马，走进院子，大声喊道："李部长，李部长！"

美群见是通信员，让进屋，婆婆闻声赶紧出来让座倒茶。

通信员说："部长，形势相当紧急，李书记派我来接你回去。"

此时，拴在院子里树下的枣红马，振起红鬃，发出萧萧长鸣。李美群亢奋起来，热血在心中激荡，她对通信员说："走，现在就走！"说着背起孩子，提起包袱。谁知，还没跨上马背，她背上的孩子就大声啼哭起来。

通信员："李部长，这怎么行？"

婆婆接腔："是啊，孩子太小，小同志，请你回去向李书记解释，让美群在家里多住些日子。"

"伯母，李书记和蔡部长也上前线去了……"通信员欲言又止。

婆婆难以置信地问："就是在我家住过、叫医生来给我治风湿的蔡部长？"

通信员拎着棉被、行李，对李美群说："李部长，你来驮棉被、行李；我来背小孩，我会背，我6岁就背过小孩。"

婆婆一见，急得跺脚，长叹一声，说："天呵，造孽哟，把孩子交给我吧！"

远天掠过敌机的轰鸣，院子里的马踢着前蹄，引颈长嘶。李美群不再犹豫，"扑通"一声跪在婆婆面前，重重磕了三个响头，哽声喊道："妈，你多保重，媳妇不孝，不能照顾你老人家了。全列就托付给你，请你把她送给厚道人家吧！"

婆婆含泪接过孩子，还未满月的中全列，哇的一声啼哭起来，似乎知道这是她们母女的生死诀别，声声啼哭似刀割心肝。

李美群不由自主地转回身，想再给孩子喂一次奶，再亲亲孩子的小脸，但她怕动摇自己的决心，挣扎着虚弱的身子转身上马。她狠心地在马背上抽了一鞭子，飞驰而去……

她上路了。

尘烟滚滚，这一去，她就再也没有回来。

五、李美群领导近百人的游击队，在宁都山区与敌战斗两个多月

她的生命走向了尽头，那是一条不归路。

铁桶般的白军"围剿"，围住了留守的地方红军及赤卫队。

1934年10月，红军主力长征。项英、陈毅等直接领导的中央机关和地方党政机关，以及少数武装，坚持游击战争。

李美群因患肺病，没有参加长征。她与江西省委代理书记曾山、省苏维埃主席刘启耀、江西军区司令员李赐凡等，随红军游击队，辗转于宁都县以北的崇山密林，与白军展开游击战。

局势越来越危急，10月7日石城失守，10月10日古龙岗失守，10月14日兴国失守，10月28日宁都失守，11月1日长汀失守，11月10日瑞金失守，11月17日于都失守。中央苏区主要地域均被敌占领。省委决定，主要领导干部分散到各营团去。

李美群领导近百人的游击队，在宁都北部山区被国民党第94师围困达两个

多月，敌人到处筑堡，布设明岗暗哨，纵火烧山，日夜"搜剿"。

形势日益艰险，李美群沉着镇定，召开党团员、干部会议，鼓励大家保持革命者、共产党员的气节，战斗到底，宁死不屈。

大雪纷飞，天寒地冻，群众送粮、菜上山日渐困难。战友们在李美群的带领下，忍受着气候寒冷、缺医少药、粮菜断绝、疾病蔓延的困难，坚守在崇山峻岭之中。1935 年 1 月，白军以数十倍的兵力猛攻游击队营地。经激烈拼搏，游击队终因弹尽粮绝，孤立无援而失败。

艰苦的环境中，李美群的肺病加重，日夜煎熬着她的身体，已经无力搏敌。面对包抄上来的白军，她被捕的前几分钟，还向战友们喊话，鼓励大家英勇战斗。

被捕后，她被押至江西省第一监狱。在长期的审讯、羁押期间，李美群机智勇敢地开展狱中斗争。她有胆有识，能力超群，使敌人不得不叹服。

1935 年 3 月 22 日，《江西民国日报》在《三女匪俘》一文中披露道："……李美群则为较有地位之女子，年不过 20。闻李本不识字，但办事能力甚强，自经共匪训练后，已能写若干普通信矣。"

李美群被捕后，叛徒供出了其真实身份，被敌人作为重要政治犯，戴上手铐脚镣，解送到南昌江西省第一监狱。在监狱里，她睡的是潮湿的光地板。

一天，李美群被看守员传去过堂，敌法官先问了她的机关、姓名、年龄之后，接着厉声喝问："你在共产党内担任什么工作？"

"推翻欺压工农的反动政府，打倒吸穷人血汗的官僚地主。"既然暴露了身份，李美群索性硬碰硬回答，像一把利剑，锋芒毕露，毫不留情。

法官勃然大怒，站起来，拍着桌子，气势汹汹道："老实点，谁要你说这些！"

李美群无所畏惧，毫不示弱，大声回答说："我一向很老实，做了什么就讲什么，我干的工作就是这些。"

"我问你，共产党留下了多少人？有哪些领导人？现在什么地方？"

"一个人，在你面前，就是我，我就是领导。"李美群回答得十分干脆。

"放肆！"法官双手撑在桌面上，大声吼叫起来，"不怕死吗，你知道这是什么地方！"

李美群冷笑一声说："若是怕死，就不革命。你问我这是什么地方，我知道，这是地狱。"

敌人原来以为，李美群是个年轻软弱女子，用不着花多少工夫，一切都会招供。其实不然，她却刚强无比、视死如归，弄得法官十分狼狈。

法官被她的美貌吸引，还不甘心，一时人面，一时鬼相，竟对她说："李美群，你的名字很好听，你是一个年轻有为、美貌超群的女子，千万不要浪费了自己的美貌。如果能说出真实情况来，美好的前途不可估量，不要自作聪明。刑法无情，皮肉有痛，到时后悔就晚了。"

李美群嘲讽地回答道："我有我的打算，用不着你担心。"

第一次审问算是过去了。这次没有用刑，后来，敌人每审讯一次，就从肉体上折磨一次。毒打、灌辣椒水、踩杠子、手指刺针，但她总是咬紧牙关，从不求饶，表现出一个共产党员的浩然正气与铮铮铁骨。

当时，监狱犯人成分复杂，思想也复杂。除了彼此熟悉了解的同志，说话都十分谨慎。李美群经常支撑着遍体鳞伤的身子，利用一切机会鼓励难友们：要相信苏维埃会回来，相信共产党，坚持到底。遇到不三不四的犯人，她就一语双关，或严厉斥责，或含蓄地表白着号子里暗无天日，总有一天我们会见到太阳。

当时，李美群身患肺结核，经常咳血，说话都很吃力。但每次和敌人及叛徒辩驳时，却大义凛然，眼睛里飘闪着仇恨的火焰，话语铿锵，掷地有声。

同监狱的难友万香（解放后曾任兴国县委副书记）回忆说：方志敏的爱人缪敏关押在李美群对面，她很悲伤，美群经常安慰她，鼓励她化悲痛为力量。有一次，缪敏拿着方志敏罹难时的照片哭泣，大家都很难过。这时，凶恶的女看守，拿着木棒，气势汹汹地要打缪敏，并且大骂"土匪婆，要造反了？"难友们都用愤怒的目光刺向女看守。

强忍着病痛的折磨，李美群吃力地站了起来，怒目而视，气愤地反驳："我们的亲人被杀害了，难道连哭都不允许吗？"女看守十分尴尬，无言可答，只好走开了。

在狱中，李美群常主动关心、照顾难友，耐心开导想不开的难友，为受刑难友梳头、擦身。

有一次，她在 7 号女牢门口看见一块"万根秀寄押"的牌子。趁人不注意时，李美群关切地对兴国老乡万根秀说："根秀，你不要怕这些狗东西，要放大胆子同他们斗。这块牌子说明：现在，敌人还没有掌握你的情况，你应该先发制人，主动向敌人的军法处申诉。问他们，为什么不判刑又不释放，使你坐了两个月的瞎眼班房？"

她还帮万根秀代写了起诉书，要求军法处"有罪就判，无罪就放"。果然，不出几天，两个法警把万押送九江"感化院"，到1937年初，国共合作抗日，万根秀被释放回兴国。

不服硬，也不服软。敌人拿李美群没有办法，最后，判了她12年徒刑。

频繁地咳血使她的身体越来越虚弱。肺结核，当时是不治之症。李美群冷静地面对死亡，她不怕死，唯一放心不下的，是她的亲生骨肉中全列。1936年春，由于肺结核与艰苦生活的双重折磨，李美群骨瘦如柴，黑牢终于吞噬了她年轻的生命。是年，她才25岁。

玉陨香消。狱警把她的尸体扔在高高的狱墙外，尸骨无存。

六、深山密林中，中全列竟还奇迹般地活着

与生俱来的漂泊，伴随着中全列一生。

中全列的第一个养父，名叫谢远淇，二等残废荣誉军人。家居兴国县塘石乡上甲村，原是红三军团五师一团一营一连的连长，战斗中被打断了一只脚，回家养伤。

听说李美群马前托孤的情景，谢远淇就主动承担了抚养中全列的责任。但因爱人奶水不足，全列长得像个瘦猴。谢远淇急得没法，常抱着她去别人家讨奶吃。5个月后，同村的另一名老红军谢帮仁又主动把女孩从谢远淇家接过来，让妻子精心料理。

红军主力撤离苏区，兴国县城于1934年10月14日被白军占领。

白色恐怖随之而来。为避免敌人追查、迫害，中全列亦改名为金冬秀。谢帮仁夫妇提心吊胆，忍痛离乡别井，带着全列流落他乡，先后到泰和县彭家岭、马市、柳塘等地，隐姓埋名，依靠佃耕、砍柴度日。风雨飘摇中，吃尽人间苦楚。

流年逝水。半个多世纪过去了。值得庆幸的是，中全列竟还奇迹般地活着。她跟着养父母，在深山密林、穷乡僻壤中，艰苦而顽强地活下来。

20岁时，她跟本村一个勤劳、朴实的贫农党员肖生如结婚。

幼年，颠沛流离的生活在她身上打下了深深的烙印，使她落下了不能生育的病根。贫贱夫妻百事哀，为给家族延续香火，一家人牛马般地劳作，节衣缩食，年复一年，将可怜巴巴的一点积蓄全花在她身上，给她治病，却如泥牛入海。

生命的迷雾重重，中全列完全不了解亲生父母过去的一切。

解放后，从国民党监狱档案室里，寻找到了李美群在监狱受审时拍下的一张全身照片。

狱中的李美群依然很美，瓜子形脸庞异常苍白，微微肿胀，梳着齐耳的短发，浓淡相宜的娥眉下，一双丹凤眼明净光亮，端庄从容地正视前方。其目光，有一种特别的穿透力。

1979 年 12 月，在调查、搜集李美群事迹时，兴国县革命烈士纪念馆，辗转找到了这位烈士遗孤——中全列。

1982 年，静静生活近半个世纪后，全列夫妇专程来到兴国县革命烈士纪念馆认亲。在李美群烈士专栏前，看到上海油画雕塑院雕塑家们为烈士精心创作的《马前托孤》雕像，他们感想万千，悲痛欲绝。

中全列长跪在母亲遗像面前，仔细端详着初次谋面的慈母仪容，热泪滚滚……

> 送郎当红军，切莫想家庭，
> 家中莫挂记，我郎放宽心。
> 安心前方去，勇敢杀敌人，
> 为着胜利呀，哎呀，我送情郎当红军……

这曾经流行于赣南的苏区民歌，似五彩云霞，氤氲缭绕着《马前托孤》的雕塑，回响在映山红辉映的兴国红土地上。

历史演绎，风月递嬗，今人与先驱所重，有时真是大相径庭。有些原本认为是本质原则的因素，此时毫无踪影，而另一些在当时认为是附着物的东西，却日益鲜莹起来。耳闻这激情的歌声，肯定有人会什么都听不懂；也许有人会想起那艰难的岁月，有一位名叫李美群的巾帼英雄！

痴情的将军

红军长征老干部顾红征与民间女子肖久久的幽会，算不算偷情？争议在乡人中悄悄地、黏黏糊糊地进行，直到那天肖久久的丈夫与顾红征刀枪相见。

悄悄的议论变成了公开争论：有人说，顾红征与肖久久过去就是夫妻，从来也没有离婚，有情有义亦在情理之中；也有人说，他们虽然没有离婚，但肖久久又另外结婚，按照法律也算得婚外恋……

说来，他们的情恋确实有几分复杂，几分哀婉，伴随着一场生生死死的革命，绵延了半个多世纪。

一、梦寐思念的爱妻失约了

"嗡——"几只红面绿身的大头苍蝇，翻飞摇摆作飞机状，肆意在空中划着圈子，累了，就降落在大白墙壁上。

日头斜斜的射线在墙壁上一寸一寸隐去，眼看就要消匿……这一天，回家探亲的顾红征什么也没干，就窝在县委招待所里看日头了。他的神情十分专注，目光中流淌着巨大的喜悦、巨大的幸福。

这种流淌的消耗很大，所以，随着日头慢慢移动，他开始心烦意乱，喜悦和幸福感几乎流尽，巨大的失望一寸一寸弥漫上来，笼罩他全身。

"肖久久，你怎么还不来呢？！"

顾红征嗓子眼里含糊地咕哝一下。肖久久曾是他朝夕相处的妻子，是他日思夜想的恋人，是他并肩战斗的同志。不过，现在她已是别人的老婆。约别人的老婆出来，就有难处。

晚霞收尽光彩，日头一晃不见了。顾红征像被子弹击中，重重地呻吟了一声，失望的眸子扫了一下时刻等待的警卫员，什么话也没说。显然，再说什么也是多余。

这天，顾红征没有吃晚饭。

辣椒炒鱼干子、腌菜炒肥猪肉……是顾红征亲自点的菜，是他和肖久久最爱吃的菜。这菜深深地浸润了他们过去的爱情、甜蜜和永远的回忆。不过，此菜若是一个人来吃，索然无味。

无人搭理的菜肴独自在桌上散发馨香，忙坏了几只嗡嗡的大头苍蝇。

顾红征想：按说，去传话的人也会注意方式方法，难道，问题出在她现今的老公身上？那就麻烦。

二、她老公从中作梗不允其见面

"老公，红征回来了，喊我去见见面，还给我带了一块布回来。"

那日，肖久久一接到口信，立即高兴地告诉老公。

老公也曾是"苏干"。以前，提到过去的婚姻，他完全理解、同情，也是大方的。可是，顾红征真的回来了。老公的脸部不由自主痉挛了一下。隔了一会，他很勉强地，声音像是挤出来似的说："那你，就去，见一下，面吧。"

接下来，老公看不惯她换上了那套过节才穿的衣服，衣服上散发着浓浓的樟脑丸子味；看不惯她换了衣服后，竟然显得那么苗条美丽；看不惯她像小鸟一样欢喜地飘飞出门……这么多看不惯使他感到严重的不妙。肖久久会不会一去不返？怅然若失感顷刻间攫住了老公的心。

必须阻挠肖久久，他不顾一切地冲出门。

后来的情景证明他是对的。平日行动迟缓的肖久久，今日飞得比小鸟还快，一眨眼工夫就不见了。老公像老鹰，展开有力的翅膀，箭一般向县城射去。

县委招待所已经到了。几十年的情爱，几十年的思恋，立即就要见面了，肖久久的心激动得怦怦直跳，就要跳出来。她停住脚步，擦去津津汗珠，理了理散乱的鬓发，拍了拍衣服上的尘土，稳定了心绪，这才抬脚往招待所迈。

"久久，你等等——"

这工夫，老公终于赶上来。对着惊诧不已的肖久久，不容置否地说："我们回去！"

"为什么？"

"不为什么。"老公的手，铁环一样攥住她的手。

"那布呢？"

"我们有布，不要他的臭布！"

……

数十年呀，生生死死思念数十年，如今终于要见面，人已到了屋门口，近在咫尺，就这么离开，何等残忍……但，从那双充血的眼睛里，她看到了熊熊妒火。妒火也是战火。她实在不愿意亲人之间爆发一场新的战争，所有的欢乐都化作一腔泪水"哗"的一下决堤而流。

三、生生死死，他也要见上妻子一面

肖久久是长冈乡石燕村人，从小担任了儿童团大队长、连长。

当年，红军打赣州，由于她身高体健，15 岁便被派去支前慰劳红军，背上背着包袱，肩上还挑 50 多斤的担子。最恐惧的是白军的飞机，白军的飞机来了，大家就把担子一扔，抱着脑袋钻进稻草丛或树丛里。躲避的时间不短，会东张西望或聊天。有一次，她躲在树丛中看来看去，就看见了顾红征。四只眼珠子对视，骨碌碌转，顾红征张口唱了一支撩情歌。

"哎呀嘞——老妹生得白又白，人貌盖了通天下，十人见到九人爱，哑佬见了开声哇。"

那时候开展妇女解放运动，号召"由婚"（即婚姻自由、自由结婚）。15 岁的肖久久不懂恋爱，却十分喜爱唱山歌。她常与人对歌，对来对去，就对得情窦初开。

"哎呀嘞——小小鲤鱼赤红鳃，上江游到下江来；上江食格灵芝草，下江食格苦青菜；不为老妹郎唔来。"

"哎呀嘞——妹在屋下织绫罗，哥在门前唱山歌；山歌一唱心头乱，织错几尺花绫罗；你哇要怪哪一个？"

"哎呀嘞——阿哥住在江背岗，老妹住在长冈乡；八角开花难得见，露水泡茶难得尝——"

"哎呀嘞——糖子好吃甜对甜，自由结合不要钱；车子打线长又长，麻石铺桥万万年——"

边唱山歌边"由婚"，情窦初开的肖久久15岁"由婚"，嫁给了一名山歌手，这位山歌手就是顾红征。结婚两个来月，他们双双去唱山歌扩红，结果把顾红征也被扩进了红军。后来，顾红征便担任了周恩来副主席的警卫员。

顾红征比肖久久大6岁，是兴国县江背乡来源村人，从小有一个比他大3岁的童养媳。兴国县"赤化"后，山歌中常常带有革命色彩，喜欢唱山歌的顾红征由此明白了许多革命道理，就与童养媳双双去解除了婚姻。

当兵后，顾红征分在国家政治保卫局，驻扎在于都的银坑乡看守犯人。隔几天，部队就有一次去兴国县高兴乡挑米的任务，每次顾红征都争着去挑米。挑米路过江背乡时，他便弯回家里，小两口赶快关起门来高兴一番。即使是战争，生活依然那么有滋有味。

以后，顾红征驻扎在于都县桥头乡。离家更远了，不能经常回家，有情人自有办法。那时，肖久久已经担任了模范少年先锋队的连长。逢年过节，肖久久便送点腌菜、辣椒炒鱼干子、土果子、草鞋等去探亲，回来就顺便挑一担石灰。前半程，由送行的顾红征挑几十里。说说笑笑，甜甜蜜蜜，两人一路走一路聊。后半程，肖久久一个人挑回家。

长征前夕，肖久久又去了一次桥头乡，给远征的丈夫送去了一顶斗笠、一双绣着红五星的布鞋、几双草鞋和一些食物。

那一段弯弯曲曲的山道，与这一段恩恩爱爱的生活，就永远印在二人脑海里。

红军长征后，白军占领了兴国。因为肖久久是红军的山歌手，白色政权通知她必须改嫁，否则就要把她卖掉。后来，肖久久与顾红征生的女儿又不幸夭折，她只得改嫁给邻村一个姓李的农户。因为这个农户曾经也是个苏维埃干部，理解、同情肖久久。长征期间，顾红征见到那双布鞋便想到肖久久，想到肖久久时便拿出那双布鞋来看一看，对着布鞋上绣着的红五星深情地呼唤着"久久"的名字。爱情，也是顾红征的精神支柱呀。坎坷的长征路上，有几次顾红征踢破了脚趾头，鲜血直流，他才把这双布鞋取出来穿两天，然后又拍打干净藏在背包里，赤脚走路。

这双布鞋与忠贞不渝的爱情凝结一体，完好地保存着。枪林弹雨，戎马倥偬，数十年后，顾红征千里迢迢、兴致勃勃地赶回来团圆时，还珍珍重重揣着这双饱经风霜的布鞋。

鞋，还是那双鞋；地，还是那方地；人，却是人家的人了。

不过，既然经历了数十年苦恋，为了夫妻团聚，家庭幸福，身经百战，枪林弹雨都挡不住，顾红征也决不会被一个"老公"拦住，出生入死，无论如何，他也要见肖久久一面。

四、二人抱头痛哭，几十年的思念、离情在哭声中激荡

肖久久像往日一样早早地上了后山，沿着弯弯曲曲的山道一路巡视。数十年，赶圩、砍柴、捡草菇、摘木梓，甚至没事时也常常在这条山道徜徉。这条山道，犹如她的身体，哪地方，哪旮旯，无比熟悉。茶树坳，有两棵相连的树墩，似设在路旁的两张凳子。不管累不累，她每次到这都要坐下歇息一阵，遥想两人当年挑米、挑石灰的情景。巡山，也是寻思旧情。那年冬，肖久久兼任了村里的护林员。

过几天，顾红征又派人去找肖久久，并要送一笔钱给她。

这回，老公连门都不让肖久久迈出，口气很凶地对来人，也是对肖久久说："我们自己有钱，不要他的臭钱！"

难道两人就永远不能相见吗？不，除非是死了。肖久久相信顾红征一定会设法与自己联系。

第二年，顾红征才与肖久久见面。乡政府的人在山上找到她，告诉说："顾红征将军回来了，在乡政府等着见你，等了一上午呢。"

她一愣，泪水便流了下来。

何止是等了一上午，我们都等了几十年，等了一生世呵！

去，我去，无论如何我都要去，马上就去。

数十年沧桑，人的变化到底会有多大？离别时一对少年夫妻相见时已经两鬓霜雪。

顾红征与肖久久相见那一瞬都呆了，他们都不是过去的他们了。无限伤感涌上心头。

"红征——"

"久久——"

二人抱头痛哭在一起，哭声，撕心裂肺的哭声，在静静的乡政府大院内显得十分响亮，无比地凄婉。乡政府里，所有的人都默默退到了一个角落，悄悄地抹泪，侧听他们应有的倾诉。可是，可是二位老人只有哭声、哭声，苍老嘶哑的哭声在苍茫大地上回响，狼嚎一般的哭声在阒无人迹的天空中激荡——那几十年积压在心中的思念、离情……一个字都说不出来了。

五、久久仰脸向着红征：我跟他吧，不然，他和几个细仔更会苦死

不知是谁泄密，老公怒气冲冲赶到，往乡政府里闯。

"站住，不要乱闯，你找哪一个？"他被拦在院子口。

"我找我老婆，我老婆是肖久久，她在里面偷情！"老公被阻，似一头急红了眼的狗，又叫又骂，东奔西突推倒了几个人，跳着脚往里窜。但寡不敌众，他仍被阻在了院外。老公无可奈何，骂骂咧咧地走了。大家刚松一口气，没想到，老公腰里挎着一把菜刀，手持一杆上了膛的鸟铳，眼珠子在冒血，像狼一般扑过来。众人见势不妙，立时作鸟兽散。老公如入无人之境，直接闯进办公室。

"砰"一声，门被一脚踢开，鸟铳直指垂泪而立的顾红征："嫖客子，滚出去，不要在这里夺我的老婆，不然我就要你的命！"

"肖久久是我的结发妻，"顾红征被激怒，转过身，针刺般的目光投向她老公，"我去外面搏命打仗夺天下，你在家里夺我的老婆，偷情的人是你，你凭什么不让我们见面，到这里嗷嗷叫！"

"我？"老公被针刺般的目光刺伤，鸟铳点着顾红征的脑门，充血的眼睛瞪得牛卵子般大，恨恨地叫喊，"我和她有结婚证，人民政府的结婚证。"

"我和她也有结婚证，苏维埃政权的结婚证。我们的结婚证在先！"

先到为君，后到为臣。天经地义！

天啊，怎么办哟？！

鸟铳低了五寸，老公原也明知道久久与顾红征的婚姻，他求助地望望四周。四周拥满围观的人。众人喳喳嚓嚓各有评判，就有长者站出来说话。

"两个老公，按客家人规矩，那就要让久久自己挑一个。"再大的争端，按规矩办事，这是客家人遵循几百年的族规。

轰——鸟铳重重跌在地上，突然走火，把大地击了个坑。火药味弥漫，又渐渐散去。

老公哀望着久久。

顾红征笑望着久久。

久久松了口气，迈一步走向红征，与红征紧紧地拥在一起。众目睽睽，明摆着的事实：久久与红征是结发，与老公是再婚；与红征有爱情，与老公无爱情；跟红征团圆前程无量，有天大的幸福，跟了老公熬，眼前的苦难还没有吃够么……

"红征，现在你更有，他更苦，"久久仰脸向着红征，"我跟他吧，不然，他和几个细仔更会苦死。"

轻轻数言像一个霹雳，震惊了一屋人。

扑通——老公猛然跪在久久脚下，脑袋频频撞击地面，发出孩子似的号啕大哭。

泪水再度涌流，红征的泪雨吧嗒吧嗒打在久久脸上。

"久久，你还是那么好，那么善……"

四目相对，久久觉得红征额头上多出两道皱纹，一下子苍老了。

人还是那个人，心还是那颗心，情也还是那份情，却不再是夫妻，不再是那名分……人世间，怎么会安排如此永远的拥有和永远的不再。

久久久久，你可能说清，这是一段什么缘啊？！

附　记

冬日的夕阳照着赤色山冈，山山水水泛着艳丽的玫瑰红。在这块红土地上，曾经有过彪炳华夏的革命历史，沿着曲曲折折的小径，我去寻找发生在这里一件已被人遗忘的凡人小事。

江背乡，顾名思义，地处蜿蜒的大江之背。兴国县潋江的支流的支流，一条无名小溪畔，七八只鸭子在水草中觅食。牧禽者是一位扎着客家头巾的老奶奶，她高高瘦瘦，曾经挺直的背已经有些佝偻，黝黑的面庞上皱纹纵横交错，傍着路边的房屋靠坐在一张竹椅上，嗫着嘴唇发出一连串声音："嘘——"她正在为一个 2 岁小孩把尿，身边还紧紧挨着一个五六岁的男孩。一群苍蝇兴奋异常，嗡嗡嗡嗡，纷纷扬扬降落在小孩黏黏糊糊的脸上。

20 世纪的最后一天——2000 年 12 月 31 日下午。我辗转来到了兴国县江背乡果源村，这位老奶奶，就是我要探访的人——肖久久。

小小山村里的人都知道，肖久久今年 83 岁，享受红军失散人员定补待遇。可是，谁也不知道：她是红军山歌手，曾经有过一段如火如荼的历史；她是周恩来警卫员顾红征的结发妻子，有一段刻骨铭心的婚恋。

听说了我的来意后，她眼睛一亮，一边侍弄小孩，一边缓缓地谈起了当年。

中华人民共和国成立后，顾红征曾写作出版回忆录《在周副主席身边》一书。为了让肖久久对自己曾经的生活多一些了解，他还特别寄了一本书给不识字的肖久久。书中多处提及兴国山歌，其中有这么一段：红军长征途中，于1935 年 6 月过雪山时，有的人被狂风卷进雪窝中，战士们情绪低落。周恩来副主席就鼓动我给大家唱兴国山歌。"哎呀嘞——大雾围山山重山，红军队伍过雪山，千难万险都不怕，同志们哟。红军面前没困难。"刚唱完，战士们便兴奋起来，要求再来一个，气氛扭转。周恩来笑眯眯地望着大家，一手扶着拐棍一手挥动着打拍子，歌声又响起来了。战士们精神一振，忘记了饥饿和疲劳，顶着严寒一股劲向雪山顶峰冲去。

接到此书，不识字的肖久久，曾屡屡央求一个在校读书的晚辈念给自己听。每次听到兴国山歌处，她便露出会心的笑容。这样，一点一点地，她填补了对顾红征记忆的断层……随之，这一切又都成为过去，永远的过去。

在我们的要求下，老奶奶略微犹豫一下，挥挥手，驱散黏在孩子脸上的一群绿头苍蝇，清清嗓子，开口唱起了当年的山歌。

一唱山歌，脸色浮现出微微潮红，她虽然已经 83 岁高龄，苍老的歌喉却依然清婉，歌声中，她仿佛又回到了那青春亮丽的年代。

　　哎呀嘞——因为想哥想坏我，带把剪刀去斫柴，清早洗脸手拿鞋，晚上洗脚端脸盆……

美丽如狐的女"红匪"

　　春暖花开的季节，廖振荣又来信寻找姐姐。

　　再也没见过比他更固执更难缠的人了。像人家欠了他似的，就那么不管不顾、无遮无拦，一年又一年地盯着你"要"。即便是轰轰烈烈的"三反""五反"，生生死死的"文革"，四五十年间，廖振荣就没有断绝过重重复重重的寻找。

　　寻找一直进行到20世纪末，然后跨世纪、跨千年。最终，他使所有接触过这件事情的人都十分地感动，也十分地厌烦。

一、他用一把弹弓断送了姐姐所有的姻缘

　　最初的寻找是在1953年，廖振荣抗美援朝凯旋。

　　廖振荣是解放军某部一名骁勇的少将。他打了一辈子仗，仗打得特别艰难，特别残酷，因而也特别思念亲人，思念得最多最多的就是姐姐廖秀姑。

　　从朝鲜回国后不久，廖将军请了探亲假回家探亲。他的家乡是江西兴国县梅窖乡，从小父母双亡，廖振荣已经不记得父母的样子，只记得与姐姐相依为命的日子，他是由姐姐一手拉扯带大。

　　姐姐就是他的妈妈，姐姐是他最亲的亲人，除了姐姐，家里已经没有什么很近的血缘亲戚了。

　　祖上传下的房屋早已坍塌，屋子里生长着人一般高的苦艾草，断垣残壁上铺满了绿茵茵的爬山虎。

拨开厚厚的爬山虎，廖将军蹲在墙角搜寻了一会，从一个墙洞里抠出一把弹弓。有些腐朽的弹弓上覆盖着一层鲜艳的绿苔。

"哦——"廖将军呻吟了一声。这是一把惹是生非的弹弓，少年的自己是多么地不懂事呵，就用它害了姐姐，断送了姐姐所有的姻缘……廖将军的泪水不知不觉滴落在弹弓上。

探亲，从一开始就是寻亲。

覆盖着一层鲜艳绿苔的弹弓，像一个"V"字摆在县民政局长的办公桌上。陪同的副县长和民政局长惊奇地盯着它：这是一把杂木枝制成的弹弓，曾经有一定的硬度，现在已深度腐朽。

看着这把弹弓，廖将军讲述了一个关于他害了姐姐的故事。

家里没田没地，生活全靠姐姐上山砍柴，在家做针线活换米吃。在廖振荣的记忆里，他与牛一样是吃树叶、番薯藤长大的，从没尝过猪肉的滋味。

为了活命，他从小就有一种搞吃的本能——掏鸟窝、戽水捉鱼，最拿手的绝活是射弹弓，可说是弹无虚发，百发百中。弹弓，是他求生与自卫的本领，也是他值得骄傲的本钱。

弹弓，弹无虚发！那时，他是多么不懂事呵，有一天，竟朝姐姐心上射了一弹。

生活虽然清苦，吃野菜的姐姐发育得很好，脸庞像一朵盛开的山茶花，是远近闻名的靓女。为了带大弟弟，她婉言谢绝了一批又一批媒人，一直拖到他13岁那年，比他大10岁的姐姐才把"八字"拿给媒人，让其去为自己交割姻缘。

村里的风俗，女孩子14岁左右就开始嫁人，20多岁就算是过了妙龄的老姑娘。

可廖振荣并不懂这些，他只知道姐姐一嫁人，就要到别人家生活，那自己就失去了姐姐。失去了姐姐，怎么生活呢！

于是，他爬上了屋门前的那棵大树，把自己隐在浓浓的树荫内。待媒人喜滋滋地带着男方礼物上门时，廖振荣瞄准他狠狠地射了一弹。他瞄准的是媒婆的眼睛，如果打着了的话，媒婆的眼珠子八成要打飞出来。还好，只射中了媒人的脸颊。

"哎哟——"媒人大叫一声，仰面朝天翻倒在地上。

姐姐闻声而出，只见媒婆捂着脸颊在地上打滚子，口里一声一声地骂："哎哟，青天白日撞煞了哟！介样凶煞的家宅，你家里死人倒灶绝火烟呀。哎哟，你家里死人倒灶绝火烟……"

姐姐看了看她的伤口，心里已明白是怎么回事，四下看看，并无一人。

媒人的脸颊肿成了一个猪脸，半个多月才基本痊愈。可是，媒人挨弹弓作为笑料奇谈，却在本地流传了好几年。

从此，再没有人敢登门给姐姐做媒说亲了。

廖振荣由此声名大振，很是高兴。

数年后，廖振荣参加了红军。是姐姐廖秀姑送他去当兵的。当大革命的风暴席卷赣南时，廖秀姑首先参加了革命，担任了区苏维埃妇女部部长，后来又担任了区苏维埃主席。

廖振荣觉得革命很好玩，屁股后头吊着一把弹弓，就天天跟着姐姐在区苏维埃干点跑腿的事，混口饭吃。他混饭吃不打紧，又摆开那把弹弓，把姐姐一桩好事给断送了。

他看出区委书记曾祥伟对姐姐有点意思，经常借故与姐姐在一起，就紧盯着不放。有一次，曾书记借着教文化的当口塞纸条给姐姐。那手正有点不老实，廖振荣就来了，那手赶紧往回缩。

说时迟，那时快。"啪"的一响，已经挨了一弹。可怜那手一连几天不能动弹，筷子都使不了。其时，苏维埃政府里很忌讳桃色事情，曾书记是哑巴吃黄连，有苦难言。

1934年9月，整个苏区的第五次反"围剿"败局已定。为了应付白军侵入，区政府所有人员已编成了游击队，廖秀姑担任游击队的副队长。

红军主力离开苏区作战略大转移之前，进行了一次大规模的扩红，把一些地方红军都编入主力部队。经过多年战争，当时兵源已经相当枯竭。为了完成任务，姐姐想了许多办法，最后收缴了廖振荣的弹弓，把他送入部队。

廖振荣成为一名真正的战士，参加了举世闻名的二万五千里长征。

二、鲜为人知的角石寨曾经是红军的秘密金库

四五十年没有断绝过寻找。几乎所有的线索都断了。

偌大的世界，难道就真没有一个人知道廖秀姑的音讯吗？

不。有一个人就知道廖秀姑的下落。这人就是曾祥伟。他知道廖秀姑就在离兴国县城大约 15 公里处的一座山上，那座山有个十分隐蔽的寨子，名叫角石寨。

角石寨，那是一片不可思议的奇丽景致，一仞刀砍斧削的山峰，傲然临风。

2000 年 12 月末的那几天，在该县社联主席兼旅游局长胡玉春的陪同下，我们登上了这座早已荒芜的山寨。

角石寨所处的山峰属丹霞地貌，拔地而起，高入云端，似刀砍斧削，无路上下。由于日月风化剥落，山峰间形成了一道内在的平地，不知何年何月何人，在此建筑了几千平方米的岩石基础土屋，构成了坚固的山寨——角石寨。

说到角石寨，只有极个别中共党史研究专家才知道。

它曾解密了中共党史研究中一个小小的盲点。

1931 年 7 月底至 9 月底，正是红军反第三次"围剿"的最重要关头。约三个月期间，红军的主力全部集中战场，与白军作殊死搏斗。项英率领的中共苏区中央局机关，则隐藏在兴国高兴圩、城岗圩一带偏僻的山村。在这一关键时刻，红军虎将陈毅却突然下落不明。

其实，陈毅并没有走远。受毛泽东委托，他率领一支小部队，就在国民党大军眼皮底下，距兴国县城约 15 公里的长岗乡角石寨，执行一个秘密任务——看守红军的 20 多万元大洋。

这批款子不但数字巨大，而且意义非凡。它将用来为一个即将诞生的共和国——中华苏维埃共和国奠基。

1929 年冬，共产国际提议：中共中央应召开一次全国各苏维埃区域的代表会议。于是，中共中央政治局成立专门班子，开始了历时两年的准备工作。

对于中共来说，这是建立一个新型的国家呀。共产国际与中共中央局，不断通过电报、文件催促苏区中央局抓紧召开"一苏大"。可是，由于国民党加紧对苏区进行"围剿"，苏区中央局却不得不一连 4 次延迟了"一苏大"召开日期。

1931 年 6 月 1 日，第二次反"围剿"最后一仗结束的第二天，苏区中央局就在龙冈发表《为第一次全国苏维埃代表大会宣言》。此宣言发出后的第六天，蒋介石在南京发表《告全国将士书》，出动 30 万大军开始了对中央苏区的第三次"围剿"。6月20日，中华苏维埃中央革命军事委员会，发出了第十四号通令，将"一苏大"改期在11月7日。

7月下旬，红军总部从闽赣边界千里回师赣南，在兴国县的高兴地区与苏区中央局机关会合，研究第三次反"围剿"及"一苏大"事宜。赣南特委书记陈毅也参加了会议。毛泽东对他说："这次反'围剿'必定有几场恶战，形势严峻。方面军在闽赣边筹得一笔款子，不便悉数携带，决定留20万银圆下来，请赣南特委妥为保管。"

大家知道，这笔款子来之不易，将全部用作召开"一苏大"会议及未来的苏维埃国家银行储备金。

陈毅霍地站起来："请总政委放心，有我陈毅在，就有红军的经费在！"

30万白军的大"围剿"，仗怎么打很难预料。20万大洋可不是小数目，往哪里放呢？

经过再三斟酌，陈毅决定把这笔款子藏在角石寨。他带了一个连的红军守护，另外，挑选了几名坚定可靠的地方干部，组成短枪队进行外围掩护。

数月后，第三次反"围剿"胜利。"一苏大"终于在瑞金召开，陈毅完璧归赵，将20万大洋还给了毛泽东。

红军悄悄进入，又悄悄地离去了。

角石寨——入寨的红军、游击队，擦肩而进，就像什么事情也没发生过。

可是有一天，处于无处可逃的生死关头。廖秀姑的游击队被白军击溃，战友们死的死，伤的伤，角石寨突然又从冥冥之中蹦上了她的脑海。

三、为营救战友，她劫持了两个草药医生

夜幕中，机关枪"嘎嘎"地叫起来，喷射出的子弹，如一阵流星雨似的向白军泼过去。廖秀姑的游击队似一群狂怒的狼，啸叫着突破了白军的包围。

这是廖秀姑离开红军主力后打的第一仗，也是最后一仗。

1934年10月14日，白军第八纵队经与红五军团激战数日，占领了兴国县城。随着红军的撤离，白军继而分兵向各区乡"围剿"。

主力红军离开后，由以项英为首的苏区中央局领导苏区的斗争。项英对局势仍相当乐观，并不认为苏区的斗争将进入一个长期的低潮，他集中留下的地

方红军与白军硬碰硬地打了几仗，连吃了几个大亏，消耗了仅剩的红军有生力量。

根据苏区中央局的指示，刚刚成立的兴胜县委也命令各区游击队寻机阻击白军进攻。

各区乡的游击队并不清楚整个战争形势，受命后，曾祥伟与廖秀姑立即率部行动，设伏袭击白军一个连的"清剿队"。不意，在白军强大的火力中，游击队一触即溃，五六十号人死伤大半。曾祥伟、廖秀姑等人沿着山道且战且退，一直打到天黑才摆脱白军的包围。

月色迷蒙，山风凛冽。

热汗浸透的衣裳经冷风一吹，冰凉冰凉，廖秀姑浑身一颤从极度疲乏的迷糊中惊醒，四下漆黑一片，身边横躺竖卧只剩下3男3女6个人，且3个男的全部负了重伤，躺在地上重重地喘着粗气。她知道，3个伤员中有一个是区委书记曾祥伟，怎么才能救活他们呢？

这时，巨大黝黑的天幕上，隐隐约约有一座座山峰的轮廓。于是，她想起了角石寨。

一群群突兀耸立的山峰挤挤挨挨，山峰与山峰间拥塞着密密匝匝的灌木、比人还高的茅草。只有方向，没有道路。角石寨是由绿色屏障封锁、隔绝的幽闭世界。

角石寨左连绝壁，右临万丈深渊，当关而立，不但地处险峻且筑有碉堡、厚厚的城墙，寨内有20多间房屋。寨后一条小径可通顶峰。

3个姑娘把3名伤员连背带拽弄到角石寨时，天已经蒙蒙亮了。鼻口上一摸，有一个伤员不知什么时候断了气。

第二天，她们开始漫山遍野采集草药，有的煎水内服，有的捣烂外敷，抢救另两个伤员。

3个女战士，都是从小生活在农村的本地人，模模糊糊也识得三两味药草，可是要正儿八经地治病，对草药的配伍却谁也不在行。应了那句老话：病急乱投医。

百草都是药，医不医得好病，那就要看各人的命。

过了两天，两个伤员的伤不但不见好转，反而有些伤口恶化的样子，其中一个伤员叫唤了几句竟然一命呜呼。剩下一个伤员就是曾祥伟，手脚抽搐，口里时而说些胡话……怎么办？在这人烟稀少的山谷里，真是叫天天不应，叫地地不灵呀。

两个年纪更小的姑娘害怕，吓得躲避在一边"嘤嘤"哭泣起来。

"你们不要怕，我去找个医生来！"

廖秀姑揩了一把泪水，一个人下山了。

一个姑娘人生地不熟，在这山谷里能到哪里去找医生呢！

廖秀姑下了山就朝角石峰对面的山丫走。头两天在此角峰采草药，她爬上了此角峰的峰顶。高高的此角峰上，能看到周围七八里开外的地方，她发现旁边那座山峰上树丛一动一动，似乎有人在监视这边，仔细观察，原来也是一个人在采草药。

山丫，就是两座山峰的中间，也是上山的必经之路。不知对面那是个什么人，廖秀姑心里慢慢地有些害怕，先拣个隐蔽处猫了起来。

太阳落山时，树木哗啦哗啦地一路响了过来。间断夹杂着两个人的对话声，忽然一个男声唱了起来。

> 高山崇脑打铜锣，
> 下个山崇唱支歌，
> 你一支来我一支，
> 唱到明年割早禾……

没有想到会是两个人，廖秀姑胆怯了，眼前的冬茅草也动了起来。可是，她嗓子眼发紧，根本说不出话来，就这么眼看着响声从面前过去。

"喂，站住——"眼看机会就要失掉，她想到了曾祥伟垂死的面容，大叫一声，不顾一切地跳了出来。

那二人闻声一惊，草药担子跌落在地，"饶命饶命"地叫着，爬了几下都爬不起来。

"不要怕，不要怕，我是好人。"廖秀姑走到二人面前，"我的一个大哥受了伤，想请你们帮忙医一下。"

看清廖秀姑真是一个女人，那二人才慢慢爬起，拍了拍屁股，没好气地说：

"你这妇娘子也是，装神弄鬼，吓大吓小，魂都会给你吓掉。"

"今天真是碰到了鬼。"

说着，二人捡起地上的担子，挑起来就要走。

"大哥大哥，帮帮忙吧，"见二人要走，廖秀姑发急了，"我大哥病得快要死了，求你们帮帮忙救他一命。"

"死开来，这么晚了，我们自己都要人家帮忙，哪有工夫帮你的忙？"

那二人既然不怕她，根本就不睬她，掉头就走。

廖秀姑见软的不行，刷地拔出手枪："站住，再走一步我就开枪了。"

"你过来咬我的卵子！"二人瞅都不瞅她一眼，只顾摔开大步赶路。

"砰——"枪声响了，前面那人的担绳击断，担子跌在地上。

二人像木桩一般竖着。

从此，廖秀姑成了人们谈虎色变的"女匪"。

四、角石寨的废城堡成了她的新洞房

一个普通的人有了枪意味着什么？那就意味着不普通。

廖秀姑得到了枪杆子里面出"权利"的体验。为了保持、延伸这种"权利"，她不断地延伸和发挥枪杆子的作用。

采药人提出：曾祥伟的伤光靠草药不行，必须进城去买一些西药。

这是采药者逃跑的花招？

她让采药者看着自己的手枪，说："去一个，另一个留下作人质。"

第二次第三次，采药人去圩上买药。她分别派出另两名姑娘陪采药人，一道进城购买生活用品。

经过有效的医治和精心护理，一个多月后，曾祥伟的伤渐渐痊愈，生活可以自理了。3个女人非常高兴，也分别向他提出了同一个问题：今后怎么办？作为一个区委书记，他首先想了解县里党组织的情况。当得知党组织被消灭，已经没有任何情况时，他也不知该怎么办。

等吧，任何情况也没有时，只能等待。

绿树绿地、绿山绿水，四野绿色环裹，这是一座绿色城堡。两座相对的山峰构造成一道绿门，然后是绿色长廊，要经过六道绿门六条绿色长廊才能到达角石寨，天成一个安静、安全地方。

既然暂时没有情况，改善生存状态便成为生活的主要目标。他们开始劳动分工，两个人挖竹笋，可以鲜吃也可以晒干留着吃；两个人挖陷阱狩猎。四个人分成两组劳动。

选一处野猪、山麂出没的小径，曾祥伟与廖秀姑一块挖陷阱。经过几天的努力，逐渐挖成了一个宽一米多、深一米五六的大洞。这天，日近中天，就要收工吃午饭，廖秀姑招呼轮换下坑正在挖土的曾祥伟。

"算了，曾书记，不要累坏了身体，今天收早工吧。"

正说着，她突然尖叫一声跳进了洞里。二人抬头看，一条两米来长的五步蛇"嗞嗞"地从头顶上游过去。好一会，她才定下心，发现自己正被赤膊上阵的曾祥伟紧紧地抱在怀里。火烫火烫的体温和一股男人浓浓的汗味搅得她心慌意乱，脸通红通红，心跳得像打鼓一般。她想挣脱，曾祥伟却抱得更紧更紧，连呼吸都感到困难……

经过一番激动的体力消耗，二人渐归平静。

那时，在苏维埃政府里，这叫作发生了不正当的肉体关系，或叫作发生了不正当的男女关系，就算犯错误。眼下，虽然没有别人知道，她还是很不好意思。

年龄都这么大了，还不该嫁老公呀！廖秀姑捂着火烫的脸坐在那儿想：正当不正当有什么，不就凭一张证吗！

她站起来说："老曾，我们办一张结婚证吧。"

"办结婚证？"曾祥伟十分意外，现在这种情况还办的什么结婚证呢！不是法律意识浓淡的问题，而是……他也说不清是什么问题，问："去哪里办？"

"我们的公章还在，自己给自己办。"说着，廖秀姑从身上解下了随身携带的一个布包，找出"某某区苏维埃政府"的公章，递给曾祥伟。

看着那枚保存完好的公章，曾祥伟不由重重地感叹：苏维埃政府都不存在了，公章又顶什么用呢。不过，他并没有反对。

"办吧，"曾祥伟说，"要办就办吧。"

"可是，结婚证没有了哩。只有些开路条用的纸。"

廖秀姑把小小的布包翻了几遍，失望地看着曾祥伟。曾祥伟觉得好笑，对沮丧的廖秀姑开玩笑。

"没有结婚证就用白条子，写上字盖上章就行。"

廖秀姑一听有道理，却说："结婚证是红纸，白条子怎么行。也不太吉利。"

曾祥伟笑了起来："先用白条子替代一下，以后有了红纸再换回来，人都是活的呀。"

这话很对，反正公章在自己手里，廖秀姑就取了两张白条子递给曾祥伟。曾祥伟就在白条子上写道：兹证明，曾祥伟与廖秀姑是两公婆。然后盖上印章。廖秀姑不识字，对白条子上的内容挑不出什么错误，却认为白条子上面的公章盖得不甚清楚，于是，沾上红红的油墨又盖了一盖。

与大山为伴是很美丽的。但时间久了，安静、安全一拉长就变成了清冷、寂寞，与秀姑一起的两个姑娘有些守不住了。有一天，她们去赴圩卖茶油至夜未归。急得曾祥伟、廖秀姑二人彻夜未眠。第二天开始，他们加强了警戒，却并没有反常现象，但两个姑娘从此一去不返。

山上生活清苦却不愁吃的。各类野兽、野果、野菜，以及草菇、木耳等，各种山珍应有尽有。

另外，他们俩侦察了邻近的五六个山庄。所谓山庄，也不过是只有二三户最多四户人家的屋场。在侦察中，还发现了几片无人经管的油茶林。这些油茶林原来是地主、富农的山场，大革命时分给了穷人。几年来，农村大批青壮年参加红军上前线，劳动力锐减，人烟稀少的地段就出现了许多这样的荒田、荒林。

他们收获了现成的果实，把茶籽挑到附近山村去用古老的油槽榨油，然后再拿到圩上去卖。数百斤茶油成了他们的一笔收入，源源不断地换回了粮食、食品、衣物。

五、廖秀姑抑郁而死

在那阴暗潮湿的大山里长期生活，廖秀姑与"丈夫"曾祥伟，起初交叉感染了滴虫病，后来曾祥伟老伤复发，不久，二人又都传染上了肺病，时而咳出血丝。为了治病，曾祥伟潜往山下，在县城边上租屋居住，一边治病，一边摆个小摊作掩护。

因为害怕暴露身份及某种心理因素,廖秀姑始终坚持不肯下山治病,只是依靠曾祥伟隔三岔五送药上山,久而久之,延误治疗,病情加重,身体日见虚弱。病重期间,曾祥伟常常守候在她身边。

1949 年 9 月,中国人民解放军来到兴国,曾祥伟几次到角石寨传递消息,动员廖秀姑一起寻找组织,恢复关系。

解放军也就是当年的红军。生命中最苦最苦的时候,这是她心目中最后的一线希望。她盼望红军回来,那是她曾经为之浴血奋战的队伍,那是她唯一的亲人——弟弟所在的队伍。

红军回来了。却没有听说弟弟回到兴国,她心中最后一线希望破灭了。

廖秀姑抑郁而死。那是在 1950 年初,死时,只有她一个人在角石寨煎熬着最后的时刻。数日后,曾祥伟来到山上,她的尸体旁边一只布包还包着那枚苏维埃的红印。他叹了一口气,将印章与尸体一块,埋葬在角石寨后通往峰顶的路边,没有墓碑。

之后,曾祥伟永远地离开了角石寨。遵守对廖秀姑立下的诺言,他把这故事埋藏心内,直至今日。

那是一片斜斜的陡坡,坡上一丛丛绿茵茵的荆棘蓬蓬勃勃,特别繁茂。我知道,这是廖秀姑的坟墓,也是另两名红军战士的坟墓。

没来由,坟墓旁陡起一阵旋风,四下里,几片树叶缠缠绵绵地旋转,似一簇未亡的灵魂!

在坟前,我鞠了三个躬,低头站了很久很久,向一些远年的魂灵祭奠……

永远的考验：她可以承受生命之重

一、革命就是考验，共产党员一切都是组织的，哪顾得了自己

石板路旁，几株梅花，暗渡清香。

那是 1929 年早春，14 岁的彭国涛一早起来，挑着一担茶水，跟随当教师的父亲去迎接一支长途奔袭而来的队伍。父亲彭澎，明里是教师，暗里担任中共宁都县委军事部部长。他告诉她：这支队伍叫红军，打仗非常厉害，其首领叫"猪毛（朱毛）"。

红军真的红眉绿眼？彭国涛有点害怕，她久闻红军青面獠牙，生食人肉。听说红军要来，国民党宁都县的县长赖世琮早已望风而逃。

在县城南边十余里的石榴排，彭国涛见到了红军，却是些普通的人，有些失望。口干舌燥的红军队伍，似一条吸水的大龙，把满满两担茶水喝得精光。这支队伍被引进县城。当天，红军首领"朱毛"、陈毅等人，在城西温屋接见了他们。

红四军离开井冈山向赣南、闽西进军，处处受敌，疲于奔命，疲惫不堪。"朱毛"告诉彭澎：红军很需要银圆、粮食，以及各种日用物品。

需要多少钱呢？

红军说了个数目：最好能筹集 5000 块大洋。

要这么多钱呀？

从没接触过钱的她，以为那是个天文数字。由此，她第一次学做群众工作，

在父亲的带领下，向四邻八乡的老表们宣传共产党、红军闹革命的宗旨。没想到，竟然很快筹集到银圆 5500 块、土布 300 匹、草鞋和袜子各 7000 双……

"朱毛"这名字响彻湘赣，其实是两个人，一个是军长朱德，一个是政治委员毛泽东。红军得到如愿的支援，军容大整，毛泽东说彭澎工作能力很强。接下来，发动群众，创办学习班，在县城上西门温家屋召开会议，成立工农兵革命委员会，毛泽东亲自任命彭澎为县工农兵革命委员会主任，这是苏区宁都红色政权的第一任县长。

彭澎的县长，只执政十几天。5 月上旬当选任命，5 月中旬，红军离开宁都，彭澎便兼任宁都县游击队队长，带领县游击队转移到北部山区，开展游击战争。翌年 7 月，彭澎被捕。

彭国涛过早地介入革命，也过早地尝到了痛苦。初阅人世，有两件事情系着两条命，令她刻骨铭心，永世难忘。

1929 年初冬，骤冷的气温使人难以适应，彭国涛的弟弟彭寿平，突然不吃不喝，患了"哑口症"（白喉）。这在缺医少药的当时，就是大病。她与母亲陈氏苦守，巴望父亲归来。

那天，是 12 月 8 日。宁都县革命史上，一个著名的日子。彭澎与游击队副队长肖大鹏（后任红 20 军代理军长）等人带领游击队打进县城。当时，游击队有 300 多人，160 多支枪，经周密布置，游击队一举捣毁县衙门，营救出关押在监狱的王俊的夫人及其他战友。

黑暗如墨的夜，三双眼睛似三对磷火，微弱地闪烁着。父亲一天一夜未归，弟弟的双眼便在与妈妈、姐姐的对望中，永远闭上了。

彭澎回家，母亲抱着弟弟的尸体，泼命大哭，怨声不止。抚着独子尸体，彭澎愧疚不已，却并不悔错，哽声说："这就是考验，我是共产党员，一切都是组织的，哪顾得了自己！"

"考验，考验！"面对生死，这两个字，彭国涛记了一辈子。

接下来的还是考验，更让她永生不忘，那是眼见父亲绑赴刑场，壮烈牺牲。

游击战争，风餐露宿，彭澎积劳成疾，左腿患了严重的风湿性关节炎。战斗中时常发作，翌年 7 月的一天，队伍转战湛田乡李家坊，与大股敌人交火。彭澎行走不便，被敌人抓获，押送期间，却被会同区的群众抢救回来。

白军知其腿脚不便，行走不远，派兵轮番搜索一周，仍无结果。遂将会同区桐口、腰田、桃枝等村村民，集中于桐口村真君庙前，声言再不交出彭澎，烧毁全部房屋，枪毙所有村民……这时，彭澎突然从真君庙神座下挺身而出，大吼："彭澎在这里！"

重新入狱，历经十几种酷刑，身残伤重的彭澎以死抗敌，他脱下身上唯一的毛衣，请送饭的牢卒换一包砒霜。毛衣是贵重物品，牢卒贪图毛衣，又惧怕死人，给他一包掺假的砒霜，彭澎服用后只落得个半死不活，被转押入县城大狱。

4个月毒刑。彭澎拒绝利诱，坚贞不屈。

为了警诫民众，处决政治犯时，当政者喜欢搞公审大会。那年11月16日，一乘滑竿竹轿抬着已经气息奄奄的彭澎进入人群云集的县城体育场。

体育场北面司令台，台下，彭国涛用破衣遮头，隐在攒动的人群中，咬着嘴唇目睹父亲的惨死。

县清乡委员会主任邱伦才，站在台上，口沫飞溅，历数彭澎的革命"恶迹"，然后，煽动地大声吆喝："大家说，像这样的坏人，要不要杀掉呀？"一些事先组织好的人，大声应答："要杀掉！"混乱中，也有人喊："不要杀掉！"

邱伦才又吆喝："大家都说要杀掉，是不是？"

一位老者就说："杀他做什么，他现在已经被打成毁人了，还是不要杀！"

询问大家，只是个形式，杀肯定要杀的。邱伦才命令刽子手用刑。

刽子手名叫刘炳南，得了36块银圆杀人费。为了避邪，他穿一身白纺绸褂子，持一柄三尺长的鬼头大刀上了台。刘炳南是有名的刽子手，力气很大，但这次的活计却不利索，他挥刀猛砍，连续7刀，竟然没有把人杀死。

32岁的彭澎，脖子几处血水怒溅，射到旁人身上脸上，嘴里仍叽里咕噜地叫喊："这，就是考验——"

彭国涛昏倒在地。

刽子手的手发软，有些慌，台下有人帮忙，嘶喊："是他背上的标挡住了，要拔掉他背上的标，要拔标！"

刽子手慌里慌张拔标，再砍，第8刀把头砍下来了。

白军把彭澎的尸体拖去喂狗，将他的头颅割下来，挂在城门上展览。7日后，头颅突然不见了，从此，尸骨无寻。

二、在仕途与良心之间，她经受考验选择了后者

斩草除根，搜捕在继续进行，考验在顺序延伸。母亲被捕入狱，15岁的彭国涛成为孤儿，四处飘零，躲藏到大山深处，过着野人般的生活。1931年，红军在荒无人迹的破庙里找到了"野人"彭国涛。

中共宁都第一任县委书记，牵着这位烈士遗孤，在弹痕累累的红旗下宣誓。那年，她16岁，加入"共青团"，被派往父亲战斗过的会同区，就任会同区苏维埃妇女部部长。她的工作范围涉及几十个村，十几里方圆。

动员和组织妇女拥军、支前、打草鞋、慰问红军、护理伤兵……踏着父亲的足迹，彭国涛积极性特别高，似有两条生命，风风火火地工作。很快，会同区苏维埃成为白军的眼中钉，肉中刺。

1933年仲夏，一个月黑风高夜，乘苏区边缘空虚之机，白军的大刀会摸进区苏维埃，见人就杀。恶狠的大刀把门板剁烂之际，彭国涛翻身跳出围墙，仗着身子灵巧，逃得一条性命。慢她一脚的区苏维埃老文书，命丧黄泉。

为了阻挡白军入侵，为了报仇，就要有强大的红军。

此后，扩红成为她最重要的工作。上级说：苏区能否生存、巩固，就在于红军的多寡。必须不断地扩红，扩大100万铁的红军，苏维埃就胜利了。

彭国涛扩红扩了100多人，她不知道100万是多大的数目，只是走村串户，一家一户上门做工作，一个人一个人地动员。不知是不是因为没有扩大到100万红军，红色政权没有很快取得胜利，中华苏维埃临时中央政府被驮上马背，撤离了中央苏区，她扩红的100多人也跟随离开。

一走，就走得很远很远，一走就走了十几年。

白色恐怖四处弥漫，她又成为当局追捕重点，似一条孤魂，在大山间漂泊，又过上了野人的生活。

时光在游荡中消失，每每生活苦到不堪忍受，人就会想到死，想到死时她就会想到"考验"，既然是考验，那就要活着，即使是为了考验。

敌人对她的追捕松懈下来，她的年龄也已长了上去。一般人家的女子，

十六七岁嫁人，她 20 岁仍找不到婆家。因为，彭澎太出名了，彭澎的女儿也跟着"出名"。

在亲属的撮合下，四处流浪的她嫁了个国民党 33 旅的大兵。姓黄，名叫黄国文，一个老实巴交的壮丁。

本想寻一棵小树庇荫，没料到，却是找到"蒺藜丛下躲雨"。

夫家原本家徒四壁，被她一"高攀"，虽无治罪，却受株连，立即销差，扒掉军服，取消俸禄，沦为苦力。

这对苦难夫妻，新婚期间便为生计所困，一个帮人挑水，一个帮人洗衣。这是最辛苦、廉价的劳动，一担水才卖 1 分钱，洗小孩的衣裳月薪 4 毛，洗大人的衣裳月薪 5 毛。即是如此，也没有多少衣裳来洗，他们得不停地揽活做。除了挑水，黄国文砍柴卖、帮人挑担、打猪印，彭国涛则帮人裁剪衣服、做扣子、帮人站柜台。

望眼欲穿。1949 年 7 月，当年的红军终于回来了。新生的红色政权成立，她重新参加工作，担任了会同区南当乡妇女主任。在攻克翠微峰的系列战斗中，她积极支前，担任了负责检查、处理女俘的工作。由于工作出色，1950 年，她调任梅江区（城关镇）妇女部部长兼优抚主任，驻第四街街政府协助工作。她没日没夜地忘我工作，为红色政权的巩固、发展，风风火火地奔走。

1951 年，作为革命烈士子弟的代表，她随南方老革命根据地代表团，受邀前往北京中南海，参加了在怀仁堂举行的国庆招待会，在天安门参加了国庆观礼，受到了毛泽东、朱德等国家领导人的接见。

在北京逗留期间，朱德听说老熟人彭澎的遗孤来了，还特别发出邀请，她应邀来到朱德总司令家里做客，叙述了自己的人生之路。数十年后，朱德的女儿朱敏，重访老区宁都，还特意找到她长聊。

女人的荣耀，可能是男人的"灾难"。黄国文，成为家庭中一个尴尬的角色。国民党大兵的历史，使他如履薄冰，战战兢兢。

1951 年早春，几匹来自北方的大洋马，急促的脚步把鹅卵石巷道击得直冒火星，马群嘶叫，直奔米市巷彭国涛家。

"砰砰砰——"门被敲得很响。黄国文从门缝瞧见，大洋马后面，威风凛凛，有 3 个身着军装、荷枪实弹的人。他被吓坏了，估摸这伙解放军是来捉自已的，想溜，腿脚抖得像筛糠，拼命使劲就是迈不开步子。

来者，是解放军某部的刘师长，衣锦还乡。当年，是彭国涛跋山涉水，去那个人迹罕至的山村从牛背上把他拽下来，扩了他的红。他把手中的竹鞭一扔，拖着两条大鼻涕，两脚泥水，走上一条光辉的战斗之路。饮水思源，刘师长不忘自己革命的引路人，特意来寻源谢恩。破屋里，看到还很没有"进步"的恩人彭国涛，刘师长带她去走访了专署专员、县委书记、县长。

临别，刘师长悄悄地但明确地劝她离婚："一个红军干部、烈士子弟，与一个白军搅在一块，会冲淡颜色哩！"

县里也有意要让她担任县委妇联主任。可是，她还不是党员，红光灼灼的县委妇联主任，背后立着个白军大兵，那政治影响肯定不好。

蕴意婉转而明确，何去何从？

这是一个政治难题，也是一个人生考验呀。结婚之日起，木讷的老公就在思想、经济、生活上，日愈处于从属地位，连她生育的儿女也统统随母姓彭。解放后，他成为一名菜农，与她的干部身份拉大了距离。迟钝的丈夫，也屡屡感觉到自己存在的别扭，多次提出：会妨碍她的前途，就……

在仕途与良心的考验之间，她踌躇许久，最终战胜诱惑选择了后者。一个共产党员应该是一个善良者，出于一种善良的本能，她不能伤害无辜，伤害相依为命十几年的老实人。

在当时，这被认为是政治思想觉悟不高，阶级立场不稳，没有经受住考验。

她的入党延期了。既不是党员，那也不适于长期待在区委。1958年"大跃进"，城关镇让她到街道去筹建缝纫社。

初时，缝纫社十几个家庭妇女，三四台缝纫机。经一年努力，业务不断扩大，发展为有六个门市部，近百名职工，职工月薪从十几元提高到30多元。

哪里艰苦到哪里去。1959年，县里要在一片荒山坡组建光荣敬老院，又派她去负责。那是一桩更艰难的工作，而她的工资则相反，不但不升，反而降为月收入20多元。她很为难，犹豫不决。那时，她坚持不懈积极要求入党，党组织说：去吧，要经受得住考验。

她去了那片荒地，经受组织的考验，更是经受人生的考验。

三、风雨飘摇，她成了 46 个烈属老人体贴入微的孝女

大校场，在当地也读大"窨"场，"窨"是葬的意思。大校场，古代的演武之地，演武时演死的人，就地埋葬。这里早已落魄为一片荒山野岭，人高的荆棘丛中，时而冒出几座坟墓，随处可见森森白骨。

老枯树、荒草、地洞中出没蛤蟆、野兔、大极了的蚱蜢、油葫芦、蟋蟀。有一只鲜艳如火的红狐狸，常常从眼前一掠而过，熟悉了，它有时会突然出现在屋门口与她对视。

过过野人生活的彭国涛，并不惧怕大自然的荒凉，她喜欢那只火狐狸。

选择地址、设计绘图、选料、请工、监理、参加义务劳动……一应事宜，无不艰辛，由她全程料理。一切从头干，从头学。遇到太困难、伤心的事，她流着泪想：再困难也要挺住，要干，这是党在考验我呢！

半年后，第一幢住宅拔地而起。几经动员，烈属们却不愿意去住，认为：光荣敬老院只是嘴巴上光荣，生活艰苦，一伙鳏寡孤独凑在一起不体面。她便把老母亲接进院，她的母亲是一个坐标，是全县举足轻重的烈属代表。接着，她动员第 4 街烈属第一批入院，然后把城关镇一街一街的烈属，及全县的烈属老人接入院内。

数十位老人的护理，吃喝拉撒，衣医住行，无异于一堆堆难缠的乱麻。那年，她 42 岁。

走马上任，出师不利，第一个星期，有两位老人接踵去世。

为避邪，院里的人大部分躲离了。院里无男丁，彭国涛就自己动手，按地方风俗买水为死者擦洗净身，与院里唯一的女服务员，抱头扛脚，装殓入棺。死人入殓，要在灵堂里停放七七四十九天，49 个夜晚都要有人守夜。别人不守，彭国涛就自己来守。

山荒夜寂，风声鹤唳，鬼哭狼嚎，无不骇人。为了壮胆，夜里不敢熄灯，山风过坡，呼的一声，灯火像似鬼火摇晃，屋子里一阵乱响，火"卟"地灭了。那只火红的狐狸，跑到屋里来与她做伴，把她们吓得半死。她们便点燃两盏灯火，却又心疼油钱。后来，她干脆要求丈夫每晚收工后，赶到敬老院来陪住。

死人难守，活人更难护。逢风雨之夜，行动不便的老人起夜，她也得起夜。

数月下来，她面黄肌瘦，脸庞小了一圈。再这样拼下去，命都会拼掉。家人劝她别干了，一月25元收入，值吗？她置之不理，说，再困难也要挺住，要干，这是党在考验我呢！考验，你们知道吗！

40多个烈属，个个都是烈士的父母或妻子，现在只能靠自己来做孝子。老人病了，她当护士；老人死了，她当孝女；老人事多，这个不病那个病，她常常中夜而起，为老人倒水、喂药、掖被子、端便盆；白天则缝补浆洗采买物品，忙碌不停。

她日夜奔波，为敬老院接进了水电；建起了院墙，喂猪养禽，种植了4亩柑橘树、数十株板栗；开垦了3亩蔬菜地，每年收入可达几千元。她收留三个孤儿，一个成了国家干部，两个成了敬老院的强劳力。

敬老院的条件日益改善，生活越来越好。老人们由不习惯到习惯，继而把敬老院当成了自己的归属，自己的家。有几位老人，还认彭国涛作契女，把她当成亲生女儿。她则把院里的老人都当作父母。可是，一人服侍40多个父母，父母是不是太多了！

40多个父母确实太多了，但他们都是烈士的妻子、父母，他们倚门倚闾，烈士在九泉之下会不安的。想到烈士，彭国涛不嫌多，始终不厌其烦，一如既往地侍候老人们。

90多岁的老人陈门女，瘫痪在床，大小便失禁。一日两次，彭国涛用热水为其擦拭身子换衣服，直到半年后病故。

卢方才老人精神失常，是个文疯子，生活不能自理，且时有惧人之举，人们都离他远远地，只有彭国涛一人服侍、治疗他。另3位年岁太高的老人，行动不便，诸如洗衣服、晒被子、生火笼暖脚，所有的杂事也都得彭国涛亲自料理。

渐渐地，彭国涛成了老人们的手、脚，成了他们身体的一部分。老人们信任她、爱戴她，离不了她。

有一年，县里筹建按摩诊所，调她去担任所长。只两天时间，老人们怅然若失，惶惶不可终日。几十名颤颤巍巍的老人进城集体上访，流着泪水坐到了民政局里，不吃不喝不讲道理，硬是要上面把"彭澎的女儿"调回来。

老人们的子女的名字，可以串成该县的革命历史，这个事件震动了县城。

彭国涛的婚姻，既是在"蒺藜丛下躲雨"，没有躲过雨是另一回事，却必然要挨刺。

"文革"时期，丈夫的白军大兵身份又一回大大张扬，她全家再次受株连，被下放到偏远的琳池乡。一年后，毛泽东当年的警卫员，陈昌奉担任了省革命委员会主任，回家乡来看她。询问她的情况后，说："你是老革命，烈士的后代，应该彻底落实政策。有什么要求都可以提出来。"

从乡下赶回来，她被接见，只提了一个要求：恢复工作。

在省领导面前，县领导也慷慨大方得很，赶紧说：提吧，县革委会正缺人，到哪个部门都行。你是老革命，工资、待遇补发补办都应该。

她开口了，却要求回光荣敬老院，说："那儿，还有几十个烈士的父母没人关照，吃喝拉撒都成问题，生老病死都没人管！"泪水不由自主地流了下来。下放的数百个日日夜夜，几十位烈士的父母，萦绕心间，炮打火烧的"文革"硝烟中，她必须去照拂孤独的老人。

她要为革命老人做一代孝女。

对于敬老院，"文革"中多有微词：光荣敬老院——嘴巴上的光荣；院长——实际上是老保姆。听了她的选择，陈主任与县革委领导对视，欲言又止，只得随她去了。

时间的风霜，无比凌厉，在彭国涛额头上镌刻下深深的皱纹，她老了。近十年来，她不仅担负着敬老院里繁重的工作，还兼职当人民陪审员、县人大常委、县政协常委，从事大量义务的社会活动。

多年来，她以忘我的工作为"彭澎的女儿"，赢得了一串串荣誉。她曾三次上北京，受到党和国家领导人接见；多次受到华东军区陈毅司令、民政部、天津南京市人民政府、江西省人民政府宴请；曾数十次荣获全国、省、地、县"双拥"先进个人奖、"老有所为精英"奖等。

闲下来时或梦中醒来，她会突然想到那只鲜艳如火的狐狸，它到哪里去了？怎么不来看我呢？

敬老院里，她上上下下忙碌着，饱经沧桑的脸上渐渐地增添一条又一条皱纹，却始终挂着宽厚而慈祥的笑容。这种笑容，只有与世无争、生活上感到满足的人才会有。

但她并不满足，她的入党要求没有批准。她认为这个党是她爸爸的，她一定要加入，年年都递一份申请书。

她感到苦恼的是：年复一年写申请，考验了 40 多年，怎么就不批准自己入党？

四、申请 52 年，彭国涛 72 岁终于入党

1985 年，老枝萌芽的季节。

彭国涛往来于县委党校的路上，荣幸地参加了县直属党委举办的党训班。上百名青年男女间，突兀地夹着一个白发皓首老人。青年们从小听她讲传统长大，以为这位老奶奶是来讲党课。一问之下却大吃一惊：这个响当当的"先进"，三次进北京参加国庆观礼，数次到省里参加"双拥"先代会，年年上报、广播表彰的人物，竟是党外人士？

彭国涛也十分吃惊：过去自己要求入党时，是一个人。现在，要求入党者竟然成群结队。

不知是第多少次进建党对象培训班，结果仍是"陪训"。每一次培训，几乎所有的受训者都入了党，唯她例外。问原因，谁也不知道，成了一个谜。

她说："组织上一直在考验我，50 年了。"

1987 年 7 月，当年曾劝她离婚的刘师长回乡，在县委大院，大发其火："彭澎的女儿不是共产党员，谁还配？"

两个月后，她成了一名中共预备党员。此年，彭国涛 72 岁，申请入党 52 年，被考验 52 年。从共青团到中国共产党，这一步，竟跨越了半个多世纪！入党不久，她就被评为优秀共产党员。

四五个孙子孙女，全体待业，烽烟四起，免不了冷嘲热讽"围攻"她："你是 1929 年的'老革命'，到现在，为什么还不是国家干部？外祖父活到现在，少不了是中央级干部，他为国捐躯，为什么，我们满门忠烈，连一个国家编制的工人都当不上？有人'新革命'，当了点小官，老婆子女安排得风风光光。你死要面子，为什么不帮我们说说话？"

对这些时代的毛病，彭国涛有些隔膜，常常无言以对，于是，她就想起了"考验"，猛然冲出一句话："你外祖父命都去了，尸骨不留，我们又贪图什么呢！"

那年，日愈苍老的彭国涛，做了胃切除手术，医药费、营养费、生活费……没有出处。有关领导，接待了她一生中唯一的一次上访，但不知如何解答这个老人关于"革命干部"和"国家干部"的含义。事实是，尽管她 1929 年就揿着脑袋"闹红"，至今，只是个每月拿 60 元优抚金，加上临时工月薪 25 元等，总收入 100 多元的优抚对象。当年，她扩红百余青壮年参加红军，有的人成为将军和省市级领导，她却仍是担任宁都县光荣敬老院院长的临时工。

一条布满荆棘充满艰辛的人生之路，她已经执着地走了 80 多个春秋，迈着龙钟步履，她仍然走得那么从容，走得那么坚毅。

彭国涛是 86 岁去世的。死前一日，经受考验终生，久病迷糊多年的她，突然清醒异常，像个初世孩子望着面前这个久违而陌生的世界。面对几位来探望的领导，人们以为她会为亲人提出最后的要求，不料，她声音软软地却说了一席很"真率"的话。

"原先，我有两件事情想不通：一、父亲为革命割了头，革命成功 50 多年了，他的头没找回来，连一座坟茔也没有；二、自己革命 70 多年，并非临时革命者，连临时的念头都没有过，还是个永远的临时工。现在我想通了，革命是不能寄予任何个人回报要求的，否则，那也不是真正的革命者……"

彭国涛有个外孙名叫赖国芳，是县政协副主席，他将此言告诉我。

我愣愣地想了许久，心情异样肃穆而庄重：人生的价值和意义不一样，彭国涛以 86 个春秋的忠贞不渝，说明她可以承受生命之重——那永远的考验。

跋

苦难不忘记

秦皇汉武，历史久远。中华大地，古都古市不少矣。在六朝古都西安一带，古董不是稀有物，寻常百姓家里掏出一个物件，说不定就是个有级别的文物。同样，在中央苏区赣南，革命历史文物乃至革命历史人物也很寻常，有时不经意地一撞，就撞上一个有来历的人物。

许多人，早已不在意那场革命，而我频繁往复、乐此不疲地探寻，加紧"抢救"，或是贪婪地"抢占"。因为，我觉得这里有一片埋藏的金子，先把最容易得到和最容易失去的金子弄到手，然后一步步深入掘进。

女人，是美丽的。战争应该让女人走开，可是，哪里有战争哪里就有女人。女人与男人有共同的前线，也有不同的前线。战争最残酷的时候，往往只剩了女人。她们独立战斗，承受鄙视、屈辱、奸污、毒打，不得不由温柔变为冷峻，像钢铁一般坚强，从血泊中爬起来，傲然苍穹。战争胜利了，女人或退归幕后，默默无闻地劳作；或承受战争的遗祸，双倍残酷地生活；甚至于蒙冤当作成功者的敌人，身陷囹圄……这些，都似一把把尖刀，刀刀锥刺着我的心，但我知道，所谓真理的代价，有时并不以人心中预备的方式出现。于是，从女人着手，我契入了那场战争。

铅灰色的天空，雨夹雪夹水的粉尘夹雾气——一群不明飞行物纷纷扬扬。自那个春，十几年过去，不知不觉。在县城、乡村、大山深处、崇顶庙堂……

246

我与我的同志邓左民、胡玉春、刘水根等，搜索昔日的战场，寻找弥留的生命，也将十几年的青春溶入了那场战争、那些女人。我常常惋惜生命的流逝，却珍视这一段经历之不惑。

这世界上，最宝贵的是人的生命，最低贱的也是人的生命。那个动乱、革命的年代，造就了一批苦难的女人。苦难的生命，往往最有价值。在生命与生命的比较中，我采撷了一串生命中的珠玉。女人、男人，是一样又不一样的。女人比男人多些颜色，多些声音，多些味道。女人，温柔如水，又坚硬若冰，滋润生命，孕育生命，又折射生命。女人付出了巨大牺牲和特别巨大的隐形牺牲，那场战争，绝不该忘记——那些女人，那些残酷的经历，她们创造并成就了生命的精品。

对于中华民族，对于人类，这是比任何金子、钻石更弥足珍贵的财富！但，必须把它们展示出来，把真实还给民族，让人们见识这苦难，记住这苦难；否则，历史就会被历史所淹没，人们的苦难也就会被遗忘所掩盖。

ISBN 978-7-5171-3751-1

9 787517 137511 >

定价: 68.00 元